中国政府出版品国际营销平台精选图书 · 文学书系　　王昕朋 主编

别来无恙

Hope That You Are Well

宋小词　著

中国言实出版社

图书在版编目（CIP）数据

别来无恙 / 宋小词著 . -- 北京 : 中国言实出版社，
2021.1
（中国政府出版品国际营销平台精选图书·文学书系 /
王昕朋主编）
ISBN 978-7-5171-3627-9

Ⅰ.①别… Ⅱ.①宋… Ⅲ.①中篇小说—小说集—
中国—当代 Ⅳ.① I247.5

中国版本图书馆 CIP 数据核字（2020）第 252744 号

出 版 人　王昕朋
责任编辑　张国旗　李昌鹏
责任校对　宫媛媛

出版发行　**中国言实出版社**
　　　　　地　址：北京市朝阳区北苑路 180 号加利大厦 5 号楼 105 室
　　　　　邮　编：100101
　　　　　编辑部：北京市海淀区花园路 6 号院 B 座 6 层
　　　　　邮　编：100088
　　　　　电　话：64924853（总编室）　64924716（发行部）
　　　　　网　址：www.zgyscbs.cn
　　　　　E-mail：zgyscbs@263.net

经　　销　新华书店
印　　刷　北京中科印刷有限公司
版　　次　2021 年 1 月第 1 版　　2021 年 1 月第 1 次印刷
规　　格　880 毫米 ×1230 毫米　1/32　9.25 印张
字　　数　185 千字
定　　价　58.00 元　　ISBN 978-7-5171-3627-9

有风骨讲美学接通全球

——"中国政府出版品国际营销平台精选图书·文学书系"总序

王昕朋

　　中国言实出版社是国务院研究室主管主办的国家级出版单位，出版定位是：主要出版党和国家重大政策的研究成果以及相关的辅导读物。1995 年成立以来，我们一直坚持这一出版定位，围绕党和国家中心工作开展出版活动，因而，国内外读者很少见到由中国言实出版社出版的文学类图书。但是，近几年文学界对中国言实出版社已不陌生。这源于出版理念的一次变革。习近平总书记在文艺工作座谈会上的重要讲话指出："一部小说，一篇散文，一首诗，一幅画，一张照片，一部电影，一部电视剧，一曲音乐，都能给外国人了解中国提供一个独特的视角，都能以各自的魅力去吸引人、感染人、打动人。"这给了我们启示、启迪，文学也是讲好中国故事、传播中国好声音的重要途径。所以，我们也用心、用功、用力打造文学板块，并将它推向世界。2018年8月，由中国言实出版社出版的李春雷报告文学作品《朋友——习近平与贾大山交往纪事》获第七届鲁迅文学奖，同时入选"丝路书香"出版工程在国外出版，于是文学界发现，中国言实出版社在文学出版领域同样有不俗的表现。中国言实出版社的文学图书品种少而精，中国文学的声音在通过中国言实出版社持续传播到海外，承载着文化和文学信息的《温文尔雅》翻译成英文、日文、俄文、德文、法文、意大利文、西班牙文、葡萄牙文、阿拉伯文等多种语言向全球推介，英文版、中文繁体版荣获第十三届"输出版引进版优秀图书"奖，长篇小说《京西胭脂铺》一举登榜"中国图书世界馆藏影响力图书20强"。付秀莹、金仁顺、乔叶、魏微、滕肖澜、叶弥、戴来、阿袁等8位"当代中国最具实力女作家"的作品集同时推出，之所以在名称中冠以"中国"二字，是出于对外推介的考量，其中付秀莹、魏微、戴来等人的小说集后来入选"经典中国"项目在美国出版，产生良好反响。

近年来，中国言实出版社加快国际出版步伐，与英、美、日等多家国外出版单位建立战略合作关系，近百名当代中青年作家的作品陆续推介到美国纽约、日本东京、德国法兰克福等多个国际书展，被多个国家的图书馆收藏，图书受到国外图书界关注，连续6年入选中国图书世界馆藏影响力百强出版单位。2015年经财政部批准立项，中国言实出版社建设并主办中国政府出版品国际营销平台，为推动"文化走出去"提供支持。2020年，有感于体量庞大的中国当代文学无法快捷地被全球关注所带来的传播学遗憾，有感于年度文学选本出版周期较长，有感于众多具有潜力、实力、影响力的青年作家的作品没有很好的对外传播渠道，中国言实出版社整合资源，决定专门为中国政府出版品国际营销平台的文学板块打造出一种比年度选本出版周期短、对当代文学创作反应更为灵敏的季度文学选本。《中国当代文学选本》应运而生，书名由王蒙题写，选稿编委梁鸿鹰、李少君、王干、付秀莹、古耜皆为业内名家行家，所选作品为国内新近发表的文质兼美的力作。作为一种有公信力的季度文学选本，《中国当代文学选本》因"让国外读者快捷阅读当代中国文学精品"的窗口作用，以及"为中国作家走向世界铺筑交流合作桥梁"的桥梁作用，受到作家、汉学家、国内外读者一致好评。《中国当代文学选本》传播中国声音，讲述中国故事，产生良好社会效益。有鉴于此，中国言实出版社决定打造这套"中国政府出版品国际营销平台精选图书·文学书系"。

出版社并不承担培养作家的使命，但是这套"中国政府出版品国际营销平台精选图书·文学书系"的入选作品多是出自青年作家之手，原因在于，我们始终关注着中国当代文学最具活力与实力的鲜活部分，求取风骨与审美的统一，始终在精心遴选极具当代性的中国文学好声音，始终把推动中国当代文学与全球接通作为出版人的责任，这套"中国政府出版品国际营销平台精选图书·文学书系"的入选作家和作品便是如此。有风骨、讲美学，是选取这套丛书的思考维度。"有风骨"是要对民族精神有所反映，要为人民而文学，要关怀民生，帮助读者把无病呻吟、凌空蹈虚的作品以独特筛选眼光来淘汰掉；而"讲美学"是指中国言实出版社遴选书稿时看重作品的文本质量，内容和形式互为表里，是为美。美为作品飞向全世界插上翅膀，中国言实出版社人始终认为，美是全人类可通融的共同语言，有风骨、讲美学才能接通全球，成为文学精品。这些优秀作品里，都跳动着时代的脉搏，展现着当代中国日新月异的面貌，蕴含着深厚的文化自信。出版是文学生产的终端，对于中国言实出版社而言是文学传播的开始。中国言实出版社将始终秉持"好作品主义"，重视名家不薄新人，盘点、整合中国文学资源，积极开展对外译介和推广工作，自觉地将有风骨、讲美学的文学精品作为永不改变的出版追求。

2020 年 12 月

目 录
CONTENTS

膏肓有疾

1

八年前，一个跟你有过一腿的男人突然要到你的城市来，见还是不见？这个问题像只泥鳅钻进穆可可的心里，令她在床上翻过来翻过去。她的丈夫很是不满，半梦半醒地说，你怎么了，床都被你煎煳了。她说，我看上一翡翠镯子，要十万块。丈夫说，有病。然后卷着被子义无反顾地睡了。

天快亮了。她终于做出了决定——见！

该以什么样子见呢？她把衣柜里的衣服在脑海里统统预演了一遍，思量是该清纯活泼些，还是该优雅端庄些。三十出头的女人了，多少带有一种被生活污染的面相，不可能清更不可能纯了，又想起自己多少次在夜间的大排档里，左手握着冒泡的廉价啤酒，右手握着黑乎乎的牛骨头，撕拉咬扯，一副梁山大爷的架势，优雅端庄更是想也不要想。算了，莫装逼，装逼遭雷劈。这是朋友圈的警告。她只能简单普通。闹铃响，丈夫掀被子时顺便踢了她一脚，快起床，我们纪委今天有个大会，没时间送你上班。

她哼了一声，以示自己醒了，是活的，也知道了情况。起床的瞬间她突然敏感地想，如果她端赖柔嘉或是温恭懋著，丈夫还会以脚踢的方式叫她起床吗？应该会用手摇醒她吧。随后她利用穿衣服的五分钟，仓促地对自己的人生做了深刻地追问，娘希匹，怎么就混成了这个样子？

丈夫出门了，家里一片安静，结婚七年辛勤地耕种，也没有收获出个娃来，于是家里想热闹也热闹不起来。这是她心里的一个疙瘩，觉得自己是残缺的，这令她时不时感到些心灰意懒，毕竟总要活下去，便只得把这种忧伤死命压制住。

工作日要见旧情人就不能去上班。她得好好思考出一个合理的请假事由，不能说生病，请假的病得是大病，要交住院证明和出院小结，也不能说死人，除非是父母死了，关键是如果你以此请假，只要不出省，工会必定组织人马去送个花圈，无论多么千里迢迢。连说父母患病都不行，因为她的领导有神通将她的父母安排进好医院治疗。这就要穿帮了。这是单位很操蛋的地方。她甚至恶作剧地想，如果她以严重痛经的事由请假，单位会不会派人扒下她的裤子来验证。忽然灵光一现，她想起了她的婆婆，她的婆家是外省的，她领导的手伸不到那么长，她斟酌出"病危"两个字来，这样避免了诅咒而且又留下了转圜的余地。

她出门的时候都在心里感念婆婆的恩德，无声无息为后人谋取福利。同时她开始盘算她的公公，不知道老人家在她的单位里还能安康多久。

见面的地点约在博物馆门口，这是对方的主意。也好，现在博物馆都免费开放，如果约在什么黄鹤楼什么欢乐谷，还得花钱，他花钱不妥，她花钱又觉得不划算，当然以她对他的了解，他是不会让她花钱的，但她也得拿出钱包装模作样一番，这样就露出了她虚伪的破绽。

因为堵车，比约见的时间晚了一刻钟。

远远地她就看见了他。靠，他穿着一件蓝色的布扣子唐装，袖口卷出宽大的白边，更奇葩的是他居然还撑着一把伞，戳眼地扎在人堆中。嫩黄的五月，太阳还是儿童期，连惜白怕晒的女人们都没撑伞出门。他自以为是古典书生的样子，但在她看来却像是手拿醒木的说书艺人。他是越发地异类了，她心里隐隐燃着的灯光，啪啪啪一瞬间全给它按灭了。

嗨！穆可可。他看见了她，向她走来，并向她热情招手。

嗨！曲画水。她装作才看见他的样子，也装出才看见的惊喜。

走近了，面对面，却不知道说什么话了。他笑笑她也笑笑，然后冷场。那瞬间，她自己都疑惑，当初是不是真的跟他上过床，发生过关系。果真是相见不如怀念，曾经打得火热的一对男女现在竟也无话可说了。

她在心里默默感叹时光的威力，由情感崩裂所造成的山河巨变和满目疮痍，它都能悄无声息地一点点修复，痛苦一页页翻过，忽然就脱胎换骨，呈现另一种面貌。

其实他长得还是一如既往的斯文清秀，小平头、个子也高、皮肤白，算算年龄也是三十好几了，却没有一点被岁月卤过的痕迹，还是小鲜肉的面相，双手依然修长，如剥了壳的山笋。她不经意瞥了一眼他的裆部。她为自己的小动作感到无耻。她赶紧没话找话，说，你怎么突然想到要来这儿？他哑口无言，不知道该怎么回答。她才猛然意识到，这是个难题。于是干巴巴地呵呵而过。

他们领了票进到展厅，看的是宫廷御瓷，每件瓷器都罩着个玻璃罩，只准看不准碰，她便对这些坛坛罐罐失去了兴趣，这跟戴着十几个套子做爱一样，没有感觉是一回事，关键还是一场受罪。她亦步亦趋跟在他后面尽点人情罢了。在清宫粉彩荷花杯面前她留住了脚步。杯子造型别致，色彩纯正，设计得也精巧，一枚荷叶自然卷曲，成了一支吸管。她想象如果用这样的杯子喝水，即使是氯气超标的自来水也是好喝的。

他说，你喜欢这个？

她淡淡一笑就走开了。她想如果她说喜欢，他会不会为她抡锤砸玻璃，把东西拿出来送给她？

他当年为她砸过两次玻璃，救她于水火之中。她知道他对她的感情，作为一个男人的第一次几乎都是在她身上完成的，他对她赤胆忠心，爱得无所保留，她站在爱情的上风里，对他呼来喝去，肆无忌惮。她耀武扬威地在他面前脚踩两只船，在左右摇摆的那段日子里，他一直都小心翼翼地伺候她，并大度地表示他会与"敌人"公平竞争，他还发誓此生非她不娶。她对他的誓言嗤之以鼻，说，哼，谁信呢。

他说，你就看吧。

她心里窃喜，虚荣感得到极大满足，并扬扬得意。但她最后还是无情地甩了他。她自己都替他不值，这个傻瓜，应该有人教会他，爱情里卑躬屈膝的一方最终是会人财两空的。

离开他后，在省城的新房里，她把结婚证复印了，用EMS寄给他，为的是让他死心。她以为他们这辈子都不会再相见了。没想到，他们还是相见了。

2

在观看丝织品展厅的时候。她抽空到走廊里给裘兰兰打了个电话。她的联系方式准是裘告诉他的。她一说曲画水来了，裘兰兰就心领神会地笑了，说，他说他一直想看出土的编钟，考虑到你在省城，人家不敢来，我就怂恿他来了。其实想看编钟是假，想看你才是真。我跟他说你是心里不存隔夜事的，何况都隔了几年了，曾经的已经是曾经了，做不成情人还可以成为朋友嘛。你说是不是？

裘兰兰是她大山支教那所中学的同事，支教结束后，她逐渐删除了跟那个地方有关系的人的号码，但唯独保留了她的。她人生的每个阶段她都会保留一到两个人的联系方式，小学期、初中期、高中期、大学期、实习期，等等，就像纪念品一样，为她所经历的岁月留下个证据。在支教期间，她与裘兰兰的关系不错，无话不说，导致裘兰兰以为自己是很了解她的，实际上她自己有时都不了解自己。很多事情她都是被胁迫的，不是被生活胁迫境况胁迫就是被感情胁迫。如果真的要她以自己的意愿来生活，她想杀人放火、奸淫拐盗、声色犬马、纵酒放歌，在极度快感中保有尊严地死去。她不想被道德、伦理、秩序、文明捆绑，她只想自由，想飞翔就飞翔想堕落就堕落。可是在她神经没有崩盘之前，她是无法过上她梦想中的生活的，她还得在现实社会中蝼蚁一般苦逼又苦逼地活着。

　　她看了看展厅，压低了声音问，他现在是什么情况？还没结婚？谈女朋友没？

　　裘兰兰说，没有，人家发过誓的，这辈子非你不娶嘛。

　　她忽然觉得这种誓言幼稚得可笑，她再也不为此感到满足和骄傲。这么多年过去了，她存在的价值已经不需要靠男人们的痴情和忠心来证明了。他不婚，在她看来是有病。

　　她说，你要多劝劝他，要让他多接触女人。她再次压低声音说，哪怕是劝他嫖妓也好。

　　裘兰兰笑了，说，他女人倒是有，但他就是不结婚。

　　她问，什么样的女人？

裘兰兰说，一个有夫之妇。纠缠有两三年了。

她问，长得怎么样？

裘兰兰说，还行吧，没你好看，但跟你性格有点点像，爽快豪放的那种。

看见他走出了展厅，她匆忙挂掉电话，笑着走了过来。问，怎么样？感觉还可以吧？

他说，古人真是太有智慧了，所有的物品都是精工细作，古人真的是心灵手巧，他们随便做的一件衣服都能完整保存上千年。我上次买了一件毛衣，才洗一回，挂出去是完整的，收回来就只剩个领子了。

她哈哈笑起来。

他继续说，因为线头断了，被风绞在树枝上，那天风很大，愣是把我一件新毛衣给拆了。

她继续笑她的，整个走廊都是她的笑声。她边笑边说，走吧，去那边展厅看编钟去。然后又是笑，笑得东倒西歪，因为是在电梯上，他不得不伸出手来扶住她的肩膀，恐她跌落下去。她拿下他的手，说，没事。又说，大进步，你会讲笑话了。

他先是叮嘱她小心，然后说，其实我从前讲的笑话也不错，只是那时你对男人和笑话的要求很高，所以你觉得不好笑。

她望着他，忽然止住了笑声。他的话好像大有深意。是讽刺还是埋怨，她一时搞不清，但她已经感觉到，他已经不是从前的那个他了，而她还是从前的那个她吗？

她想起在山中支教的日子，那时她钱不多，却敢于视钱财如粪土，出手阔绰，每每发了工资头一件事便是打酒买菜，然后丢在农家里，给点工钱让主妇做一顿丰盛的席。她则呼朋引伴，认识的，不认识的，通通邀在一起大块吃肉大碗喝酒，微醺中会有山民扯着脖子唱几段山歌，"哎，隔山隔岭隔个岩，那边的山歌传过来。山中只有歌最好，你要问我唱哪个，唱个蜜蜂把花采"。她睡在桃树下的躺椅上，猫狗和鸡都围着她，她端着酒扶着头，敲打着节拍，一副"太守醉也"的样子。

晚上她趁着酒劲给她的父亲写信。

父亲：

　　儿在鄂西南山中支教已有大半载，已渐渐适应大山里的生活，这里民风淳朴，空气清新，植被茂盛，茶树遍野，大有陶公笔下武陵渔人之所见景状，尤其泉眼丰富，汩汩而出，水质清冽甘甜，所烹之茶能尽其香，所造之酒能尽其醇，饮之不忘。

　　当初父强使儿赴穷壤支教，儿怨父有食子之毒，如今看来，儿大错也，望父原谅。儿所教班级乃学校之重点，故而得学校和乡民之器重，每逢节庆，遵当地之俗，学生家长皆备应节之礼慰我，或鸡或蛋，或枣或糕，推却不过，只得收下，存于乡民家中，逢合时之机，制成席面，以还乡民之盛情。

　　儿支教之地，位处山腹，交通多有不便，地所产虽盛，却不能善贾而沽，一年辛劳只能糊其口果其腹而已，故山区贫穷落后之貌深重，年壮山民多外出谋生，遗老弱病残于此蹒跚耕种，若遇年成不佳，颗粒无收。虽景象凄惨，然山民安从命理不言其苦。他们尊知重教，节衣缩食供养学生。学校常有乡民探望学生，一双枯手，老茧纵横，于寒风中掏钱掏物，不忘殷殷叮嘱，遵师之言，从师之令，师者父母也，当尊之敬之。儿每闻此言必为之动容。山民寄厚望于儿孙，望其刻苦学习，文墨满腹，有朝一日走出大山，谋其财或谋其位，以大山儿郎之根本，还报大山之父老，一洗大山穷困之面貌。儿所教之班级，学生个个皆有此拳拳之心，令人为之感动震撼。

往常父教儿"十年之计，莫如树木，终身之计，莫如树人"，儿感其山区乡民之深情厚谊，愿此生根扎于斯，执教乡里，尽吾之所学，助大山学子展翅高飞。儿之志愿，望父成全。

另，父若得闲，可携母亲来此作游或小住，感受一二。后祝吾高堂心宽体健，福寿满乾坤。

儿：穆可可拜伏

将此信通读几遍后，惹得她自己热泪流出两行来。果然是烟出文章酒出诗。此信寄出后，她得意扬扬了好几天。她的父亲是地级市一所小学的工勤人员，起先是教师，因为一次大会上，校长没留神把"九省通衢"说成了"九省通横"，别人都没什么表示，座中独他笑得人仰马翻。从此他从教师沦为了勤杂工。郁郁不得志期间，他古里八怪喜欢上了古汉语，从穆可可上寄宿制中学起，他就给她写信，半白话半文言，竖着的，而且通篇都是繁体，看得穆可可头昏脑涨，往往看完了不知道她的父亲要对她说什么。待她考了一所著名大学的中文系后，她在父亲的来信后面用红笔批注了四个大字——狗屁不通。寄回后，没几天母亲就打来电话，说她把老穆气得倒了床，老穆发誓终生不再给你写信了。她在电话里哈哈大笑，她终于摆脱了老穆要人命的书信。现在她主动给父亲写信，用的是父亲从前的调调，她觉得，父亲看到此信一定会万分激动，一定会漫卷诗书喜欲狂，四下奔走，广而告之，为他生产出这么重情重义的女儿感到荣光和骄傲。

她信心满满地等待着父亲的夸奖，不料五天后，在她又一次"太守与民同乐"的时候，她的TCL王牌翻盖手机铃声大作，是穆老太守的，她端着酒走到盛开的蔷薇花架下，掀开盖子，喂。

你喝多了是吧？

她一惊，噎了一下，说，没有啊。

没喝多，那就是脑壳被驴踢了。

她摸头不知脑，说，这里有牛有羊有猪有狗没有驴啊。

老穆开始咳嗽起来，说，你个小狗日的，你想以此来报复我是吧？报复我当初不准你去北上广，把你推到穷山沟里了是吧？让你这名牌大学生遭了埋没是吧？你就以此来对抗你老子，扎根山区一辈子，我告诉你，只要我还有一口气在，你休想。

她蒙了。她说，谁要报复你了？谁要对抗你了？是你喝多了，是你脑袋被驴踢了吧？你好好想想，我要是小狗日的，那你是什么？

老穆咳嗽得越发厉害了。急得她手心里都出了汗，她赶紧叫了几声爸。老穆渐渐缓和了下来，说，当初跟你交代过，去支教是权宜之计，权宜之计，你懂不懂？是暂时的，是以退为进的，广阔天地，大有作为，你的才华绝不能浪费在那鸟不拉屎的地方，你要有大的眼界，大的志向，父母可是把你做栋梁之材培养的，何谓栋，房子的脊檩谓之栋，何谓梁，房子的横木谓之梁，这是支撑起大厦的重要材料，是国之珍贵，民之大幸，你明白吗？你怎能以做杂木劈柴而甘之若饴呢？

她嘀咕着说，没有杂木劈柴，怎么烧火做饭？没有杂木劈柴，冬天怎么生火取暖？

老穆平复的咳嗽又发作起来，说，你不要偷换概念，老百姓生火做饭都晓得用杂木，你几时见他们把房子的檩条梁木砍了来烧火向的？

在她疑惑的当儿，老穆又说，你不要胡思乱想，支教一天呢就尽一天老师的责任，好好教学，过完这一年，你马上给我报考公务员，我已经打听清楚了，你们这种"三支一扶"人员报考公务员可以加 30 分。这几天我就把备考的资料给你寄来，你要拿出当年高考的劲头来备战。你一定行。

电话从耳朵旁摘下后，她对着眼前的青山仰头喝干杯中的酒，返回席桌后，又开始招呼下一轮酒，酒没了，她拍出一张百元大钞在桌上，高喊道，曲画水，去小卖部里买酒来。她在桌旁摇摇晃晃，道，我爸刚给我打电话，叫我多读唐诗少读宋词，他说唐诗是黄钟大吕，催人奋进，不是国啊就是家，宋词多靡靡之音，使人消沉，不是月啊就是花，哈哈，我来给大伙读个唐诗，"五花马，千金裘，呼儿将出换美酒，与尔同销万古愁"。

曲画水在稻场前顿住脚步，说，我可不是你的儿，这酒我不买了。

大伙笑得喷酒喷饭，甚至有在地上打滚的。穆可可也笑得不能自已，扬起拳头做欲打状，催促道，快去。

酒来了，穆可可一杯接一杯，喝到最后，她的酒杯被老乡和她的同事们给夺下了。她醉了，酒全上了头，脑袋像顶了花岗岩一般沉重，腿倒是轻飘飘的，一脚一脚如踩在鸡毛堆上。她团着舌头，道，喝，"古来圣贤皆寂寞，唯有饮者留其名"。

裘兰兰和曲画水架着她回租住的宿舍。清明时节的山路上，满山开遍的红杜鹃如同烈火燃烧一般，山腰上的白檵木、红檵木和白花泡桐也在其间插科打诨，无管无收的野茶树绽出密密麻麻的新芽，长毛的蕨子一层层霸占住山脚，构树、松树、柏树、桃树、乌桕树、女贞树、杜英、楝树和一些叫不出名的杂树一起将大山严丝合缝地笼罩住。偶尔两声清脆的鸟叫，更显得山空人静。

穆可可坐在一块石头上感叹，多好的山色啊。可惜日月长人生短，许多事不能尽其意，活着真他妈的憋屈。

裘兰兰说，快回吧，我晚上还有自习。

穆可可说，去吧，我想一个人静静。

曲画水兴奋地说，我陪你。

穆可可记得就是那一晚，他先是在山道上陪她坐，然后又搀扶着陪着她走，后来就陪着她在床上睡了。第二天醒来，她蹬开被子看见自己赤身裸体，再看一旁睡着的曲画水也是赤身裸体，惊异之余，隔夜的片段纷纷闪现。她恍惚记起黄昏时分，他将她伺候上床，脱了鞋袜，盖上被子后准备离开的，是她招手让他过去，他过去后，她就用手勾住了他的脖子。他醒后不停地给她道歉，像是毁坏了一件价值连城的珠宝似的。她想起了他昨夜的生疏之状和不知所措，顿时惊觉，天啦，他还是个处男。她犹如得了宝一般呵呵大笑，君王般地抬起他的下巴，再次"临幸"了他。

3

她以为他会在编钟厅逗留很长时间，没想到他只是略看了看。然后就顺着敞开的一扇门来到了露台。他不是专程来看编钟的吗？这可是从曾侯乙墓里出土的编钟原件，一套编钟就占据了大半个展厅，气势雄伟，漆绘惊艳，纹饰精巧，其音号称"千古绝响"，真的乃稀世珍宝。他就这么囫囵吞枣地看过去了。她忽然觉得他难以捉摸了。

露台不算很大，但因游人多不到此，便显得很空旷。一角还有四个撑了大伞盖的火车座，两株盆栽的鹅掌柴立在一旁，几钵春羽围绕着它们，团结合作出一大堆清凉的绿意。

他们往座位走了过去，在她落座前，他从包里掏出一包纸巾，示意她把椅子擦一擦。他还是那么细心。以前在一起吃饭的时候，总是他为她烫杯烫碗烫筷子，来了例假他就提醒她不要吃冰的凉的和辣的，在办公室备课，他会为她把水果洗净切好插上牙签放她手边上，她被牙签刺到后还会迁怒于他。学校的老师们都为他打抱不平，当着他的面劝说他，不要对一个女人这么好，将来一辈子都会在她胳肢窝里做人。他置之不理。他对她说了，他不忌讳在她胳肢窝里做人，只要心爱的女人能有个胳肢窝给他，此生便是功成名就了。他说，真正的爱情里哪里来的那么多的算计，只要开心只要快乐就好。他说，你开心了我才能开心，你快乐了我才能快乐。那些情话配着雨后的山野之景多么令人心旷神怡。如今的她总是想起那些美好的时光。

落座后，她问，编钟不好看吗？

他说，刚才看的时候我忽然悟出一个道理，那就是永远不要亲眼见到你倾心神往已久的东西，因为多半会失望。

她笑了笑，转而问关于学校的一些情况。他一一作答。他告诉她，她之前所教班级的学生有二十多位考上了大学，有一个考的北大，有一个考的清华。她顿时就激动了，是吗？是吗？哈哈。这真是太好了，太好了。这个好消息令她情绪热烈起来。

没说上几句话，一个系着围裙的大姐走了过来，问，两位要不要喝点茶？

她摆手，想走掉。她讨厌这种变相的要钱。

他却饶有兴致地盘问，你们这里有什么茶呢？

那大姐说，我们这里有婺源菊花茶、西湖龙井茶、安溪铁观音和云南普洱茶。

她说，那就菊花茶吧。

他说，云南普洱茶吧，要好一点的，来一壶，我们需要续水。

那大姐日本人似的点头，好的，先生。

茶来了，杯子是青铜做的，仿热播电视剧《芈月传》里喝茶道具的器型。她估摸着价格不会很便宜，两百三百四百？一百以内她能接受，如果超出了这茶喝得就冤枉了，她家冰箱里不缺好茶，就算这茶是一百她都觉得划不来，一百块钱都可以买一小罐老班章，能喝上好几天呢。她有点小小的不自在。单身汉不在柴米油盐上打搅，永不知物力维艰。曲画水弓着身子给她斟茶，她喝了一口，只觉得苦。

她说，像潲水。

他笑了笑，说，回甘还行。喝茶不能急躁。

她能不急躁吗？她的身上压着房贷和车贷，压着人情和升迁，压着乱七八糟的应酬和七弯八拐的一些请帮忙，她每天脚下都像踩了风火轮似的，她要随时听候领导的招呼，起草文件、复印打印、布置会场、联系酒店、迎来送往，还得四处弄发票，以填补接待铺张造成的各种亏空。她的两条腿几乎就是为领导长的。她还得见缝插针地去医院，偷偷摸摸治疗她的不孕症，各种检查都做了，没有查出任何问题，连医生也劝她不要急躁。可是结婚六七年了能不急吗？每一天她的心里都像是老房子着了火，着急着慌的。

她说，你觉得我很急？

他饮了一口茶，慢条斯理地说，嗯，从你的语速中可以看出你很急，从前你说话没这么快，现在你说话就像打机关枪一样。

哈哈。她爽朗地笑了一下，为他可爱的比喻。

其实你可以练练书法，这样可以把心气沉下来。他建议她。

她"嗨"了一下，说，哪有那工夫，等老了吧。她知道他平日里也练书法，便问，你的字现在应是大师级了吧。他呵呵一笑，说，我十五岁习字，临欧阳询的帖子，现在习王羲之和魏碑，书法是个慢功夫，到六十岁时估计我的字才能真正立在纸上。

他的这股子认真劲儿落在这尘埃漫天的时代里，她不知道是该崇敬还是该叹息。她冲他笑了笑。

他忽地从包里掏出一把折扇，吊的是小葫芦坠儿，徐徐展开，是把白扇。给她扇也给自己扇。又打伞又扇扇子还随身携带小纸巾的男人，在他之后估计就绝种了吧。她有点蔑视他的不合时宜。

她问，很热吗？

他反问，不热吗？你额头都冒汗了。

她顿了顿，又看了看，这个露台是凹进去的，四周都是高楼大厦，没有风能钻进来，是很闷，她觉得她背上都有麻丝汗。

我出了汗，竟感觉不到热。我痴呆了吗？她问。

他说，不是，是你对大自然的反应迟钝了。

对大自然的反应迟钝了。她轻轻重复她的话。那她又对什么变得敏感了呢？她在心里问自己。她忽地又笑了笑。她知道自己对交际中人们的脸色言语、一举一动敏感了，这些小动作传达出的潜台词，她了如指掌，她善于揣摩"上意"，领导的屁股一抬她就知道要拉什么屎，并能对此及时做出反应，以博得褒奖和晋升的机会。她的办公桌上永远是清理不尽的文件信函和党刊党报，每天至少要听两到三个会议。不认同的观点要愉快地认同，不同意的人选要由衷地同意，并拍烂双手。她每天都在到处亮着日光灯的高楼里忙活，她很久没有逛过公园了，印象中连天空，哪怕是阴霾的天空都很久没有仰望过了。自从离开支教的大山以后，她就再没有闻到花香、没有听到过鸟叫，那个草长莺飞、小桥流水、空山新雨的生活便彻底与她隔绝了。如今他一针见血指出她的现状，令她陷入一阵茫然，生于自然中的人对自然的感受迟缓，这是多么可怕的事情。她窝在椅子上，一副病入膏肓的样子。

服务员过来了，询问，先生，请问需要续水吗？

他说，不用。多少钱？

服务员说，一共三百五十六块钱。

她说，一壶潲水这么贵？你开黑店吗？她一边抱怨一边拿出钱包。但他比她手脚更快，抢先数了四百块钱递到了服务员手里。

她逼迫服务员把钱还给他，她说，来到我的地盘了，怎么能要你出钱？她也数了四百。他坚决不收。他调侃说，平头百姓能请当官的喝杯茶，此乃莫大荣耀，你就随我吧。她就不争了，说，你够荣耀了。等会儿吃饭我来。

临起身，她不依不饶地向服务员索要发票，服务员说没有。她便授意她去博物馆商品售卖处拿一张，抬头写她的单位，名目写外事礼品。

收好发票后，她说，那边是青铜器馆，鼎和簋都在那里，去看看吗？

他用扇子挥了挥，说，鼎、簋只有你们当官的才喜欢，我们平民喜欢春花秋月。他顿了顿，说，到湖边走走吧。

她担忧这样暴露在大庭广众之下会不会被单位的人发现，不是说婆婆病危吗？怎的跟一个男士湖边漫步呢？向来谨慎的她决定侥幸一回。仓央嘉措不是说过吗，世间事除了生死哪一桩不是闲事？

4

他们沿着博物馆旁边的路走到了湖边。他为她撑伞又为她扇扇，她内心满是别扭，但面上又不得不欣然接受，因此愈发地热汗汩汩。他问她官至几级了？她说，才提的处长，九品，小喽啰一个。末了又添了一句，真的是小喽啰一个啊。

他说，我们教书那会儿，上课前学生都要唱支课前歌，最好听的还是那支《上学歌》，你还记得吗。说着他们一起唱起了那支歌：一年级，二年级，三呀嘛三年级，人生的道路像呀像楼梯；四年级，五年级，六呀嘛六年级，我们一步一步走上去……她知道他的用心，当官嘛，总是一步一步往上爬的。但只有她自己知道这往上爬的艰辛，心力交瘁、卑微屈辱、满身血泪。

站在栽满水杉树的湖岸上，吹着温柔的清风，她说，说真的，还是那个时候最开心。

他说，自从你走后，学校里的老师和学生的家长们都时常念叨你，都喜欢问问你的近况，听说你考取了公务员，进到省政府当官了，他们都替你高兴。去年冬天，还有一个山民指着一片衰草对我说，要是穆老师在，这草估计就被她给点了。

她顿时哈哈笑起来，笑得眼眶一片湿润。以前支教除了教书她最喜欢干的两件事，一是喝酒二是放火。特别是冬月里，她的兜里随身带着打火机，遇到有死草的地儿，她就一把火点起，欣赏它们由星星之火渐渐燃成熊熊之态，她还专门在学校拉起一支放火队伍，曲画水和裘兰兰是队伍骨干，遇到假期，他们更是翻山越岭地放。山野的风吹得火焰呼呼作响，收割过后的田地暮气沉沉，冬季里的山也显出老态龙钟之相，唯有这野火呈现勃勃生机。

火苗四处串联,她则在一旁鼓噪,加把劲,让它们尽情燃烧,让它们化为灰烬,哈哈,烈火烈火,多么雄壮的诗篇。火势越大她越激动,有时候火里还会飞蹿出兔子、麻雀、老鼠或是黄鼠狼,这往往会更加令她兴奋,她不断尖叫。

他们一边烤火一边笑她,这女人要疯了,要疯了。

她更加哈哈大笑,说,我们来到这里,为什么不向这山水、这田地,打开我们自己呢?不要自我捆绑,我们应该要与这片火真正融在一起。

他们互相交流一下眼神,说,好,我们来成全你。他们把她往火堆里拖,她惊叫着抵抗,却又笑得上气不接下气,最后他们都笑得瘫在了地上。

她看看近处的山和远处的山,看看蓝天和蓝天上飘着的几片白云,忽然翻身坐起,说,我们办个篝火晚会吧,大大的,让老乡们见识见识,也让孩子们见识见识。她不知道她还能在这里留多久。

前几天她的父亲已经给她寄来了《公共基础知识》《行政职业能力测试》和《申论》,随备考资料一同寄来的还有一幅大字,她展开,是曾文正公的诗作:"沉江欲祷王尊壁,击楫谁挥祖逖鞭。大厦正须梁栋拄,先生何事赋归田。"落款印章是"穆韬光印"。她呵呵一笑,反复玩味"大厦正须梁栋拄",她想打电话问问韬光公,是哪里的大厦需要什么样的梁栋?但又怕引发他的咳疾,遂作罢。

虽然她的内心拒绝经济仕途,但她不得不遵从父命,把心思和功夫用在上面。好在她没有离开学校太久，心思还算单纯，捡起这类东西不算太难。

她提出的篝火晚会，他积极响应。裘兰兰讥讽他，只要是她提出的，没有你不赞成的。他辩驳，说，那也不至于，如果她说去茅坑吃屎，我应该不会同意。我还是有底线的。

裘兰兰逼问，如果她硬要说去茅坑吃屎，你真不去？

她也逼问，你真不去？

他闷了半天，说，要吃不吃隔夜的。我真的是有底线的。

哈哈。旷野里爆出炸弹般的笑声。穆可可说，亲爱的，叫我如何不爱你。哈哈。

他们为篝火晚会专门去了趟县里采买物品。贫困山区的县城也是小模小样的，比不上沿海城市随便一个小镇。整个县城只有两家说得过去的超市，因为购买力不强，很多商品处于临过期状态。她想买一些"高级"点的，平常里乡亲们和孩子们都很少吃的食品，比如巧克力、肉脯、牛肉干、巴旦木、碧根果之类的。考虑孩子们不能喝烈酒，他们买了些酒精度只有百分之一的果啤。她决心把篝火晚会办成一个狂欢的节日。

篝火晚会定在期末统考结束的那一天，地点在离学校不远的山脚下的农户家门口，那是三家相连的一个屋场，稻场共起来就特别大。与农户商量妥当后，他们便广泛发布消息。弄得方圆几十里的山民都知道了此事，他们的一生所经历过最热闹的就是婚礼和葬礼，看过放焰口，和尚道士开路，看过打斋醮，看过露天电影，但他们不知道篝火晚会是怎么回事，他们说一定要来瞧上一瞧。

她为这场篝火晚会出资了两千块钱，曲画水出资一千，裴兰兰出了五百。五百块钱买柴火，一千块钱办生活，其余的用来买酒，啤酒、白酒和红酒。

考试结束后，学校里的学生交了卷就直奔山脚，老师们也随后去了。农户稻场的柴火已早早被村民们码好了，大大的一堆盘，几张八仙桌远远地放在一头，上面堆的全是吃的，酒一坛一坛、一瓶一瓶、一罐一罐全堆在屋檐下。三个厨房里炊烟袅袅，主妇们都在奋力烹饪几个大型热菜，炖鸡、炖腊蹄、炖羊骨头，咕噜噜地满大锅。用铁盆盛了端出来，垛在煤炉上加热。

七点钟，在碟机播放的《冬天里的一把火》中，篝火准时被点燃，门灯亮起，音乐放起，酒杯端起，在气氛的烘托下，每个人的脸上都洋溢着笑容，那些穷困的山民们似乎忘却了他们严重的生计问题，成绩不好的学生们也放下了沉重的学习包袱，他们吃着喝着，说着笑着，孩子们则在人群里钻来钻去，品尝不同的食物和不同的酒水饮料。

穆老师，干杯！她的学生们结成伴来与她敬酒。

你们只能喝果啤。她叮嘱她的学生们，但很快她又说，小小的尝试一下白酒也没有什么不可以。诗酒趁年华嘛。

她与孩子们一饮而干。她还鼓励他们围着篝火跳舞，什么舞都可以跳，自己想怎么跳就怎么跳。她说，喜欢跳舞的人上帝都会给他好运气。孩子们在她的煽动下围着火堆跳了起来。

她把音乐换成了迪斯科，强劲的节拍把许多人都推到了火堆旁，他们随着曲子摆动头，扭动腰，高踢腿。她惊喜地发现，她不少的学生都有很好的舞蹈天赋，有几个男孩不知道在哪儿学的霹雳舞，"擦玻璃""摸钢丝""太空步"跳得有模有样，引来阵阵掌声和喝彩声。

哈哈，多么带劲的人生。她在心里感叹，并朝着红红的篝火举了举杯，然后喝干。后来，她干脆坐在了酒坛旁边，掌着一个竹制的酒提子，给别人把酒也给自己把酒。

裘兰兰从人群里走过来，蹲在她旁边说，乡里人就是乡里人，素质真差，巧克力、榛子一把一把往口袋里塞，饮料喝了留着瓶子装酒，放在孩子的书包里。我真的看不下去了。赚了这点东西就能饱一生吗？这跟偷盗有何区别？怎么就不知道要脸啊。

仓廪实知礼节，衣食足而知荣辱。都是太穷了的缘故。她轻轻地回答一旁的裘兰兰。伤心秦汉，生灵涂炭，读书人一声长叹。穷是大山之顽疾，她一名小教师无能为力，微醺中听此音，只能徒添伤感。她说，随他们去吧，看到了就当没看到一样，不要作声，恐老乡们脸上挂不住。

夜一点点沉下来，四周的山笼统成黑咕隆咚的巨像，与夜色连成一片，寒气已经在四周打下了埋伏，因为篝火旺盛，它们还未袭来。月亮倒是上来了，明亮而饱满，如同一枚玉璧，内里的经络与纹理清晰可见。夜空的星星也开始多起来，她仰头寻找猎户座和北斗座，她只能辨认出这两个星座。她看着它们，像看着两个久别重逢的朋友。仰望星空，见宇宙之浩瀚，忽也生出一种"哀吾生之须臾"的惆怅。

考虑到安全问题，老师们都安排各自的学生或结伴或由家长陪护回家了，偌大的稻场便陡然空了下来，中间的篝火也显得冷清了许多。满稻场只剩五六个乡亲、三四个老师、几桌子残羹冷炙，一地酒瓶子和纸杯子。狂欢过后的狼藉更加剧了她酒后伤感的情绪。她从未感到如此的脆弱，她觉得她是多么身不由己、多么困顿乏力。

她像一只受伤的鹿，哀哀地盘坐在火堆旁，任谁过来跟她说话，她都置之不理。

直到下半夜，篝火堆里忽然飘出一阵香气，她嗅了嗅。曲画水用火钳拨出，是洋芋，一大堆，是那些孩子们之前丢进来的。烤得软烂适中，掰开有种沙质感，这几颗好吃的洋芋如同意外之喜，倒一下解了她心中的千古愁绪。

5

沿着东湖走了一小会儿，一个撑船的阿姨过来询问他们要不要坐船。这个她倒是有兴趣，便朝他看了看。他问，坐你撑的船？安全吗？

阿姨笑笑说，安全，怎么不安全？划了十几年了。阿姨将船绳系在树上，热情地招呼，说，这个时候不适合在陆地上谈恋爱，水里凉快。

他们一齐呵呵大笑。他搭着撑船阿姨的手上了船，然后把手递给她，她擎住他的手，船有些晃荡，虽然阿姨一个劲地说没事没事，但她还是不敢。他双手打开，她也只得向他张开双臂，他托着她的胳肢窝，几乎是将她抱上的船。

他说，你胖了。

她说，去你的。

撑船阿姨哈哈一笑。说，不胖不胖，不过不能再长了。

她做头晕状，说，阿姨，您是专门补刀的吧。

他欲撑伞，她赶忙拦住，说，你是打算演《白蛇传》吗?

他怔了怔，然后微微一笑，便将伞一页一页折好收在包里，又从包里拿出那把扇子来。她的心里一片无语，但也不便再说什么。

阿姨撑了两篙子后，改用桨，在船头弄出一片吱嘎吱嘎声，加上被拨动的水声，听起来，像一首破旧而富有诗意的歌谣，环顾四周，白茫茫的水波一层层荡起丰富宽广的鳞光。垂柳、水杉、梧桐交织成厚厚的绿带，环绕在湖岸上，此景倒勾起了她心中的古典情怀。

她靠在船舷上，曰，丙申之夏，端午在望，穆子与客泛舟于磨山之下。清风徐来，水波不兴。举酒嘱客……算了，没酒。

他问，你现在酒量越发猛了吧。对了，我这次来专门给你带了一坛山民自酿的高粱酒，你以前最爱喝的那种，存在了火车站边上那家外资超市的储物柜里了。他从包里掏出一个带拉链的小小塑料袋，递给她，说，这里面装着储物柜的条码纸，你今天抽个空去取了吧。

她接了过来，道了声谢谢，脏腑间有片温热漾过。他对她还是那么的用心。从前她享用得心安理得，如今她觉得受之有愧。

其实她现在已经很少饮酒了，基本不喝。官场的酒规矩大，像她这样的小喽啰，席面上一端酒杯，就如端了个包袱一般，心理负担会特别沉重，一桌十来个人，你要知道每个人的级别高低，酒过三巡后，你要从级别最高的那个领导开始，一一给人敬酒，要会说令领导高兴或是凑趣的话。通常一桌中，基本上没有比她级别更低的了（比她还低的一般都是跟司机一道吃，她是多么情愿跟司机一道吃饭）。从当了科长开始，她的应酬酒就多了起来，敬个酒，你不仅身子要比人低一等，敬酒的杯子也要比人低三分。而且不能光顾着敬酒，你还得留意桌面，领导夹菜，你要把电动的桌面压住，你还得留意领导们的状态，杯子空了，虽然有漂亮的服务员在旁边，但你还得离席亲自倒上，你得时时刻刻笑靥如花，要不断提醒自己不能乱讲话，一言不慎，就有可能得罪人，在官场，得罪一个人就如同凭空踩个地雷，是大忌讳。总之，你就是个木偶，是个奴才，你没有思想，领导的思想就是你的思想，你对任何事都没有态度，领导的态度就是你的态度，领导说西瓜是树上结的，那你就绝不能说西瓜是土里长的。这是她被踹了多少次，才获得的深刻教训，属于"多么痛的领悟"。

她永远记得那次应酬，那是在她准备提副处的时候，一个副处长要她代酒，一个正处长也要她代酒，关键时刻，她怎能迎"雷"而上，官场里，官大一级压死人。虽然两个处长有故意为难的嫌疑，但她却不能拒绝，拒绝就是得罪。何况她的领导经常对她说，上级就是为难你那也是瞧得起你。她对他们如此的"瞧得起"无以为报，只有一杯一杯再一杯。桌上喝彩声不断，都夸她有海量，都认为这样的人前途不可限量，是不可多得的栋梁之材。

突然她感觉到胃部一阵痉挛，继而是绞痛，疼痛令她的后背涌出密密匝匝的汗水，接着她的脑门上也是汗大如豆。酒在她的胃里翻江倒海，她忍着强烈的难受，不让自己失态，装作很正常的一次去洗手间。在洗手间里她呕下一摊污秽，也呕下一行热泪。她想起父亲曾寄给她的曾国藩的诗，"大厦正须梁栋拄"，她心里一阵冷笑，这是梁栋吗？酒囊饭袋的大厦所需的梁栋吧。她蹲在马桶上，还没尿出，胃绞痛却再次袭来，她几乎要在地上打滚了。但她还是强忍着顾住了体面。终于进来了一个服务员，她请她帮忙叫辆的士，并让她把她送到车上去，她得赶快去医院。

那个夜里，在医院的急诊科她被诊断出胃穿孔，握着那个诊断书，泪如雨下。她觉得受到了莫大的侮辱和损害，可是却不知道是谁侮辱和损害她的。疾病是对身体的警告，表示身体受伤了，而这一次她感觉受伤的不光是身体，还有心理。从此她决心戒酒，她在纸上一遍遍写着"安能摧眉折腰事权贵，使我不得开心颜"。加上要孩子，封山育林，多么堂而皇之的拒酒理由。

她对他说，我已经没酒量了，像从前惯喝的高粱酒，60度的那种，已经碰都没有再碰过了。你知道，我不大喜欢喝应酬酒，我喝酒无拘无束惯了的，高兴了就喝一大口，不高兴的时候就抿一抿，碰到对味的人就多喝几杯，不对味的就少喝一点，喝酒本来就是为了给人生添趣的找乐子的，但如果喝变相了，酒也就变了滋味。

他点点头，表示赞同也表示理解。

其实他哪里能真正理解。她戒酒后，慢慢少了很多喝酒应酬和酒肉朋友。但当这些她深恶痛绝的喧哗和邀请减少后，她不但没有获得某种清静，相反她又处在一种深深的不安中，好像不参与饭局酒局，她就找不到存在之感。她一面感觉到压抑窒息，一面又害怕被抛弃。于是在外表上她只能愈加的奴颜媚骨，她跟自己不断妥协。

有时候她还是欠点酒喝，便趁丈夫不在的时候，夜半溜出去，找一大排档，点两罐啤酒，小解酒馋虫。那时她想得最多的便是山中教书的岁月，那个时候的她恣意洒脱，自由自在，像风中奔跑的一匹野马。

她说，不过你的酒，我肯定是要喝的。

她问他，你现在也成家了吧？

想起刚刚裘兰兰告诉她的，说他跟一个有夫之妇纠缠在一块儿，她的心里就存下了一个小疙瘩，她想亲自问问他，也想善意提醒一下，莫玩火，以免引火上身。

他摇摇头说，没有。

那女朋友呢，总谈了吧。

他笑了笑，不回答。

她说，你难道还真的非我不娶？别傻了啊。赶紧谈一个，要求不要太高，是女的，活的，就行啦。

他扑哧笑了一声，白扇子摇了两摇，倒吟出两句诗来，"曾经沧海难为水，除却巫山不是云"啊。

她推了他一下，又挥了挥手，说，别存些酸诗在肚子里。我告诉你，不要指望一张旧船票还能登上我这条破船。赶紧找只好船，扬起帆，快点划上岸，这才是道理。

他莞尔一笑，不做任何回答，沉默。显然他不愿跟她讲起那个有夫之妇，他也不愿意聆听她的劝诫之言。她只得作罢。

她看看表，已经十一点了。她向驾船的阿姨挥了挥手，说，阿姨，您觉得这湖边上哪家餐馆的菜好吃，客人多，您就把我们送去哪儿。

阿姨说，好。

她看看他，像是闷闷不乐的样子。便转过头对阿姨说，阿姨您看过《新白娘子传奇》吧，白娘子和许仙坐在船上的时候，艄公唱了一首非常好听的歌，您也给我们唱一个吧。

阿姨摆摆手，说，我不会唱。

她说，您唱一个吧。

阿姨说，我不会唱。

她说，您唱一个吧，我多给您船钱。

阿姨说，好。唱一个。唱个我儿子经常唱的，说是叫"瓦谱"。

信了你的邪，信了你的邪

武汉的房价像打了鸡血

光谷一万三

汉街两万五

这还不说汉口的地老虎

有钱的老板他只管泡媳妇

没钱的我们就只能光屁股

……

他们拍着船舷，笑得前赴后继又东倒西歪。她笑得飙出两行泪来，问他，如何？如何？

他捧着肚子，说，绝了，绝了。

上岸后，她抢先给了阿姨三百块钱。阿姨说，多了。她大手一挥，跷起一大拇指，说，不多，值！

6

坐在"东湖岸边"餐厅的包厢里，等候服务员上菜。她和他隔着落地窗户看东湖，湖面上飞过一辆又一辆冲锋舟，是驻地部队在演习水上救人，"轰隆隆"地卷起"千堆雪"。他忽然感叹说，你当年弃教从政是对的，这里的生活比那里的生活要精彩得多。

有句歌儿唱得好，外面的世界很精彩，外面的世界很无奈。她说。

各有各的无奈。他说。

她又说，其实有时候我会做许多假设，假设当初不出来，留在学校继续教书的话，现在会是什么样的心态？假设跟你结婚会过什么样的日子，会不会孩子都很大了？到最后，这么多的假设堆在一起，我就会感到茫然。我总是会问自己，这样的选择到底是对的还是错的。

他散开桌上消毒餐具的包装，用开水反复烫洗，还像从前一样，先烫她的那份，再烫他自己的，然后用他自带的餐巾纸擦干摆好。他一面做一面说，人生的道路没有对和错，站在十字路口，选择朝左或是朝右都是对的，只有左右摇摆犹豫不前才是错的。

菜上上来了，一盘葱烧武昌鱼、一盆油焖大虾、一罐排骨藕汤和一盘清炒竹叶菜。她问他，喝什么酒？

他说，黄酒吧，不伤身。

她便吩咐服务员来一坛女儿红。

酒上来后，她拦下了桌边准备开瓶的服务员，说，谢谢，我来。她亲自开瓶，并下位跟他斟酒，他不知所措，只能慌慌站起。说，穆处长，给草民这么高的待遇，草民领受不起啊。

她不理睬他的调侃，端起杯说，久别重逢在中国的传统文化里算是一桩喜事，你我为此干一杯。

复又斟满，她站了起来，说，曲画水，这么多年了，我一直欠你一声"对不起"，今天，我借这杯酒向你说出来，说了，我的心里就好过一点了。

他也站了起来，眼眶带着些湿润，说，不要说什么对不起，你没有对不起我。这么些年我也对我俩的事进行了反思，在我心里，你是美丽的孔雀，是高贵的凤凰，我爱你，仰慕你，就像桌上这小玻璃瓶装的金鱼一样，你看因为空间的狭窄，这鱼游动得多么吃力，甚至掉个头和摆个尾都很困难，时不时头就撞在了瓶身上，如果这瓶水有情，它一定会感知到它所爱的鱼的痛苦。说着，他拿起玻璃瓶打开窗户，将那条鱼放到了东湖里。他说，不能怨这条鱼的离去，只能怨瓶中的水太浅。

她忽然感觉喉头一阵灼辣，哽得让人要流下眼泪，她赶紧仰头喝干杯中的酒，然后逼迫眼泪回流。她要面子，不想让他看到她的感动。她在他面前一直都是螃蟹，是横着走的。

每当她头疼脑热又恰逢雨天的时候，躺在床上看着窗玻璃，脑海中就会想起他为她破窗而入的样子。那时她支教已经满两年了，她的父亲说她已经符合"三支一扶"人员报考公务员的政策了，便隔三天就打个电话督促她为国考做准备。没几天她父亲又来打电话，语气神气又神秘，说，我已经给你报上名了，猜，我给你报的什么职位？

她问，什么职位？

她父亲说，省政府办公厅主任科员。

她嗤之以鼻，说，这很好吗？

她父亲很不满地"唉"了一下，说，这不错啦，其他的岗位要求研究生学历，你有吗？再说专业也不对口，这个要求汉语言文学专业，学历本科，不是为你量身打造的吗，更重要的是办公厅是出人才的地方，有很多一把手、实权领导、大官都是从办公厅出来的。

她说，你一个勤杂工怎么对当官握权有如此大的热情？韬光公你给我解释解释看。

韬光公说，你要知道，"人生不得行胸怀，虽寿百岁，犹为夭也"。

她说，你知道我的胸怀是什么吗？是"人生得意须尽欢，莫使金樽空对月"。是"且放白鹿青崖间，须行即骑访名山"。是"我见青山多妩媚，料青山见我应如是"。

她父亲怒道，你就不能志顶江山、胸怀宇宙吗？我们九死一生，含辛茹苦培养的就是你们这"垮掉的一代"吗？然后她父亲一阵猛烈咳嗽，像是气绝一般。

她怔住，"垮掉的一代"，这个定论下得太武断了。最后以头悬梁锥刺股的方式妥协了。每天晚上下自习后就回宿舍看参考资料，做模拟试卷。

一次看完资料后，她将资料搁在一旁，转而翻《全唐诗》，信手翻到杜甫《赠卫八处士》，读到其间两句"夜雨剪春韭，新炊间黄粱"，忽然感到腹中一阵饥饿，寝室里已经没有存粮了，她便想到镇子上去买点花生米和卤豆干之类的，顺便打壶酒，以慰五脏庙。

出门时还有"明月别枝惊鹊，清风半夜鸣蝉"的好景致，哪知山里天气多变，连夜里也不得消停，才走到半道上，满天繁星被乌云遮盖，只剩得"七八个星天外"，更兼得"两三点雨山前"，走着走着"两三点"就变成了"十几点"，然后点连线，一大片，噼里啪啦兜头浇了下来，满世界都是"穿林打叶声"。她被浇了个透，连内裤和内裤上的卫生护垫都是雨水，赶路又没留神，一下跌进一个水凼子里，挣扎着爬了起来，但人却受了惊吓。跌跌撞撞回到寝室，头昏昏沉沉的，四肢又绵软无力，勉强支撑着脱了衣服，就钻进了被子里。

迷迷糊糊中，她梦见大学里的毕业晚会，莺歌燕舞，一片闹哄哄，然后"咣咣咣"的几声响，是有人敲门，她起身去开了门，门外却没有人，但敲门声却一直在持续，她觉得这一定是有鬼，然后她扭头看见她的同学们的身后都露出了一截长长的毛尾巴，她吓得东躲西窜，"咣咣咣"的敲门声却追着她跑。她觉得这是在做梦，她就逼迫自己睁开眼睛，然后她就看见了曲画水，她向他大喊，"救命，救命"，她被狐狸精包围了。她的同学们从后面追过来了，一个个青面獠牙，红眼红唇的，她的冷汗一阵一阵流了下来。忽然一声巨大的"咣咣"声，迷蒙中，她看见曲画水砸了玻璃，湿漉漉的伸着一颗脑袋，正从窗户里爬进来。可是她感觉曲画水好像没什么功效，她的身边仍然围绕着许多妖精，这些妖精索性连衣服都脱了，一个个都赤身裸体的，它们都垂下脸来吓唬她，她感到自己浑身滚烫，像是被火烧着了一般，低头一看，自己真的架在柴火上。她又睁开眼，看见曲画水正拿着衣服往她身上套，她心急如焚，他不救她脱离火海，还给她身上添易燃物，是要眼看着她被烧死吗？她只觉得她快死了，然后头一偏，干脆死了算了。

真正醒来是第二天的早上了，一睁眼看见自己面前挂着个冒泡的盐水瓶，长长的塑料管子一直连在自己左手背的静脉处。"我病了？"她满是疑问。看看四周，这是在镇上的卫生院，看来是真病了。忽然她想起了雨、想起了自己没穿衣服，她掀开被子一看，谢天谢地，自己穿戴得整整齐齐的。她"啊"地叫了一声，曲画水便旋风一样钻到她床前，问，你醒了？

她立马想起了那颗湿漉漉的脑袋，然后所有的事就闪电般迅速连在了一起。她发烧陷入了昏迷，是他破窗而入紧急送医救了她。

她斜着眼睛问他，是你给我穿的衣服？

他急急辩解，说，当时情况危急，时间就是生命，哪里顾得了许多。又小声地说，你，我又不是没见过。

她说，怎么不给我穿胸罩？你看看，这，放浪形骸的，雅观吗？

他瞧了瞧，扑哧一声笑了，又赶忙憋住，但又实在憋不住，只有放出更粗暴的笑声来。

因为对他的感激，她和他之间的感情也有了变化，开始了谈婚论嫁的节奏。他一次次邀请她到他家里去玩。他家就在邻镇，虽然也是山区，但家境还过得去，父母在镇上做点小生意，有楼有门面。她不知道为什么，对见他父母这事很是抵触，好像一直都没有做好心理准备似的，所以每次都以各种理由推脱。她说，等我考试完了再去吧。

在她备考的那个月里，他几乎包揽了她生活和工作上所有的杂事。她不咸不淡地叫他声"亲爱的"，他就为她忙得屁颠屁颠的。每天早上他给她带早餐，帮她备课，并标注课堂重点，学生的作业也是他帮她批改，晚上帮她烧水，把热水瓶灌满，下了夜自习又过来帮她洗衣服，甚至内裤都是他帮她手洗。她摊着考试资料，看着他任劳任怨的背影，内心有了一丝丝压力。她对他付出的真心生出一种胆怯。

她双腿高高架在写字台上问他，如果我将来成了女版陈世美，你怎么办？

他说，你不会。

她问，我是问你我成了忘恩负义的陈世美，你怎么办？

他说，你不会。

她突然恼火了，吼道，跟你丫聊个天都他妈累，我问你我会不会成为陈世美了吗？我问的是，我成了，我他妈的成了陈世美，你怎么办？怎么办？

他搓洗她的衣服，不再作声。屋里一阵安静。她突然觉得这日子真他妈没劲。就像胸中憋着什么似的，不能直抒胸臆，不能淋漓尽致，不能随心所欲。她忽地又叹了口气，给他道歉，说，对不起，亲爱的，刚刚没忍住。

他说，没事。其实我并不是有意要答非所问，而是你的那个如果令我恐慌，我内心里害怕它成为现实，我只能回答你不会，因为我相信你，也相信我自己。

他走后，她拧开一瓶红星二锅头把自己灌得晕乎乎的。

7

她时常想，如果没有遇见她现在的丈夫，他就真的会成为她的丈夫吗？她那个时候心里其实就很清楚，她并不爱他，而她对他的亏欠就是利用了他对她的真心，利用了他对她的深情，她对他要了心机，这是她不能原谅自己的地方，每每想起来，她就觉得自己是多么卑鄙。这一笔永远都是她人生的败笔。

她的丈夫也是知道曲画水的，每次她说起他的时候，她的丈夫就会猖狂而得意地给他一声评价——傻逼。她感到刺耳，便把一杯酒泼在丈夫的脸上，说，一个总说别人傻逼的人，自己永远也成为不了乖逼。

她和她的丈夫是在公务员考试的考场上认识的。他是最后一个进的考场，穿着一件橘红色的印花衬衫，那颜色飙的，她看一眼就浑身燥热，那鸡冠一样的发型配上一双后现代感的板鞋，那是正宗的"酷炫"派头。他就坐在她的旁边，一落座就四周点头，并轻声地说，多多关照，多多关照。她心里想，这有什么好关照的。十足的游子哥（她老家对不务正业的男子的称谓）。但她忍不住又朝他看了一眼，不料他朝她璀璨一笑，一口牙白得像刮了腻子似的。她的心莫名其妙地"咚"了一下。

公共基础知识对她来说并不难，很快就做完了。她无聊地玩弄着手里的 2B 铅笔，两个监考老师在前面晃来晃去。她感觉她的胳膊肘被什么东西碰了一下，扭过头一看，那个"游子哥"一脸谄媚地冲着她笑，指了指他的考卷，然后偷偷地向她拱了拱手。她发现他的选择题还是一片空白。她便有意将她的答题卡放在他那一边，而且还翘起来。她一点都不心疼自己的劳动成果，一点都不忌讳他白白占她这么大的便宜。

交卷出来后，他在她屁股后面一直撵着她，他说他叫田均匀，是武汉的。她说她叫穆可可。他向她索要电话号码，她告诉了他，他拨通后，说，存一个吧，考申论我们不在一个考场，但考完后我要请你吃饭。

申论考完后，她的电话就响了，他一定要请她吃饭，她推却不过只得答应。他带她到水果湖路的一家土菜馆，点了一锅牛肉、一锅田鸡、一锅鲢鱼、一盘拍黄瓜和一盘青菜。他说，这是水果湖路，省委省政府都在这条路上，我看你将来肯定是要混这条路的，提前让你熟悉熟悉环境。

她被他逗得哈哈大笑。

他问她，喝点什么？酸奶还是饮料？

她说，你呢？

他说，我随便，你喝什么我喝什么。

她便招呼了一个服务员，问，你们这儿度数最高的白酒是什么？

服务员说，霸王醉，70 度。

她说，好，就来这个。

他目瞪口呆，连连咂舌，说，厉害厉害，你是个酒行家，我有眼不识泰山啊。

边喝边聊，他问她报考的什么岗位？她说省政府办公厅主任科员。她问他报考的什么？他说省纪委办公厅主任科员。

她呵呵一笑，说，真扯淡，你他妈报考纪委，你还作弊。

他"嘘"了一声，说，轻声些，轻声些。

一瓶霸王醉喝完后，两个人都晕了。他知道她是外地的，便殷勤留她在武汉过夜，并在酒店为她订了间房。他送她过去，替她付了房钱。他还想送她上楼，她制止了，说，你回去吧，谢谢你了。

他说，那我明早过来，带你好好转转。

进了房她才发现这是间大床房，窗明几净，温度适宜，装修精致又奢华。她冲了澡，洗了头，换上浴袍，整个人一身轻松。她烧了壶水，用自带的山里毛尖泡了杯茶，喝了几口，觉得空虚无聊。便上床睡觉，床垫松松软软，躺那儿就立刻沦陷在那儿，她在床上舒服地滚来滚去，有些后悔不该将他放走，这么好的床，只有两个人滚才端的是种享受。

次日一早，房门响，她开门一看是他，手里捧着一大束玫瑰。她心头一喜，却故意关门，他一脚跨进来，将她搂在怀里，她被这样的霸道和蛮力弄得晕眩，感觉到窒息但心脏却又瑟瑟发抖。一束好端端的玫瑰花被他们全揉散了，枝干跌在地毯上，留下一床花瓣，满室都是玫瑰清香。

他说，我一晚上没睡着，昨夜里几次想过来，但怕你误会说我是酒后起兴，所以苦熬到今天早上，人都瘦了一圈，我只想告诉你，我的酒醒了，我是认真的。

她说，做都做了，还谈真的假的，有意义吗？

他说，我对你是认真的，我要娶你。虽然咱俩昨天才认识，但我认定了。

她沉静了一会儿，轻蔑地说，你是在赌我将来能不能混水果湖路吧。

他说，天地良心。

她在武汉上车后给曲画水打电话，叫他五个小时后在县里车站接她。等到站见到瘦瘦弱弱的曲画水后，她才明白，叫他来接她简直就是个错误，她从看见他的第一眼起，心里就满是不乐意，她连对他的感激之情都荡然无存了，心里只有对他数不尽的讨厌。从县城到学校，那一路都是对她的折磨。

他送她到宿舍后，说，看得出你今天很累，早点休息吧。她说好。他憋了憋又说，考得不好没关系，不要放在心上。她说好。关上门，她就拿着手机跟田均匀短信来短信去，眉开眼笑。

她知道她移情别恋了，但很快她就否定了，她对曲画水是没有情的，何来移，她对曲画水从来也没有恋过，又何来别。从一开始，她对曲画水就没有心旌摇荡的感觉，不像田均匀，她第一眼见到便是欢喜，便是心跳，便想跟他睡一觉，这才是爱情的感觉。

曲画水再次邀请她去他家，说他的父母念叨这事有好几次了，但她依然是推托，各种理由的推托，她也越来越不想看见他，她每次看见他，就绕道走，绕很大一圈，可一个学校里，抬头不见低头见又如何躲得开呢，于是她就与裘兰兰结伴，无论裘兰兰干什么，她都跟着，不给曲画水单独与她相处的机会。所以有时候即便是曲画水与她在一起，但因为中间隔着裘兰兰，她能看出他眼角眉梢的失魂落魄。

这个男人算是陷进她的套子里了。她对他充满同情但同时又充满厌恶。

她用手机与田均匀打得火热，他们煲电话粥，能从她下晚自习开始一直聊到第二天上早自习。她明显感觉到体力不支，一天到晚处于极度亢奋与极度疲劳之间。她无法专心上课了，有时候讲课讲着讲着脑子里就是一大片空白，旁征博引，引经据典是她上课的风格，但她现在常常是口边上的东西就是想不起来，后来有许多堂课她索性放起了鸭子。校长每次巡视到她的班级，所看到的课堂景象就是一片乱哄哄。她已经被校长提醒过很多次了。情势所迫，她不得不对曲画水的态度软下来，她说，亲爱的，帮我去上早自习。亲爱的，帮我去上上晚自习吧。亲爱的，帮我把这套试卷刻一下吧。亲爱的，帮我去监考吧。亲爱的，这套试卷你帮我把分数总一下，并把平均值算出来。

曲画水以为他奄奄一息的爱情复活了，无精打采的他又重新精神抖擞，开始电动马达似的忙前忙后。对她的各种吩咐如遵圣旨。而她则躲在她的寝室里补大觉,讲电话,喝酒吃肉看电影。她跟田均匀说曲画水,田均匀说,傻逼。她听了有点不舒服,但是他不是傻逼又是什么。

一个平常的早间,办公室里只有她一个人,她出去上了个厕所,回来时发现门被风给刮上了。然后就在此时她的手机响了,是武汉的号码,她顿时心急如焚,她没有带钥匙,刚好曲画水来了,他也没带钥匙。她怨恨地白了他一眼,责备他干什么吃的,钥匙都不带。手机还在不死心地唱《笑傲江湖》,他看她如此心急,忽然伸手一拳砸向玻璃,碎了,他把手机给她拿出来,她发现他手背上一道道血印子,她仅仅是用眼神表示了一下歉意,叮嘱了一句,快用创可贴贴上止血,便慌慌去接电话了。

她的笔试过了,笔试成绩是全省第三名。电话里通知她下个月去省里面试。然后她就陆续接到了韬光公和田均匀的电话,都是恭喜她的。她问田均匀过了没有?田均匀说,鸡巴上挂镰刀,卡着坎儿过的。她哈哈大笑。田均匀要她把银行账户告诉他,他说要给她打一笔钱过来,给她买面试的服装。他说面试形象很重要,而形象主要就是靠衣装,所以必须要舍得砸钱。她不大习惯用男人的钱,但都说钱就是男人的心,看一个男人爱不爱你就是看一个男人舍不舍得为你花钱,从来飘在天上的她那一刻竟也变得世俗了,她告诉了她的银行卡号,过了十分钟,她便收到银行短信,她的建设银行卡里转入了两万块钱。

她神采奕奕地走进办公室,他举着血迹斑斑的手掌看着她。

她说，我笔试通过了，全省第三。说完她就拿着教科书上教学楼去了。她都不想看他的反应和表示。她用冰冷的背影告诉他，她和他之间彻底没戏了。

8

在她留在省城后，在一次与裘兰兰聊天的时候，裘兰兰告诉她，自她走后，曲画水整个人就垮掉了，他一个人在网吧里待了九天九夜，学校里的老师找到他时，他躺在网吧的椅子上，耳朵上架着耳机，目光呆滞，脸色惨白，一副死了半截没埋的样子。学校还把他送到医院挂了两天营养液，人才渐渐有了点生气。好了后就开始酗酒，你知道画水从来不喝酒的，你在学校时那么爱喝酒，他都不喝，你走后，他倒终日拧上酒瓶子了，动不动就咕咚一口，成天一股酒气，成天醉醺醺的，弄得学校几次都要开除他，最后还是觉得他可怜，又将他留下了。裘兰兰说，你真是害人不浅，曲老师这辈子真的被你害着了。你知道吗？人家父母早早就为你准备了见面礼，等着你上门时好送给你的。她问，是什么啊？裘兰兰说，是一只翡翠手镯，曲画水的爸妈专门托了懂行的朋友花了十万块钱买的。

她是真负了他了，她是个负心女，她利用完了人家就彻底甩了人家，她觉得自己是多么龌龊，多么肮脏。她甚至将自己多年的不孕归结于此事的报应。玩弄一个人的真心，上帝是不会原谅的。

从此关于他的消息她选择屏蔽，她删除了他的一切联系方式和以前学校里很多人的联系电话，她再也不愿听见关于他的任何消息，好的坏的，因为她无力承受，每一次想起她就会照见自己的卑鄙，这令她极度不爽。

9

饭毕，他们从餐馆出来。他伸出一只手握住她，说，谢谢你可可，我要走了，下午四点的动车去四川，在武汉站乘车。我想去西藏走走，都说西藏离天最近，可以拯救人的心灵。

她怔住，就来这么会儿。她以为他们还会有个很美好的夜晚。

他说，这么会儿对我来说是多么奢侈的一会儿。

她终于流下眼泪。她轻轻抱住他，说，一路顺风。

他拍了拍她的肩膀，说，谢谢。

太阳照在镜子上

1

　　吃过晚饭我一般会到江边散步，对着夕阳铺陈的江面点燃一支烟，静静想一些心事。江边种着高高的白杨树，风一吹，哗哗作响，像一片掌声。江堤向天蜿蜒而去，无拘无束的。忽然尖锐的蝉鸣从我衣袋里传出，是手机的铃声，一声一声像针尖一样细也像针尖一样有力。手机上显示的是"安"。安？我心里一紧，手指也哆嗦起来。

　　我父亲在四十二岁那年没管住他的中腿，与他的一位女学生为我鼓捣出了这个妹妹。这些年我试图将她忘掉，仿佛真的忘掉了，我连做梦都不梦见她。可是，总在不经意间，在毫无防备的晨起或深夜里，她就像划火柴一样"嚓"一下从我的心里挣脱出来，将我的脏腑燎起一个个血泡。

当年学校有传言我父亲跟女学生的消息，可我们都不信。父亲是位老实人，他每天皮鞋锃亮，西装笔挺地站在县一中毕业班的讲台上传道授业解惑。他的班里经常会冒出文科状元来在市里省里甚至全国轰动一下。每年高考后的暑假，我们家从不开火，我和我妈还有奶奶跟着我爸一道辗转于各个饭店的谢师宴上，吃得我们头发尖都能淌出油水来。

他拿着讲义走向教室的情形如农人走向田地。他崇拜毛泽东，是党员，他办公室的玻璃板下压着他手书的共产党员入党誓词。父亲不苟言笑、方方正正像秤砣一样，很稳，我们觉得一个举起拳头宣誓永不叛党的人应该也是不背叛家庭的人。

当那个女学生来到我家跪在我母亲的脚前请求我母亲的原谅，我们才知道这事是真的。我母亲看着我父亲，我父亲不说话，他把脸扭向了窗户，窗外的院子有一丛黄色的野菊花，是父亲特意种的，他向往祖上陶渊明"采菊东篱下，悠然见南山"的自在生活。

那个女学生说她怀了我父亲的孩子，她要把这个孩子生下来。那一刻我头上滚过一声炸雷，我感觉我脚下的地都在晃动，这个站着像门板一样的男人"轰"一声在我心里倒塌了。父亲的沉默并不是软弱更像是逼迫。他是愿意娶他的女学生的。奶奶在看了女学生的肚子后就开始躲避母亲的目光了。她想抱孙子的心还没有死。我看到我母亲眼睛里的光灭了。

父母离婚后，我跟了母亲。母亲没有工作，父亲给了母亲十万块钱作为安家的费用。母亲将这笔钱存进了银行，她找了个打扫公共厕所的活儿，以此来养活自己。那一年，我满十六岁，正在读高三，成绩总上不去，成了学校的包袱，原本是打算复读的，但为了尽快离开这个鬼地方我学会了头悬梁锥刺股，我的屁股长出钉子钉在板凳上，我的眼睛也长出钉子，钉在书本上，我把那些书看出一个坑来，最后我考上了武汉的一所大学，虽然离我心中的远地方还差十万八千里，但我母亲已经很阿弥陀佛了。

　　父亲不惑之年对家庭的背叛在我的心里凝结成不散的阴霾，每次突然想起时，就让我对他有种刻骨的仇恨。我想着要报复他。我在大学里开始学着抽烟喝酒，画着浓妆混在男孩子堆里打情骂俏，勾肩搭背，一副很随便很开放很有性经验的样子。那个时候我是如此的喜欢自己糟蹋自己，我曾是他眼里的一颗明珠，如今我要把这颗明珠扔进粪坑里。可是我的内心却对这些男人嫌恶至极，在他们亲吻我或是要进入我身体的时候，我会恼羞成怒，我会举起我的巴掌。我用巴掌扇走了好几个男人。

　　听母亲说那女人跟父亲生了个女儿，叫陶安。母亲脸上流露的是喜色，她为父亲的遗憾感到欣慰。母亲很得意地望着我说，陶家撑门立户的还是你。我鼻子里轻蔑地哼出一声，这样的家门如一副破碎的河山，撑不撑、立不立，没多大意义。

　　奶奶在见到陶安后就大病不起了，拖了四年就去世了。这病床上的四年都是母亲照顾的，奶奶对母亲怀有巨大的歉意。

她垂危时像君王临死立储君一样对守候在一旁的亲戚们说，我做一世人，只一个儿子一个媳妇一个孙女，再无旁人，孝心单子上的人不要弄错了。遗命大于天，父亲不得不遵从。孝心单子上真的没有她们母女俩。但是她们母女俩还是早早地就去了殡仪馆，帮着给客人端茶倒水。每个去的人头上都有一顶孝帽，父亲和母亲是一身重孝，白帐布从头裹到脚，我和奶奶的侄儿们都是一身大孝，长长的如斗篷一样的白布走起路来衣袂飘飘。

我那时是第一次看见陶安。她像一只怕见生人的猫，牵着她母亲的衣角时时跟在她母亲的身后，看起来就四岁的样子，留着娃娃头，穿着背带裤，眼睛很亮，嘴唇很红。她大约是在向她的母亲讨要东西，但她母亲却一脸难色。最后，我终于听到她要什么了，她说她要穿白衣服。孝服是按孝心单子来发的，她当然没有，满院里猫啊狗啊身上都系了孝，就她们母女没有。我的心里是优越的，是雀跃的。我想我母亲心里应该也是满意的。但我母亲会做人，她从裁缝那里撕了一大块白布又拿了两个帽子，给陶安戴了个孝帽系了个大孝，给那个女人戴了一顶孝帽。那女人向我母亲说了声"谢谢"。

陶安披上大孝后立刻就乐了，她倚着门框看我，朝我笑，但我故意扭头不去看她。她走了出来，在外面的空地上跑来跑去，想让风吹起她的白斗篷。亲戚中所有的大孩子和小孩子都围着我，像暗地里约好了似的都不去理她。她似乎想引起我们的注意，叫声越来越大，她说她是侠客。后来她叫，姐姐，姐姐，你看，我是侠客，我是侠客。我狠狠瞪了她一眼。父亲拿着一卷鞭炮凄然地走了过来，看到奔跑的陶安，他甩了她一巴掌，父亲说，奶奶死了，你就这么高兴。陶安一下子就哭了。她母亲赶出来，将她搂在怀里，她母亲朝我父亲看了一眼，大致是想说什么但是嘴唇动了动什么也没说，只是默默地将号啕大哭的女儿带向了背人的远处。

奶奶没有承认她们，影响陶氏家族也不承认她们。我听母亲说，父亲的压力很大，每月都要到理发店去染一次头发，不然就是一头白发。可是他对他的再婚却没有流露丝毫悔意。其实当初浪漫的师生恋被世俗消磨得面目全非。首先是应家长的要求，父亲不能教书了，转向学校的后勤工作。女学生的家人也没有原谅他们，特别是我的态度对他的伤害最大，他曾往我的学校寄过一封信，希望能与我见一面，可是我没有答应。在一中的校园里，我偶然看见过他一次，穿着一件毛背心，提着菜篮，背似乎都驼了，头发虽然乌黑，可是脸上的皮肉都一齐往下坠，他的步履沉重，走路像背了座山似的。他的衰老让我有了一丝软意，但是我的脑海里随即浮现出母亲枕头的泪痕，软意复又变硬。他当初无情的沉默和重起炉灶的决心像一把把飞镖刺向我和母亲。老夫少妻，他以为他会有一堆好日子，看到他吃力地上台阶，看到他蹒跚的步履，我的嘴角扬起淡淡的笑来。我与他背道而走，莫名的酸楚在我胸间堆积，我加快步伐奔跑起来，直到眼角有泪溢出。

在陶安十四岁那年，父亲出现精神恍惚的病态，整夜整夜睡不着，要靠吃安定才能勉强睡半宿。他在一次买菜的途中被一辆轿车撞倒在地，送到医院抢救。我母亲给我打电话，叫我马上从武汉赶回来，那已经是傍晚了，没有班车了。可我母亲要我包辆车，无论多少钱她出。母亲说得很坚定，有一种诀别的意味。

我赶到父亲的床前，父亲已经不能说话了。母亲在背后催促我，叫爸爸，快叫爸爸啊。我没有叫。从十六岁到三十岁，十四年没叫，已经生了锈，叫不出了。父亲摇摇手，意思是叫我母亲不要勉强我。他又对我招了招手，我把我的手递给他，他握住我的手又握住陶安的手，他将陶安的手放到我的手里，让我的手握住她的手，他说了他生命中最后一句话，你们都姓陶。然后他的手就骤然松开，头歪向一边。陶安哭喊着，爸爸，爸爸，爸爸。而我却喊不出这两个字来。

父亲死后半年母亲也患病去世。那个小城于我再也没有了任何牵连，我很少回去了。过年过节我也不回去。我给陶安留了我的电话，但她很少打，几乎没有打过。但我还是从亲戚那里知道了一些他们母女的消息，父亲死后，学校收回了父亲生前所住的房子，给她们娘儿俩另安排了居住地，挨着猪圈旁的一排平房，过去也是老师的宿舍，条件很简陋，漏雨又漏风，陶安母亲的工作也由图书管理员换成了食堂蒸饭工。父亲死后并没有给她们母女留下多少钱，所以陶安母女的生活过得很节俭，她们周末还提着编织袋在学校操场捡塑料瓶和纸箱子来增加收入。还听说陶安读不进去书已经下学了，在县城里一家洗脚城打工。

那些到了晚上霓虹游走的洗脚城在我眼里等同于烟花巷，是青楼，是窑子。我觉得这是她们故意的，故意羞辱陶家的，是做给我看的。这使我对这个女人更加痛恨，我隐隐地将我们家庭的破裂、父亲的惨死、母亲的早亡和我对男人的嫌恶统统归结在她的头上。我甚至认为我父亲的出轨是因为她色相的勾引，她若不在我父亲面前卖弄风情，巧笑倩兮，激起男人压在心底的兽性，我父亲怎么会跟她误入藕花池，她怎么会怀上我父亲的孩子，进而逼迫我母亲让出名分。我决定与她们此生不相往来。小县城我也就每年清明节回去一次，每次去父母和奶奶的坟前我都会看到燃剩的蜡烛头、香头和纸钱，我猜想一定是她们母女来过了，对于逝去亲人的祭奠算是我们彼此间唯一存在的联系，我仅以此知道她们还活着，每年还能余出几十块来买这些香蜡纸烛，除此之外我对她们再没有别的信息了。

过了三年，我接到陶安的电话，说她母亲去世了，这是陶安第一次给我打电话，她叫我姐姐。她的声音很紧，喉咙好像跟尼龙线一样细。我没有回答她，我静静地等待她跟我说正事。她在那边抽泣起来，她说，姐，我妈过了，你能回来帮帮我吗？说完她便抑制不住地哭出声来。对于这个女人，我虽然素无好感，可是死亡是件令人悲伤的事，生人不能与死人计较，我答应陶安回去帮她。这个女人在我父亲死后并没有往前走一步的心思，想来也是不易的。那次回去我才知道陶安已经嫁人了。一身重孝的陶安将一个披着重孝的男人引到我面说，这是田文军，我老公。我冷眼打量那个男人，他应该比陶安大不了多少，顶多也就二十出头，不高，仅比陶安高半个头。我再看陶安，这才注意到她的肚子已经微微隆起。

把陶安的母亲送上山后，我们在一家小饭馆里吃了顿饭。陶安告诉我她和她老公是在洗脚城认识的，两人都是洗脚的技工。老家郧县，穷地方，电视长年就只收到两个台，一个中央台和他们的地方台。在洗脚城打工，他照顾她很多，帮她抢饭，帮她端客人的洗脚水，休息时他还给她捏过脚。那时她的母亲身患重病，想她找个男人好有个依靠，到哪儿去找这么合适的人来给母亲一个交代，好让她放心呢？陶安就想到了这个同事，当她把这个同事领到她母亲病床前，她母亲简单问了下似乎还是有些不满意，但也没有反对，两人就这么在一起了。陶安说，没有办酒，所以也就没有通知我。

我静静听她说话。她长着一张好看的嘴巴，像一只出水的菱角，带着天然的红润，湿漉漉的。丰满的诱惑。她的眉毛继承了父亲的特征，又黑又长，像两根炭条。奶奶以前说过女孩子长这样的眉毛命硬，不是克娘亲就是克爹亲。终于，她的双亲都被她克死了。怨恨又在我心里翻腾了上来。她如今已嫁为人妇，有了自己的归宿。我想在以后的日子里我不会与她有什么瓜葛了。

吃过饭我们一拍两散，连句客套话也没有。她往东我向南，在等车的时候我回头看了一下，看见她老公在轻拍她的后背，手指揪着袖角在她脸上擦拭着什么。很恩爱的样子。很好，再没什么值得我为她担忧的了。

一年过去了，两年过去了，她并没有联系我，过年过节连条短信也没有。我想我们之间横亘的东西太多了，那些怨恨与冷漠堆积成了沙石，又被时间浇筑成一堆水泥，这辈子也解不开了。她有她的家庭，我有我的人生，我是绝不会低下身段去主动联系她的。好几次走到移动营业厅，被便宜的资费所吸引想换一个手机号码，但是最后都没有换，我固执地保存着这个号码，似乎在暗暗地等待着什么，也许等待在某个不可知的时刻，打进电话的手机屏幕上会出现"安"。

就像此刻。

2

我喂了一声，那边是一段空白。我蓦地紧张起来，这种陡然的联系往往都是最坏的结果。这个命硬的女人。那边有了些动静，是咳嗽的声音。她说话了，依然是如尼龙线一般细的嗓音，姐，我想来你这儿。

这前不着村后不着店的一句话让我诧异，我问，怎么了？

我来了再跟你说吧。我要离婚。

我的后背忽然一阵烘热。她到底还是遭遇了坎坷。她跟我开这个口也一定是考虑了很久的，是鼓足了勇气的，她连生小孩的事都没给我打过电话，至今我都不知道她怀着的那个孩子生没生，生的是男孩还是女孩。她从宽敞走到了狭窄，她一定像一只飞蛾慌乱地扑腾双翅，仓皇又茫然。隐隐的，我的心里有一丝庆幸，她的落魄，她的变故像一帖药一样慰藉了我，我似乎一直就隐藏着这个期待，期待她过得不好。

我说，你来吧。

她急急地说，那我明天就过来，今天带龙龙在旅店睡一晚上。

我还想问些什么，但最终闭嘴了，这样的事不是一句两句就能说清的。我将烟赶紧吸完然后弹进长江里，就往回走。我住在江边，母亲火化后我抓了些骨灰带到了武汉扔进了长江，我便在江边买了个小房子。我处过几个男朋友，跟大学里一样，在突破防线的时候我会举起巴掌，将所有的激情扇熄。出于对背叛的恐惧，我对男人的戒备像钢铁一样坚硬。所以至今单身。

回到家坐在沙发上与电视机遥遥相对，电视柜上摆着我母亲的照片，每一次看我母亲的眼睛，我总会想到她带泪的枕头。那片泪痕如长在我心底，捂得都快要长出绿毛来。阳台的窗帘拉开，远处沙滩上有一只破木船，四周全是沙子，这些年那沙都快要覆盖那船身了。我觉得这景象如一幅充满禅意的画，含有一种谶语。我就是那条船，我们一齐搁浅了。

她好像说她带龙龙在外面过夜。我猜龙龙一定是她的孩子，应该是个男孩。哦，男孩。我竟有一丝喜悦。我进屋换了套衣服，打算去城中心的商场转转，下了楼一阵江风吹来，我打了个冷战也顺便改了主意，还是到最近的超市算了。大费周章显得我多重视似的。我买了薯片、软糖、牛肉干和曲奇之类的零食，买了大小两双拖鞋和两只喝水的杯子。在服务台旁边的金银店买了一只银的麒麟锁。在我们老家，小孩身上应该是要戴银器来辟邪的。假设父亲还在，这只麒麟锁应该在她怀孕的时候就准备下了。

那一夜我听着江风呼号久久不能安睡，起来抽了两支烟，在接近黎明的时候我忽然生出一种紧张。

我提前一个小时去了车站，在焦急与渴盼中等待他们母子的到来。老家县城的巴士终于驶进了车站，从行色匆匆的乘客中我一眼就认出了陶安，她穿着一件蓝色的羽绒服，身后背着一只黑色的大背包，一手拖着旅行箱一手提着一只红色的皮革包，一个小男孩牵着她的衣角亦步亦趋。她转了个身给了我一个正面，她还是那么标致，头发留长了，还烫了时下最流行的梨花头，更显出一种风韵。她给我打电话说到了。我说，你们先等着吧，我还在路上，大约得要半个小时。

在这半个小时里，我看着他们在武汉湿冷的寒风中搓手跺脚，看着陶安俯下身去给小孩子擤了一次又一次鼻子。我看见小男孩在拳脚并用地踢打她，然后小男孩号啕大哭起来，在陶安手足无措的时候，我才慢慢走出车站。陶安见到我，低低地叫了声姐，又对着小男孩说，龙龙，叫姨妈。龙龙两眼带泪别过脸去。陶安说，他认生。我没说话，沉着脸站在路边拦的士。

从上的士到我家里，陶安的手机就没安静过，一会儿短信，一会儿电话。她一会儿跟电话那头的人说她现在在深圳，一会儿跟电话那头的人说她现在在武汉，然后一会儿是柔声细语，再接一个电话时又吵又骂。我从这些零散的话语中知道陶安有了婚外情。我从后视镜里看到她的眼睛里有一种神光，父亲当年与她母亲相好时眼睛里就是这种光，这光就像太阳照在镜子上。我的心里有些不快，她的颧骨因经受寒风又骤遇暖气有了两团红晕，一股子狐媚相。我暗自对她生出鄙视。龙龙的手里拿着一个蜘蛛侠玩具，我从后视镜里默默地看着他，这个虎头虎脑的小男孩眉目之间与父亲有几分相像，是陶家的一脉血。我看到他歪着脑袋从座椅缝里偷看我，他的手在后面扯我的围巾想让我回头。我没有回头。我像一座泰山样地稳坐在副驾驶座上，在他们母子面前巍峨、高耸。

过了会儿，我还是把头扭了过去，龙龙却忽然藏到他母亲的怀里咯咯咯地笑，蜘蛛侠的玩偶吊在我的围巾的流苏上。龙龙猛地抬起头说，看，蜘蛛侠在姨妈的围巾上打秋千，好好笑。龙龙叫我姨妈。那声姨妈在我心里激起阵阵涟漪。陶安拿着手机像拿着一缕魂魄，一副心不在肝上的样子。我问陶安，中午想吃什么？这时陶安的电话响了，陶安看了一下屏幕，脸上立刻呈现出天大欢喜，她向我打了个暂停的手势，就热情地对着电话"喂"了起来。这个举动令我有点恼火。电话那头的人显然比我这个多年未见的姐姐分量要重得多。

下了的士，陶安的电话还没有断。我将行李从车上帮她取下摆在她的脚前，然后朝前走去，我不再替她拿行李，她不像是投奔人的样子。她精力旺盛的在电话里打情骂俏。她对电话那头的人说她现在在武汉，她要那人来武汉见她。我停在一株白杨树跟前，看她一手提着一个帆布包，一手提着一个小编织袋，身上还斜挎着一个红色皮包，她的头像水蛇一样偏在肩膀上，手机夹在中间，这姿势一看就是很吃力的样子，她的脑门子都汗湿了。那个偌大的行李箱，居然是龙龙在拖着，行李箱虽然有滚轮，可是很沉重，龙龙一边拖一边喊"哎呀哎呀"。陶安扭头看了一眼龙龙笑了一下，说，乖儿子。她将编织袋转到一只手上，腾出一只手拖行李箱，两只袋子的分量很重，她的腰身开始倾斜。手机快要从肩头滑出来了，索性用手握住手机将它按在耳朵上，这样两只袋子就统统滑在了她的胳膊弯里，看得出她在使力气，脖子上的青筋都暴出来了，可是她依然舍不得跟电话那头的人说再见。她说，龙龙肯定是跟着我的，他爸爸是不会要他的，你接受我就得接受龙龙，龙龙很乖的。真的，他刚才还帮我拖箱子。

我实在看不下去了，我气呼呼地过来，对着陶安说，五栋三单元七楼七〇二。然后我抱着龙龙转身就走了。

进屋后，我将电暖炉打开，给龙龙洗了脸，拿出昨晚在超市里买的零食，龙龙看了看四周，都是陌生的样子，他问我，妈妈呢？我说，你妈在后面，她会来的。他又看了看屋子，黑色的沙发垫，粗麻的桌布，棕色的窗帘，黑白相间的挂画，红木色的地毯，笨拙厚重的手工粗陶器，陶瓶里插着干枯的莲蓬和松果，冬日泛白的太阳似乎费了许多力气才穿透那层薄薄的窗纱泻在客厅的茶几上，有气无力的样子。大概是屋子沉闷的颜色和一个不苟言笑的妇人令他感到了恐惧。龙龙忽然大哭起来，他朝门那边跑去，他要去找妈妈。我说妈妈会回来的。我一手拦住他一手掏出手机给陶安打电话，她的电话总是处于通话中。这令我很是恼火，太阳穴似乎都在嚓嚓冒火星。

我说，你妈还在跟别人打电话。

龙龙说，我妈不要我了，她说她要把我送人的。

我说，不会的，不会的。我不知道怎么哄小孩。一时间心烦意乱。我不由得多出一个心眼，难道陶安真想把龙龙丢给我？一个沦陷在情欲里的女人什么事做不出来，父亲当年不就是为了一个女人把我和母亲抛弃的吗？看她刚才那副打电话的德行，自己累得跟条狗一样却还在向对方讨好，对方似乎是不能接受孩子的，只是她在一厢情愿地争取，以她这种不强硬的态度，这种争取也是疲软的，在软磨硬泡下多半是会瓦解妥协的。这个没心肝的女人。看着一旁哭闹的龙龙，我焦头烂额束手无策。假设真的如我所想，那么陶安还是很会打算盘的，她刚不是在电话里说他爸爸也不要他吗，如果她要跟对方组建一个家庭，对方强硬地不想要她带来的孩子，那么把孩子托付给我是最好的，我是孩子的亲姨妈，总比胡乱找个妈要强。

我再次给陶安打电话，依然是在通话中。我将手机一把扔在沙发上，我为自己昨天答应接受他们母子俩而后悔。如果说我心里对亲情还隐藏着一点念想，那么现在已经荡然无存了。我觉得陶安就是他妈的一骗子。从她在她母亲的肚子里用羊水泡着的那刻起她就是个骗子，骗子！我的眼里流出泪水。在这个哭闹不休的小孩子身上我发现了我的狼狈。一个年近四十的女人还是个处女的狼狈，一个年近四十的女人还没有结婚成家的狼狈，一个年近四十的女人还没有哺育幼小的狼狈。这时电话响了，龙龙的哭声也停了。我奔向沙发，手机上却是一串陌生的号码，我迟疑着接了。是男人的声音，他问，是陶平吗？我说是，你是？男人说，姐，我是田文军。我说，田文军？我在记忆里努力搜寻这个名字。龙龙走近了，说，是爸爸，是爸爸。哦，我终于想起来了，田文军，那个矮个子，黑面孔，一脸稚气的小伙子。田文军似乎听见了龙龙的声音，说，是龙龙吗？我将电话递给了龙龙，龙龙"喂"了一声，鼻子里吹出个气泡来，然后哈哈大笑，叫着爸爸爸爸。龙龙在电话里说，爸爸，我们在姨妈这里。妈妈在下面打电话，还没有上来，她在跟林叔叔打电话。龙龙说，爸爸，你来接我，你不要我了吗？妈妈说你不要我了，妈妈说要把我卖掉。

我说，不许瞎说。

龙龙对我吐了一下舌头。我听到电话里面说，她敢，她要把你卖掉，爸爸宰了她，把她扔进长江里喂鱼。

我说，你要宰谁？你要把谁扔进江里去喂鱼？田文军愣了一下说，姐，开玩笑的，开玩笑的。哄小孩子的话，你别当真。

田文军说，姐，你住哪儿？告诉我地址我想过来跟陶安谈谈，只要陶安回心转意我愿意接他们回家，我愿意跟她过日子。

这个男人的大度令我肃然起敬，陶安果然没有看错人，自己出了轨给男人大张旗鼓戴了顶绿帽子，男人还能不计前嫌，留条后路让你回去。陶安好福气，我心里有些嫉妒陶安，这个烂女人，居然前能着村后能着店。就跟父亲一样，都已经跟别的女人过上日子了，可我母亲却还为他守着传统的贞节。我告诉了田文军的地址，我还说了很多赔礼道歉的话。陶安给人戴绿帽子了，娘家人总是理亏的。

3

在我的青椒肉丝面摆上桌后，我才听到门铃响，陶安才到屋。她精疲力竭地将行李一件一件挪进屋里，她的羊毛围巾解开了，外套的拉链也拉下了，都敞着，她身体的热气扑面而来，健康的年轻的饱满的充满欲望的热气，这热气让我想到了电动马达之类的器物。我不得不承认她是充满魅力的。她的情人一定是潇洒多金的，年龄绝对比她大十岁以上。这世上，年轻的都在奔命，谁有闲钱去找小姐洗脚按摩，只有有钱的中老年男人才会花钱去寻快活，找刺激。

她把行李放置妥当后，便从包里拿出黑色的手机充电器，两眼像老鼠似的扫视我房子的墙壁。她问，姐，哪儿有插座？

我说，没了手机你活不了是吧？

她没回答我的话，她发现了鞋柜上面有个空余的插座，她走过去将充电器插在上面，然后是手机开机的声音。伴着这种声音，陶安绷着的双肩忽地落了下来，脸色的神色也变得舒缓。她将手机小心翼翼放在鞋柜上，然后转过头对我笑了笑，说，姐，不好意思，给你添麻烦了。

她的客气让我的心莫名一软，体谅了她许多不能说出口的苦衷，我说，赶紧吃饭吧。中午简单点，晚上我再做两个菜。

在她捡起筷子绞起一箸面条递进嘴巴里的时候，我说，刚刚龙龙的爸爸打电话来了，他可能明天就过来，他说他要……

我的话还没说完，我就听到陶安猛烈的咳嗽声。她的脸涨得通红，连眼睛也是红的。她呛着了。她的慌乱让我意识到她极度不愿见龙龙爸爸。

她说，我跟他已经没有什么好谈的了。事情已经到了这步田地，我不可能回头了。

我说，龙龙爸爸还是希望你能回心转意，他可以不计前嫌。

她说，你不了解他，他的心才狠，前些时我要出门，他居然把龙龙衣服脱光了把他赶出来，他说要走就带龙龙一起走，不要把个拖油瓶甩给他。那天起好大的北风，把龙龙都冻感冒了。

我说，你怎么不想想你自己，是你背叛家庭在先，你给男人戴绿帽子，这对男人是多大的侮辱，你自己把事情做成这个样子了，人家还能给条路让你回去，这已经够对得起你了。

她不再说话。面条也没吃完。她又变成一副魂不守舍的样子，她离开餐桌，撤退到沙发上，装模作样喝了口水，然后就走向了鞋柜，摁开了手机，手指在手机上跳动起来。看她握着手机一动不动的贱样子，我又气又恨。屋子里一下子变得很安静，只有墙上的钟表发出"噜噜噜"的声音。龙龙忽然扭头对我笑了一下，然后又害羞地转过头去。我问龙龙，爸爸妈妈你最喜欢谁？龙龙说，都喜欢。我说，如果只能选一个的话，你是选妈妈还是选爸爸？陶安似乎也对这个问题很感兴趣，她停止了手指的拨弄，望向沙发这里。

龙龙低下头将手里的蜘蛛侠转来转去，过了一会儿说，我要爸爸妈妈在一起。忽然龙龙哭了起来，他说，我不要爸爸妈妈分开，我要爸爸也要妈妈。陶安走了过来，将龙龙接了过去，说，你昨天不是说跟妈妈吗，你怎么说话不算话？龙龙在陶安的怀里踢腾起来，哭喊着，我要爸爸妈妈在一起，我不要跟妈妈一个人，我要爸爸妈妈在一起。

龙龙的哭闹令陶安很烦躁，她一手抱着龙龙，一手握成拳头朝龙龙的背上揍了两拳，吼道，哭哭哭，再哭，把你丢到江里去，你这个王八蛋，你这个没良心的。两拳下去龙龙的哭声越发地大了。过了好半天，龙龙的哭声才小了些，趴在他妈妈肩头沉沉睡去。待龙龙熟睡后，我说，陶安，坐下，我们聊聊吧。

陶安朝鞋柜看了一眼，最后还是坐在了沙发上。我给她冲了一杯速溶咖啡。客厅里弥漫一股煳锅巴的苦香气。龙龙的呼吸声和钟表的"噜噜"声融在了一起，电暖炉的温度也升高了，暖意使得这狭促的空间有了家常温馨的景象。如果没记错，陶安今年应该二十二岁了。陡然降临的陶安和她怀抱里的孩子都提醒着我，我已经落在了时光的深处。我和她，面对面，静静的，就像两棵树，在光阴的面前，她已经抽枝发芽，而我却是光秃秃的。她令我胆怯、心慌。

是要谈一谈的，可是我不知道该从那一句开始。我咳嗽了一声，我问，非要离婚吗？你是有孩子的人。

陶安不说话，两只手在大腿上绞来绞去。她的指甲修剪得整整齐齐，涂了蓝色的蔻丹胶，在扭动的时候就会有闪现出微弱的胶质样的光。

我问，你现在找的这个是个什么样的人？你看准了吗？

她说，他对我很好，其实对龙龙也很好。经常给龙龙买东西。

我冷冷一笑，说，再好能好过亲生父亲？

她又不作声了。我问，那个人叫什么名字？多大年纪？很有钱吗？是老板？还是官员？其实我一开始就对这个问题有兴趣，只是找不到合适的机会。她说，他叫林大庆，二十岁。

我说，二十岁？我有点不相信自己的耳朵。是富二代？还是官二代？

她开始抠指甲，大拇指上的蔻丹胶已经被她抠得一片狼藉了。她说，不是你想的那样。他父母都是下岗工人，现在他爸爸在县城跑摩的，她妈妈在人民医院做保洁，他在一家户外广告公司做安装。

这与我之前猜测的相距甚远，她并没有傍上大款。我点燃一支烟。如果她是真傍上了大款或是高官，我会象征性地谴责她几句，然后半推半就地让她心愿得逞，拣高枝飞也算是女人的前程，我没有必要阻止她去过阔日子。我甚至还卑鄙地想着，她混好了，以后说不定还能照顾到我。可是她选择再婚的人却是这样的条件。一个三岁孩子的母亲了，还在城堡里做着爱情的梦。真是可笑。

我说，你大张旗鼓出个轨，背个不守妇道的骂名，落个离乡背井的下场就为了一个屁事不懂的穷小子？你疯了是吧，雀儿都知道拣高枝飞，你连个雀儿都不如。猪脑子。

这时，鞋柜上的手机响了，是有短信进来了。陶安立刻从沙发上站起。我火了，我说，不许去。陶安站住了。又一条短信进来了。陶安一脸焦急，拿眼神哀求着我。如果我们是同父同母的亲姐妹，我想我会扇她的。因为我们隔着两层肚皮，又有着长久的生疏，我只能跟她保持客气。她是让人生气的，荒唐无知令人生气，自轻自贱令人生气，头脑简单令人生气。一连有四条短信进来了。她立在沙发边上像一只得了狂躁症的狗。她叫，姐。我说，给我坐下。她没有坐，她说，大庆今天会来武汉的。他说他有个表姐在汉正街做服装生意，他来给她表姐帮忙，他说等他安顿下来了就会接我和龙龙过去，他说他还要给龙龙找幼儿园呢。

我说，对了，你跟那个林大庆，林大庆爸妈知道吗？同意吗？

她又不作答，低下头又去抠指甲去了。哼，用屁股想都知道人家父母是不会同意的，一个正经人家，怎么会允许自己的儿子娶一二婚媳妇，还带一拖油瓶呢？贴钱贴米替别人养儿子？她跟林大庆怎么会有结果，这个执迷不悟的蠢女人。这样一张底牌也值得她背叛自己好端端的家庭？

我说，明天龙龙爸爸就来了，你必须得跟他回去，你也必须得跟这个叫林大庆的断绝关系。别怪我没提醒你，我可以明白地告诉你，你选择林大庆那就是自寻死路。到时候过得不顺意，你难道又要离一次婚吗？左一遍离又一遍离，离一次掉一次价，你越发找不到称心的。

她的气焰终于矮了下来，坐在了沙发上，一脸戚容，两眼盯着厨房的窗户。屋里的光线也暗了下来，有了一大片的阴影，我们在这一片阴影里僵持着，我的茶凉了，她的咖啡也凉了，那股子烧煳了的苦香气还氤氲着。

这时躺在鞋柜上的手机响了，是庞龙的《两只蝴蝶》，"亲爱的，你慢慢飞，小心前面带刺的玫瑰"。陶安从沙发上弹跳而起，像革命者听到党召唤，箭步冲向鞋柜捧住手机，急急地贴在耳朵上，"喂"了一声后，就泪如雨下。对着手机急急地说，不是不是不是，不是的，你听我解释。陶安朝我看了一眼，显然她是在忌讳着我，有我横在客厅里，她不知道该怎么跟电话那头的人解释半天不回信息的原因。

我忍无可忍，将烟头狠狠摁熄在烟灰缸里，然后转身进了卧房，将门重重地傍上。去他娘的两只不要脸的蝴蝶，一对狗男女。我像一只斗败的公鸡落魄地坐在床头。窗外暮色四合，许多窗户里都亮起了灯。各种颜色的灯，白的、红的、黄的、紫的、蓝的。很多个夜晚，我都是立在窗户边欣赏别人家的灯光来打发漫漫长夜的，直到这些灯光次第熄灭，直到深夜的来临，直到这座城市停止骚动，我才肯倒床睡下。我自己都不知道我如此固执地立在窗口，是在渴盼什么，我只知道年纪越大我越难对抗这可怕的深沉的寂静的长夜。

现在我立在窗口等待对面楼里亮起一盏又一盏灯。

4

我听到客厅里传来"咚"的一阵响，接着是龙龙的哭声。我开门出去发现龙龙从沙发上掉下来了。我叫陶安，没人回答。我将灯打开，客厅里没有人，鞋柜上充电器还在，但手机不在了，那线如孤魂野鬼吊在插座上，我推开卫生间的门——空的，厨房——空的，阳台，也是空的。这个女人握着手机出去了。

我抱着龙龙给他揉脑门，他哭着要妈妈，我不知道该朝哪儿去找他的妈妈，我只能任他哭喊。他终于停下来了，他说他饿了，又要看电视，我帮他摁开电视，然后就到厨房去了。我不知道该给他做什么吃，我压根没心思弄吃的，胡乱打了两个鸡蛋给他蒸上。我不知道陶安要带给我什么样的日子。从早上出发到车站接她到现在，我有种深深的疲倦感、挫败感、乏力感、无助感。我只希望她能快点离开我这里，任她去嫁狗嫁鸡。

姨妈。龙龙在外面叫我。

我出来问，有事吗，龙龙？

我要尿尿。

待我牵他的手打算领他去卫生间的时候，我发现地板上有一摊水，我伸手摸他的裤子，他裤子已经打湿了。

小东西自己觉得不好意思，低下头一个劲儿朝我怀里拱，小脑袋拱得我怀里热腾腾的，我的内心一瞬像棵水草一样柔软，像是有什么东西要融化似的。我望向墙边几个行李包，问，龙龙，妈妈给你带换洗的衣服没有？龙龙点点头指了指那个红色的帆布包。我过去打开拉链，在里面翻腾出小秋裤、小绒裤和小仔裤，那条褐色的小仔裤被什么钩住了，拽了几下没拽动，我便将上面几层衣服都扒了出来，原来是线头被相框的金属扣给夹住了，我将线头从金属扣里绕了出来，顺手将那个相框翻了个面。忽地，我的心颤了一下。

这是陶安自己做的一个全家福，她和她妈妈还有父亲是一张照片，我是一张单人照，在这两张照片的空隙里，陶安用水性笔画了一只手臂，看上去仿佛这只手牵着我的手。这张照片里陶安大约才十岁，而我已经二十七岁了。我从她生下来就开始当她不存在，而她却一直伸手将我牢牢抓住。这黑色的一只手臂，有蛛网的效果，网住了我陡然生出的温暖。我想这一定是父亲教育的结果。是父亲将我这个姐姐强行推进了她的骨血里。

我将这相框放回原处，这也许是陶安的一个秘密，我不想让她察觉出秘密被发现的痕迹。拉上拉链的时候，我的心有种被填满了的感觉。

我将怀里的这团热烘烘的肉抱到卧房里，给他换上干净的裤子，我用手挠他的脚板，令他笑着在床上滚过来滚过去，这个香喷喷的小人儿，我猛地抱住他，在他脸上亲了一口。心里有一闪念，如果父亲和奶奶在，看到这个小人儿会是怎样的光景，一定是欢喜的。一时间我的眼里有了些湿气。我拉开梳妆台的抽屉，将昨天买的麒麟锁拿了出来，戴在龙龙的脖子上，银器在灯光下闪现出亮白的毫光。

客厅的门被推开，陶安进来了。她穿着一件掐腰的红呢子大衣，白毛领，黑色铅笔裤，脚下高跟鞋，锃亮的。眉毛画过了，眼线描过了，嘴唇估计也是画了的，只是那抹红残了，淡了，是她吃东西吃淡了，还是有东西吃她吃淡了我不好猜测。而且她回来并没有急着给手机充电，证明不是出去打电话去了。看样子，那人也没有给她带来什么好消息，从她推门进来那副夹着尾巴做人的样子，我就知道她今天晚上是无法在我面前斗起狠来。她还得选择在我的屋檐下低头。我忽然想对她好一点。

我问，林大庆来武汉了？

她说，嗯。

我问，他跟你怎么说的？

她说，他跟我说他先去找他表姐，先帮他表姐干活，然后再找住处，把我跟龙龙接过去。

我问，你吃过饭了吗？

她不作声。过了一会儿，她说，不饿。

呵呵，不饿。我心里冷笑。怕是他连请你吃碗热干面的钱都掏不出吧？

她说，他是打破了家里的窗户逃出来的，手上被玻璃划了好多道血口子，他是央求他做物流的朋友，睡在装货的车厢里来的武汉。他也是不容易。

我说，你容易？

她去了趟洗手间，然后她问我，你们这儿附近有洗浴中心吗？我想找活儿干。空玩，心里总不踏实。

我从她的话语里揣度出了她经济上的拮据，刨一爪吃一爪的人是不能闲的。我的心又软了一下。在这个世上，漂亮的女人都有大树可以背靠着乘凉，她没有，她还得伸长手臂去为别人遮风挡雨。我忍住自己的情绪，决定不再责备她。我说，附近倒是有几个，明天再说吧。

她很急的样子，说，洗浴中心大都是晚上生意好，现在去吧，还可以看下客流量。

反正都还没吃饭，刚好去外面把肚子问题解决，我便同意了。她在抱龙龙的时候发现龙龙的脖子上戴着的银麒麟，问龙龙，这是谁给的？龙龙说，姨妈。陶安朝我笑了笑，说，谢谢姐。

陶安不肯在吃饭上浪费太多时间，我便在一家洋快餐店里买了三个汉堡和鸡腿出来，边吃边走。

记忆中左边靠长江大桥那条街上有几家洗脚城和洗浴中心，街上有点冷清，一派城管光顾过的景象，往常像这个时候街两边都有摆地摊和卖烧烤的，很是热闹，我还打算给龙龙买把玩具手枪的，这点小心思落空了。路上她跟我说起她跟林大庆的事儿。她说她结婚后，她老公就没有在洗脚城做事了，田文军觉得一个男人在洗脚城成天给人捏脚不是长远之计，便寻思着做生意。起先是卖烧烤，每晚推着铁皮炭车在街角旮旯卖烤羊肉串和鱿鱼串，烟熏火燎的赚不了几个钱还成天被城管追着屁股跑，烤了半年这买卖也就黄了。后盘过一家洗脚城门面，不到半年赶上拆迁，一夜间店门口砌出一堵墙来，然后各种建筑垃圾横在店门口，一桶桶泔水和馊饭往店门口倒，成天苍蝇成堆，谁还来洗脚，找拆迁办讨说法，拆迁办的说这条街的门面早在一年前就把拆迁赔偿款给付了，去找之前的门面老板，打手机已停机，拿了当初的合同上签的名字和身份证去派出所查，结果是查无此人。被骗了。后来，田文军就死了在城里混的想法，回郧县老家农村去养鸭子，买了两百只鸭苗，每天背着一竹竿，沿着河滩放鸭子，卖鸭子卖鸭蛋，头一年小赚了几个钱，尝了甜头，第二年买了四百只鸭苗，结果遇上禽流感，他的鸭子被当地政府挖了个大坑给一齐活埋了。白忙活了大半年，可是田文军却对放鸭子上了瘾，一心一意在老家做他的鸭倌。隔三岔五田文军就打电话给她，讲话的声音都跟鸭子似的，嘎嘎嘎，他总是不断伸手向她要钱，鸭子走瘟症看病要钱，修鸭舍要钱，把鸭子运到集市上去要钱，钱钱钱。

那时陶安就在我们县城的洗脚城里给人捏脚，县城消费低，捏一只脚三十元，店家得二十，捏脚工得十元，捏一只脚要一个小时，蒙店家照顾，有了生意尽量点她的钟，但一天也就差不多捏十个脚，捏脚是力气活，一天捏十次，劳动量就算大的了。一个月也就三千来块钱。当然，还是有外快的，洗脚的时候如果向客人成功推荐了洗脚用品是有提成的，这些加起来，一个月差不多就有了五千来块，这些钱除了糊自己一张嘴外，其余的都被田文军给要去了。

陶安说这些的时候不自觉叹了口气，那气叹得无奈也叹得沉重。她说她每天十个手指头泡在水里给人洗脚搓脚捏脚，是希望能多存点钱，以后寻思着在那个地方再开个洗脚店。可是自己每每攒着攒着就被田文军一筷子夹了。她说，那些钱装在口袋里跟自己的亲人一样，被人一下子拿走就跟在我身上挖个坑一样。他拿这些钱投鸭子，还拿这些钱修他老家的房子，外面贴的瓷砖，里面铺的地板，热水器、空调什么的都装的，说是为我装的，可我一年能住几天，而且我们将来要在城里做生意肯定就得在城里买房子，把钱投在老屋里不等于是打水漂吗？可是我跟他讲，他就说我小气，他说他参妈养了他，如今他参妈老了，把房子弄好让两老享享福又怎么了？每次吵架，龙龙就会在一旁哭，他害怕我们吵架。为了不吵架，我只能尽量少回家，眼不见心不烦。

林大庆其实是我们店里的一位客人，以前我们开店子的时候他就经常去照顾我们的生意，田文军也认识他，后来，田文军回去养鸭子了，我另寻出路，他又赶着过来点我的钟，每晚都来，因为是熟人我也很喜欢跟他洗脚，捏脚的时候两人说说话挺自在的，后来，我给他捏完脚了他也不走，就坐在一旁看电视，等我下班，我如果上夜班的话下班是很晚的，他守得哈欠连天叫他走他就不走。有段时间回家的路在重修，把路灯的线挖坏了，晚上黑灯瞎火的，加上是背街的路，很冷清，一个人走心里还是有点打鼓，亏了林大庆每天晚上都把我送回到我住的地方，刮风送下雨也送，有一次还真遇到了两个小混混，其中一个亮出一把明晃晃的匕首要我们把钱包交出来，我当时吓得不行了，准备把钱包给他们的，钱包里是刚领的五千多块钱的工资。林大庆跟那两个小混混打了好半天，才把那两人打走。人心都是肉长的，人家在我面前连命都可以不要，我还能说什么呢？何况我还是很喜欢他的。

我没有说话，一路上都是她在说，我在听。身后的路灯将我们的影子拉得很长，陶安个子并不高，而且瘦，肩膀窄，看起来人就显得很单薄，这样一副肩头上却压着整个家庭的担子，公公婆婆丈夫儿子还有那些数不清的鸭子也向她要吃的。

到了一家洗脚店了，这家店门脸不大，招牌也不怎么显眼，一圈 LED 小灯安装得抠抠搜搜的，不过门前还是有招聘的公告，急聘洗脚技工。我从来没有来过这种地方，在我眼里这种地方都有藏污纳垢的嫌疑。我抱着龙龙陪着陶安一起走进去，有服务生鞠着九十度的躬请我们上楼，像没有解放的西藏农奴。我为我的口袋支付不起这样的热情而感到胆怯。我连连说，我们不是来洗脚的，是来找工作的。小伙子就显得有点冷漠了，他把我们带到了旁边一间房，叫了声吴经理，有人应聘。那个吴经理从电脑上的扑克牌上抬起头来，问是谁找活？陶安说我。油光满面的吴经理顿时像太监似的冲陶安欠了欠身。陶安坐在沙发上动也没动。她不是在求职，是职在求她。不像我找工作，处处都是爷。吴经理问她，做了几年了？陶安说，五年了。吴经理满脸堆起笑来，说，好好好，是老技师了。陶安问，你们这里工资怎么算？吴经理说，客人洗脚是一个小时，收费是四十，技师抽十五元，推销产品的另外按照推销价格提成。趁陶安转眼珠子的当儿，吴经理又赶紧说，我们这里有的技师做得好的话，一个月六七千的都有，其实像你的话我建议你可以到洗浴部做泰式按摩、日式按摩，你如果不会，我们可以教你，保证你两天就能上岗，做按摩一个小时是一百五十元，技师可以抽五十，份子钱高一些，赚得就多。那个吴经理说完后笑眯着眼，一脸期待地等待着陶安的意见。我虽然没有做过泰式按摩，但是混在城市里，总还是有所耳闻，有时候单位的男同事互相帮了忙，就会在下班后把手搭在肩上，说，走，我找个漂亮妹子给你按个摩。说完还嘿嘿地笑，男人只有在说到下半身乐趣的时候才会有那种笑声。我将头埋在龙龙衣服后面的帽子里，我跟那个吴经理一样也在等待陶安的回答。我心里跟陶安算了一下账，如果她选择做按摩一天五百的收入应该是没有问题的，那她一个月就可以拿到一万五千块，可以轻而易举地成为城市里的高收入人群。这是很有诱惑的。大约五秒的沉默。陶安很清晰地回答了吴经理，她说，不。

我们又去了另一家，这一家阔气些，门前有对石狮子，大厅里装修得金碧辉煌，看上去很高档的样子。同上一家一样，依然是巴结讨好的经理，冷漠淡然的陶安，说到底，这还是风月场所，漂亮是能换饭吃的，像陶安这样标致妩媚，浓妆淡抹皆相宜的女人那就是棵摇钱树。我刚开始以为陶安的工作会很难找，现在才知道，像她这样的，无论走到哪儿都饿不死的，只要这张脸还在。在这里，那位管招聘的经理同样劝陶安到洗浴部，这里的洗浴部，泰式按摩日式按摩是三百块一个小时，按摩师可以抽八十，推销产品另外算，一个月轻轻松松挣两万。陶安依然很响亮地回绝了。往回走的时候，我对陶安说，你为什么不做泰式按摩呢？

陶安说，你不懂。

她这么说，我立刻就懂了。就算那种按摩会擦枪走火有性交易，可又怎样？只是我不好再说什么。其实陶安不用介意的，我倒希望陶安能去做什么日式按摩、月式按摩，钱多呗，这个世界谁还在乎一个洗脚妹的贞节，黄泥巴跟屎在一起，还不如就成了坨屎算了，至少没人敢随便踩。这一行也是吃青春饭的，陶安现在是年轻，可终究会老的，不可能到了三十岁了还去端个洗脚盆给人洗脚捏脚吧，我瞥眼看那些角落里受培训的小姑娘，都只十六七岁的样子，她们眼神生涩，穿着打扮都还流露着一股乡野气，这行里年轻姑娘也如韭菜，一茬接一茬，陶安的出路就是趁年轻多赚点钱，为以后的生活不说铺条金光大道最起码也要康庄大道吧，不能一味地只顾眼前，不为长远的将来做打算。

龙龙已经趴在陶安背上睡了，我们往回走，彼此再也没有说一句话。风吹着白杨树，一片巨大的哗哗声。

5

第二天，我把家里钥匙给了陶安，把煤气水电简单交代了一番就上班去了。刚在办公室里坐下，手机就响了，是田文军打来的，他说他已经到武汉了，问我住哪儿。我告诉了他地址和门牌号，我建议他坐的士过去，武汉的公交车走在路上就跟跳探戈一样，堵车堵得走三步就得停一下，瞎耽误工夫。我希望他能尽快解决他们的矛盾，好早点把陶安娘儿俩接回去，生活虽然不尽如人意，可日子还得过下去，谁的日子不是皱皱巴巴的？对于生活给予人的苦难与痛楚我已经麻木了。

一夜之间，我似乎对陶安又有了新的看法，从心底里升腾起的那股微弱的亲情忽地就灭了。也许是我与她相隔得太久。一个人到一个人的内心是最远的距离，虽然她近在我的咫尺，可是我与她之间却横着许多个山头，不是她扑面而来就能撞到我内心深处的软肋，那些尘垢在十六岁那年就在累积，累积了整整二十多年，已成为块垒，岂是一朝一夕就能撼动得了的？虽然随着年纪的增长，我的内心有了柔软的迹象，可那些骨头和棱角还在。我自己也奇怪怎么会是这样。我像一只老龟，背着厚厚的壳，一有动静我就把头缩回去了。这世上没有什么东西值得我信任。

晚上我选择了加班。我想象陶安、田文军、龙龙一家三口此刻坐在我的沙发上，看着客厅里那台电视，电暖炉开着，小点心吃着，小茶喝着，我虚构的这景象令我有点沮丧。我把手机从包里拿出来看了看，没有未读的信息也没有遗漏的电话，我不知道他们此刻在干什么，我将手机放在办公桌上。那一刻我希望有人来打扰我。偌大的办公室人去楼空，透明的幕墙玻璃杀死了外界的喧嚣，室内有种真空般的寂静，那些绿萝和散尾葵一千年不变的样子立在角落里，哪儿哪儿都是安静的。在一切都静止下来的时候，我有种强烈的孤独感，我觉得我被抛弃了，我被人遗忘在这个死角里。我折回到办公桌上拿起手机，在通讯录里翻着号码，从头翻到尾，却找不到一个可以说话的伴，这些年我从不主动去联系一个人，我对人有种恐惧，人善变又无耻，自私又狭隘，他们接近你的时候什么大话都敢说，背叛你的时候什么事都做得出来。三十八岁的年龄对于一个还是处女之身的女人来说接近是讽刺了，当初蝶啊蜂啊都飞走了，那些被金钱污染的男人们觉得跟老女人上个床，是一种恩惠，是瞧得起你。他们言之凿凿，这世上就没有钱砸不开的女人大腿。大抵像我这样的老处女不值得他们砸很多钱，大抵我觉得我的大腿不是光靠钱就能砸开的。在这个喜欢吃快餐的时代，我这双有很多奢望的大腿已经不能引来男人的兴趣了。

夜幕降下来了，玻璃幕墙外灯火璀璨，各种高层建筑的装饰灯、路灯、发光字、各种招牌、广告牌、马路上来往车辆的车灯，这些光有的结成同谋，有的结成仇人，有的抱团有的厮杀，在城市的各个地方血流成河，到处都是光的尸体。我将头贴着玻璃，看着这个光尸遍野的城市，我想起了我曾经生活过的栽满野菊花的小院子，会想起父亲想起母亲，那些曾有过的欢乐的时光，可是它们都被父亲生出的二心扼杀了。这些年过去了，其实我对父亲的恨已经消失了，可当年的残垣断壁还在心里，堆成了荒冢。

陶安没有打电话也没有发信息，我想他们一定已经和解了。这样的事只要一个肯生出海量包容就行。毕竟有孩子，毕竟是个家庭。我决定回去，我没有理由不回去。

出了门才知道下雪了，这是武汉的第一场雪，雪飘得不大，稀稀拉拉，但寒意很浓。走了半个小时才到自家楼下，我仰头一看，我家的窗户有灯。这是十多年来的头一次，这光令我心头生出暖意。

推开门，客厅里坐着一个穿蓝色羽绒短装的年轻男子，他正对着电暖炉烤鞋垫，屋子里一股脚臭味。不见龙龙和陶安。那年轻男子站起身叫了我一声姐。我说，是田文军吧，你好。坐吧。吃饭了吗？

吃了，在家里做的，给你留饭了，在锅里热着呢。快去吃吧。

我问，他们呢？

田文军说，龙龙在睡觉。她？她吃完饭就拿着个电话出去了，一直到现在，鬼知道她在干什么？田文军很是不满。

我皱了一下眉头，她准是跟那个叫林大庆的人联系去了，外面下雪了也挡不住。这个着了魔道的女人。我对田文军歉意地笑了笑，他很木讷地向我点了点头。我不饿，所以不着急吃饭。我坐在他对面沙发上。电暖炉高挡的光映照在他脸上，烤得他的脸红红的，这个小我十多岁的小男人眼角和额头居然有了深深的皱纹，两只眼角的鱼尾纹和眉间的川字纹如石刻一般。他的身上隐隐藏着鸭毛的腥味，他的眉头锁着，嘴唇噘着，仿佛鸭瘟都染在了他的脸上。我尽量不去看他的头顶，因为我总觉得他的头顶闪着绿色，我替他心虚。

那只电暖炉他一个人霸占着，丝毫没有谦让的意思。我的双手在他面前搓动，他依然纹丝不动。他把他的鞋垫在暖炉的钢罩上翻过来翻过去。让我感觉他的内心一定也在翻过来翻过去。

虽然我不喜欢他烤鞋垫烤出的脚臭味和他身上夹带着的鸭屎味儿，但我不能表示出对这种臭气的嫌恶。这个当今时代的鸭倌。想着他染了瘟症的鸭群和他头顶的那只绿帽子，我从心底对他生出一种同情也生出一份歉疚。

我坐下来不知道跟他聊些什么，但又不能不说话。我说，听说你在养鸭子？嗯。他答应了一声，接着便跟我谈起他的养殖发财梦。一派受传销蛊惑的狂热。他说他是他们村里最大的麻鸭养殖户，养了上千只鸭子，村里镇里都把他当作养殖致富的典范，县里、市里省里来了检查组，镇里一般都会把他的鸭棚作为一个实地参观的点，有时还会在他家里安排一顿便餐，宰杀几只活鸭吃吃。村里规定他接待检查组接待领导的鸭子得跟其他鸭子分开来，不能用饲料，得用青菜和谷子喂养，现杀的土鸭配上乡里的柴火大灶，爆炒或清炖，那味道自是没的说，连烟道里走出的烟都是香喷喷的。乡里对他的感谢也就是到年底会用车给他拖几箱好酒好烟好茶和水果，村里人围在车跟前，你一嘴我一嘴地替他清点着礼箱，米几袋，油几壶，烟几条，茶几盒，人群里总有人发出羡慕的啧啧声，他们都觉得狗日的田文军有板眼，出息了。田文军觉得自己成了体面人，觉得自己跟乡里的头头们都有了交情，再也不是当初给人端洗脚盆给人捏脚的底层技工了。这几年他养鸭子养上了瘾，死了买，买了死，他从未在鸭子上面仔细算过账，但是人们看到的是，他家的老房子推了，盖了新楼，还是仿照城里别墅的样子盖的，里面电话空调热水器液晶电视笔记本电脑都有，从裤兜里掏出手机也是时下最潮的苹果，俨然一副劳动致富的模范典型形象。田文军不断跟我讲他见过县里市里甚至省里谁谁谁，有谁谁谁在他家里吃过饭，跟他握过手，仿佛知晓很多事情的门道。看他环视我屋子的神情，似乎对我蜗居在这样一栋格局老旧的二手房里很是瞧不上眼。

我有些气短。对于出嫁的女儿，娘家是她背后的一座山，我和我这个破屋子显然不能为陶安撑起多大威风。我从抽屉里拿出一盒烟，给田文军让了一支，我自己点燃一支。有些事我得琢磨琢磨。

田文军在我面前数落起陶安。他说，姐，你真不知道陶安有多懒，每次回到家里什么事都不做，睡觉睡到被窝冷了才起来，我爸妈这么大年纪了还来伺候她，给她做饭洗衣，这都不说，她还挑挑拣拣，这也嫌不好那也嫌不好，我爸妈吃了亏还讨不到一声好，不知怄了多少冤枉气。他吸了几口烟，人有了神，说起陶安的不是来越发有劲了。他说陶安就是只瓷器夜壶，只管好看，并无多少用处。田文军还说当初娶她的时候，陶安没有要什么彩礼，还以为自己好福气白捡了个漂亮媳妇，现在回头一想，这世上的东西便宜无好货。她现在在外面做事，每月都有活钱，可她掌中带缝是个漏财货，花钱大手大脚，随便买件衣服就好几百，买个擦脸的香香也是好几百，结婚这么多年了，就没存下几个钱。这都算了，她居然还不把我当人，给我戴顶绿帽子，不是看在孩子的分上，我才不想受这窝囊气，我现在低头了，她还尾巴翘上了，欺负人也不能这么欺负吧？离婚能吓唬谁？我一男的我怕离婚吗？姐，你说，现在这世道，有几个男的怕离婚？

我默不作声，我不知道该如何回答。如今，稍微有点本事的男人离婚了找的全是比自己年轻十几二十岁的女人，年龄差距越大越荣耀，显得自己多能似的。而离婚的女人确实是不好找，带了孩子的女人更加不好找，找个条件好的，人家不干，找个条件差的，自己吃亏。离婚的女人就是碗夹生饭，带着孩子的女人更夹生。田文军烤完鞋垫，索性将双脚从拖鞋里拿出直接踏在钢罩上，一点也没有乡下人走城里亲戚的拘谨。田文军还在继续追问我，我只得嗯了一声。他说，更何况陶安找的是那样一个人，比他小两岁不说，而且还是个小混混，又没正经工作，一天挣的钱不知道能不能填饱肚子。他哄了你妹大半年，没送过你妹任何礼物，估计你妹还得倒贴人家。她现在是灌了迷魂汤了，你是旁观者，你想想，她要把我不要了，她跟他就能有个好结果吗？

我叹了口气。田文军分析的也正是我对陶安的担心。照目前来看，田文军虽窄，但毕竟是条路，林大庆就是条死胡同。她只能待在原处维持一个完整的家庭。

我虽然讨厌这鸭倌，可是我还得跟他站在一条道上。

听见敲门声，是陶安回来了。穿着一件白色的棉袄，围着一条红羊毛围巾。裹着一团冷气走到沙发旁，叫了我一声姐后就坐下了。她将电暖炉转了个方向，然后将手贴上去。她的手僵硬发乌，定是冻僵了。她的脸上带着些怒气。她问田文军，龙龙呢？田文军说，睡觉。田文军说，你还晓得回来？她白了他一眼，说，不要你管。田文军的牙齿在下嘴唇上咬了咬，颧骨都暴起了，但最终还是塌下去了。陶安起身将电暖炉的插头拔了，插在电视的插座上，这样绳子就留出了很大一段空余，她将电暖炉提到靠我这头的沙发旁，一副坐都不愿挨他坐的样子。那是一种从肉里面生出的讨厌。

田文军将双手在脸上搓了搓，又挠了挠头，他在极力控制他的火性。陶安的电话又在响，是条短消息。陶安掏出来看的时候，田文军一把将手机夺了过去。陶安尖叫起来。田文军看了那条短消息后脸上的肉就垮了，胸部一鼓一鼓的。他的手指在屏幕上划了一阵，然后将电话放在耳旁。陶安吼道，你干什么？上前便要夺手机。田文军胳膊一甩，陶安就跌在了沙发上。陶安小小个子在田文军面前就如一根柴火棒。手机通了。

田文军骂了起来，林大庆，我操你老娘，你个鸡巴日的。田文军的胸部像打气筒似的一起一伏，他说，林大庆，你个小卵子，你搞我老婆，你他娘的搞我老婆，你他娘的欺人太甚，你还想怎样？从手机侧漏出的外音听得出林大庆也在叫嚣，也在骂娘。像一把刀砍在另一把刀上，都是硬邦邦的哐哐声。田文军冷笑一下，说，行啊，林大庆，你有种你跟老子过来，信不信老子一刀捅了你。老子一刀捅不死你，老子是牛鸡巴日的。陶安再次从沙发上起身去夺田文军的手机。她大声呵斥田文军，你要干什么？你把手机给我。田文军朝陶安横了一眼，眼睛眯成一条缝，缝里透出一股辛辣气。他推了陶安一掌，那一掌推得陶安连退好几步，最后撞在卧房的门上，弄得哐当一声响。陶安不由得叫了一声。田文军忽然咆哮起来，你丫的，你去死吧。"啪"一声，将手机重重摔在了地板上，手机壳散了，电池和卡掉了出来，一些零碎件也都溅出来，满地打滚。

陶安咬着嘴唇，很委屈但又极力憋着的表情，她看田文军的眼睛像两支烧红的炭棒，一副恨不得吃了他的模样。她走过去将手机和电池捡起来，把手机卡按在卡槽里，电池上上去，准备合盖的时候，田文军一只巴掌打下来又将手机打到了地上。陶安怒了，她挥舞着手臂，拳头雨点般地砸向田文军。

我坐在沙发上冷冷地看着这一切，就像我平日里立在窗帘后面看别人家的灯火一样。我心里如溃口一般涌动着各种心思。我恨着陶安希望她能得到点教训，可是我又不愿看到她如此被人踩到脚下，欺负到头上，毕竟丢的是陶家的脸。我看不惯她的丈夫，可是我得跟他结成同盟，将一个破碎的家庭捏圆，我们得压制陶安，牛不喝水强按头，要将这个犟女人制服。有了孩子的女人怎么着都得为孩子想想。其实这两天也有亲戚给我打了电话，叫我劝陶安，亲戚们都觉得这事是陶安错了，是陶安不守妇道，偷人这么败坏门风的事还做得那么大张旗鼓，教坏地方，还有亲戚说得更难听，说陶安跟她妈一样都是只顾下面那张嘴快活的。他们将陶安贬损得如一块抹布。我多么希望父亲还活着，活着看到他的小女儿如此遭亲友唾弃和谩骂，看他因自己的不自重，生生毁掉了他手掌心里两颗明珠。哈哈，父亲。我的心里一片悲凉。

一个人的心意得不到成全，反而受到巨大的阻力，而且这些压力都打着是为她着想的旗号，那么这个人的心里该有多少的暗伤。

人生有许多说不出的疼痛，我也想让陶安尝尝。我坐在沙发上一动不动看着这场戏。当年她母亲怀着她跪在我母亲的脚下，虽然痛哭流涕，可那实际是不达目的不罢休的霸道，那就是一种欺负，欺负我母亲相貌平平，欺负我母亲没有文化，欺负我母亲配不上父亲。拆散我父亲与我母亲的婚姻，拆散了我的家庭。现在，我竟觉得这是报应。那么就扭打吧，打吧，打得头破血流，打得你死我活。人活着，哪有那么多的称心如意？

我突然十分恶心这对用力厮打的夫妻。他们货真价实的你一拳我一脚，让我窥探到了婚姻的肮脏与丑恶，当年的耳鬓厮磨转眼就到了鱼死网破。这个世界到处都是背叛与出卖。我的内心涌起一阵悲凉与寒意。我起身回到卧室，将这个战场留给他们，今晚如果要出什么事就出吧，人生有时候需要用悲剧来给人一点教训一点警醒，不能活得太随心所欲，不能活得太跋扈嚣张。

我推开卧室的门，看到床上的被子中间处鼓出了一个包。我掀开被子，看见龙龙穿着一套薄绒衣像虾子一样蜷缩着，躲在被子深处流泪。被子里热烘烘，却又带着潮气，我闻到一股异味，再看龙龙身下一大片湿痕，他尿床了。我叫了声龙龙。龙龙忽然爬到床头，将头埋在枕头下。不知道为什么，我的心忽然被拧成一团，有一种满满的疼，像是有什么利器划过了我的脏腑，我的心间荡起一阵一阵涟漪。我无法再坚硬。这可怜见的小东西。这么小就懂得了默默流泪。我记得我父亲与母亲离婚那天，我就把自己锁在小屋里哭了一整天，也是跟龙龙一样，藏在被子深处，觉得铺天盖地的黑暗才是一种彻底的安全。龙龙这么小就知道向黑暗寻求保护。

我将龙龙抱在怀里，他软软地任我摆布，像一只温驯的小羊羔。在床上的被子垫单和棉花毯统统换过后，我将这只小羊羔塞进羽绒被里紧紧裹住。听着动静，外面似乎没有舞刀弄棒了，改成了唇枪舌剑。每一次外面的声响稍微尖锐些，龙龙就习惯性地将头往我怀里钻，他小小的身子在被子里瑟瑟发抖。我问龙龙，龙龙，你害怕吗？龙龙轻轻地点了点头。龙龙问我，姨妈，爸爸妈妈为什么要生下我？龙龙的这个问题问得我喉头一阵发哽。父母相爱生下孩子，这样的关系以前在我看来是天地间最牢不可破的关系，是最可信任的关系。以前上街时我一手牵着母亲一手牵着父亲，走每一步内心都是满足的，踏实的，我可以在那两只手给予我的天地里任意撒娇任性，他们会为我遮风挡雨，我从未想过会有一只大手要撤离，仿佛大厦被拆了一面墙。我被父亲抛弃了。抛弃是这个世上最残忍最不负责任的一件事。它会摧毁一个人对生的所有希望，它会让一个人觉得这个世界是如此的冰凉与阴暗。那种冰冷与阴暗会刻在一个人的心上。我清楚地记得我就是那一年学会了抽烟，除了以这种堕落的方式宣泄恨意外，最主要的是那一闪一灭的红光能为我带来些暖意。

龙龙，爸爸跟妈妈要是真过不下去了，你是选择跟爸爸还是选择跟妈妈？

我要爸爸跟妈妈在一起，我不要他们离婚，我不要他们离婚。

龙龙终于大声地哭了起来。

田文军和陶安一齐推开卧室的门。他们都奔向龙龙。田文军摸了摸龙龙的头，说，儿子，怎么啦？告诉爸爸怎么啦？陶安霸道地将田文军一掌推开，说，滚，少碰我儿子。你这个疯子。

我忽然气往上撞。陶安是非要让这个家散了不可。田文军似乎是彻底地被激怒了。他的牙齿在嘴里咬得霍霍作响。我感觉到田文军即将手下不留情了。他的手正在他的大腿处握成拳头。我跳下床去，给了陶安一记响亮的耳光，那"啪"的一声脆响，震住了她也震住了我。陶安捂着脸看着我，那双眼睛在一瞬间里依次汹涌出震惊、委屈、愤怒、恐慌、隐忍、怨恨。在这双眼睛的注视下，我的心像打鼓一样地狂跳，我的腿也在发抖，我的手掌心里一阵阵发麻的痛，我下手重了些。我到底是心虚，难道这一巴掌里就全都是为了息事宁人，就没有我自己的一点私心，我似乎一直就有想揍这女人一顿的冲动，给这个女人一点颜色看看。

我如此费尽心机地扇了她一巴掌，可是我一点也没有多少快感。看着她那凄惶无助的眼神，我竟对自己生出些嫌弃来，我看到了自己藏在深处的卑鄙与丑恶。田文军算是识趣，出去了，在我扇了陶安一巴掌后，我瞥见他握着的拳头松开了，他看到了他妻子的脸上的红印，也看到了他妻子眼里的泪水。他似乎是出了一口恶气，他面相上平和了许多。他出房门的时候扭过头对我说，姐，你是清白人。我没理他，我对他没有什么好感。

我给陶安递了块毛巾，她不接，身子也扭到了另一边。

我说，你刚也太霸道了，你激怒了他，他拳头都握紧了，我不跳起来打你一巴掌，今天怎么收场？

我再次将毛巾递给她，她迟疑了一会儿还是接了。她果然好哄。听学校里好多老师说父亲很是疼爱这个小女儿，经常是乖啊宝啊地叫，动不动就将她捉住然后一把搂在怀里，父亲从未这样待过我，他从未给过我怀抱也从未叫我乖啊宝的，他一直都称呼我为陶平，只在写信时称呼"陶平我儿"，流露出了那么一丁点亲昵。我是有些吃醋的。那些年与父亲长久的对峙，不肯去见他，多少也为这醋劲。现在面对陶安，我竟也生出些欢喜，一个心思单纯的人减轻了人的许多压力，她不会让人背上些琐碎的心理包袱。

夜深了，有了困意。我起身从柜里拿了两床被子给了田文军，田文军很随意地从茶几的烟盒里取出一根烟，用打火机点燃，叼在嘴里吸了一口，吐出一团烟雾。他将被子放置一旁，冲我笑了一下，说，我成家后还从来没有睡过沙发，呵呵。他也许是没话找话，想显示出他与我缔结同盟的一种亲密关系。但是这话在我听来很是逆耳，他是在向我说明他在婚姻中的地位，他是很男人的，他是永远睡在床上的。我淡淡地说，那你今天就睡睡沙发吧。

6

次日早上我们刚醒来，就听到敲门声。田文军在门外说，龙龙，爸爸走了啊。陶安朝我看了一眼，然后立刻坐起说，你去哪儿？陶安穿上羽绒服走出房间。陶安说，你得把龙龙带走，龙龙跟着我，我无法上班。田文军说，你想得美，你不就嫌龙龙影响了你跟野男人约会吗？你把我当着？陶安说，龙龙又不是我一个人的孩子，你带龙龙走又怎么啦？他总要上学吧。田文军拍了拍衣服说，我管他上学不上学，耽误他的是你不是我，你搞清楚，你这个烂女人。你当初做这种事的时候你就应该想清楚会有什么样的结果跟麻烦，你去找野老公快活，让家老公看孩子，你也太能损人了吧？陶安说，你如果是个男人，那就干脆点，离婚。田文军冷笑起来，说，离婚？成全你？呵呵，我告诉你，就不离，我拖死你！要离也可以，给我三十万。陶安显然是词穷了，她不知道该说什么，她只是一味地说好笑好笑，真是好笑。你真是不要脸，太不要脸了。我忽然听到一声巴掌拍桌子的声音，然后田文军咆哮着说，你个婊子养的，你说谁不要脸，谁不要脸？你他妈的才不要脸。你信不信，老子现在就把你捅了。

龙龙被吵醒了，他听到了外面的叫骂声，他像一只泥鳅一样钻到了被子里面。我披着衣服赶紧出来。我对陶安说，龙龙醒了，你去给他穿衣服吧。陶安听话地进来了。田文军站在沙发旁还处在脸红脖子粗的愤怒里，头发蓬得像鸭毛似的。他深深地吐出一口气，说，姐，我家里确实太忙，这两天下雪，我怕鸭棚的草不够，我得回去照管照管，我过两天再来，你帮我劝劝她，龙龙还小，不能让他没有爸爸或是妈妈。

我点点头。我很认同这个道理，无论他们的婚姻有多稀烂，可是为了孩子，他们必须得捏合在一块儿，这世上只有亲生父母才肯为孩子使出真力气。田文军临出门的落魄相让我生出了一点怜悯，生在穷乡僻壤里，又想发家致富，早早成个家，想着老婆孩子热炕头的日子，结果东奔西忙，钱没挣俩，却挣了顶绿帽子。倒霉的人。

田文军走后，我回到卧室，时间还富余，我打算好好劝劝陶安。我虽然没成家，但是我自认我看清了男人，男人的一生中不可能只有一个女人，男人是很现实的。我跟陶安说，林大庆是靠不住的，人家家里不会允许你们，没哪个父母会让自己的儿子娶个二婚女人，还带拖油瓶的，再者林大庆一没文凭二没手艺，没有正经工作，这个世上，钱是安身立命之本，现在是新鲜，你挣钱贴他没关系，天长日久你贴得起吗？还有就是年龄，人家比你小两岁，二十来岁，懵懂无知，等他将来醒悟了，扔你就如扔一张擦屁股的纸，将来不好，你遭殃；将来好了，你更遭殃。与其将来翻脸，还不如现在就丢开，彼此留个念想。

我苦口婆心地劝说半天，她横竖不吭一声，只一味地低头啃指甲。我说，这些你难道都没有用脑子想过？你长得又不差，别人的女人容貌不及你一半的，出个轨，傍个大款什么的，房子车子票子样样周全，你倒好，找这么个瘪三，什么都没捞到，反倒自己倒贴，说出去不嫌丢人？这种事如今也寻常了，偷了腥，人家都知道把肉埋在饭里，你倒好，过个瘾过得世人皆知，还真把自己玩进去了。你要是傍个大款或是当官的什么的，算了，好赖将来还靠得住，找个比你还穷的穷小子，为了他把自己的家也毁掉，你以为建个家多容易？

她的安静让我有种讲述的乐趣。多年的单身生活，回到家就是面对四周冰冷的墙壁，没人跟你说上话，嘴巴都闭臭了，现在你说话，还有听众，这种感觉真的很好。我有点停不下来，在数落中，我有了种高高在上，凛然不可侵犯的优越感。忽然她抬起头望着我说，姐，能把你手机借我一下吗？

我愣了愣，问，你借手机干吗？

她不说。这让人很生气。显然她是想跟那个林大庆联系，真是扶不上墙的烂泥。

她低着头啃了一会儿指甲，说，我想跟他打个电话，他一定很着急。她说着还皱了皱眉头。皱得眉间显出两道深深的沟，两只眼睛里射出急迫的光。

我说，哪个他？

她有些不耐烦了，但是不好表露，忍了忍，说，林大庆。

我忽然就火了。我觉得我方才苦口婆心劝了半天全白瞎了。我以为她的沉默是臣服，没想到是另一种反抗，人家压根儿一个字也没听进去。我彻底没辙了。

姨妈，我饿。龙龙从被窝里钻出来对我说。

找你妈要去。我没好气地跟龙龙回了一句。这世上无论什么人都知道蹬鼻子上脸，连小孩子都知道，他凭什么饿了找我，他凭什么找我要吃的，我就得伺候他？

陶安像块木头一样坐在床上，下半身偎在被子里。对龙龙的叫饿声和我的回答置之不理。她似乎想起了什么，扭身从枕头下摸出了被田文军昨晚摔烂的手机，她检查了手机卡和电池，然后长按开机键，可是半天了手机没有一点动静。她似乎并没有死心，将手机电池掰下来再按，再掰再按。她真是犟。我从她手里一把夺过手机，然后下床打开窗户，在她恼怒的"你要干什么"的质问中，将手机扔到了外面，很快，下面传来了

"噗"的一声，那是泥水四溅的声音，可能地面上的雪已经融化了。

你干什么？你要干什么？陶安瞪着一双眼睛吼我，她终于跟我吼了，她不断做着吞咽的动作，好像胸间总有东西往上涌一样。

你个烂货，你还想着那个二流子，这个家你还要不要，早知道你是个下贱坯子你就夹紧你的大腿不要结婚，不要生下孩子。我气急败坏，我恨不得一句将她骂死。

陶安也气了，她的脸板着像块棺木，她说，你真是说得轻巧，过日子哪像你说得这么容易，谁长后眼睛了？我要知道跟田文军结婚过个三五年是这个样子，我还嫁给他，我疯了我。可我现在跟田文军过不下去了。你知道不知道过不下去是什么滋味？就是我现在跟他是仇人，他看我恶心，我看他恶心，不是你们说的看在龙龙的分上忍一忍凑合着过就可以的，谁能跟粪凑合着过？

陶安越说越激动，她说，我们也不是一步就走到今天的，之前我也曾想过回头，跟林大庆的事情穿了后，田文军让我辞了工作回他老家去，我到他老家去了，待了三个月，跟坐牢似的，你要知道这样的事出了，没哪个男人会真正接纳的，心里总是有道坎，成天在你耳边讲些含沙射影的话，折磨你，包括他的爸爸妈妈也是，把我跟林大庆的事说给他们村里人听，弄得他们村里人一天到晚用怪怪的眼神看我，有时候出去走一下，莫名其妙就会有口痰吐在你的脚跟前，有时候甚至是身上，这种日子我能过下去吗？我出了轨又怎么了？我偷了人难道就变成畜生了？就该受人作践？我跟田文军过不下去了，你们凭什么要逼我跟他在一块儿？是人都会选择跟自己喜欢的人在一起生活，谁会选择跟自己讨厌至极的人在一起过日子？结婚了又怎么样？生了孩子又怎么样？难道我的权利就没有了？

陶安说得唾沫星子横飞，两边口角都溢出了口水。她的脸涨得通红，双眼亮晶晶的，仿佛有泪光，她抬起手抹了抹眼睛，虽未洗漱，但依然很标致，即使披头散发也别有一番女人的味道。她继承了她母亲和父亲五官上的优点，好看得让我憎恨。

我没想到陶安也有脾气，发起脾气来是如此咄咄逼人。她说的也不是没有道理，在她咆哮的时候，有那么两刻我的心被震荡了。她没有回头的路，虽然田文军不同意离婚，但这种不离也许不是善意的，而是别有用意的折磨，以婚姻当铁链拴住她，然后无休止地侮辱践踏，无处申辩。有时候一举杀之并不能消心头之恨，唯有慢刀子拉肉，看人在无尽的痛苦中死去才能消解恨意。

我起床坐在客厅的沙发上吸了一根烟，最后我还是从口袋里掏出手机递给了她，她先挺硬气，不接，迟疑了一会儿还是接了。她急急地按了一串号码后就下床了。我给龙龙穿好衣服后就将他抱进了厨房，我将昨天的剩菜剩饭热了一下给龙龙盛了一碗，放在桌子上，让他自己吃，他的筷子用得很拙，但我管不了那么多了，我得赶紧收拾好自己上班去。

陶安把自己关在阳台上打电话，她只要一打电话，就进入到了忘我的境地，什么都顾不了了。我洗漱完后，她的电话还没有结束。我想到我好像还有一个旧手机，机型很老了，但是打接电话没有问题。我从抽屉里翻出来，将她的卡上了上去，给移动打了个电话，还能用。我走到阳台，将这个手机给了她，然后强行把我的手机从她耳旁摘了下来。

她接过那个旧手机，按了按，忽地眉开眼笑，说，哎呀，太好了，这个手机太好了。谢谢姐。

我说，我上班去了，你怎么弄？

她说，你去吧，我在家里守着，没事的，晚上我可能就要出去上班了，龙龙还得麻烦你照看一下。

我说，这个好说。

临出门时，我将家里多的一把钥匙给了她。她接过钥匙后，嘴巴抿了抿，一副想开口又很为难的样子。对于她不主动提出的问题我一般都不选择搭讪，这个女人尽是麻烦，能少一事儿尽量少一事儿。在我下了楼梯后，她还是在我背后"哎"了一声，我扭头问，怎么了？她咳嗽了一下，说，姐，你能借我点钱吗？

我问，借多少？

她说，五十。五十就可以了。

我从钱包拿出了两百给她，我说，你先拿着吧。我钱包里有一千块现金，我本可以给她五百，但是我在数这五百的时候，有些舍不得，我挣钱也不容易，上班盯着单位的财务报表，眼睛都快瞎了，挣的是血汗钱就无法做到出手大方，何况她也是个不懂人情世故的，大老远从家里来投奔我，不曾给我带包糖，我也就不用那么费心招待她。

看得出她想拒绝另外一百块钱，但是她无法拒绝，她将两张钱捏在手里对我说了声"谢谢"。我能感觉那声"谢谢"是从她体内发出的，她真的是山穷水尽了。这两百对于她眼前的日子来说，仿佛一根柴火对抗整个冬天，我后悔给少了，可是我瞬间也为自己开脱了，我不是救世主，各人的罪各人受。

7

有事在心里，上班也是心绪不宁，无法集中精神，在对账目的时候老是出错，盘账的时候总是出现一毛两毛的误差，每次都得重新再理一遍，错多了连对的心里也没底了。我重重叹了一口气，将键盘一把推到桌子根，我起身到茶水间点燃一根烟。不得不承认，短短两三天时间，陶安已经严重影响了我的生活，我很厌烦了，想快点将她打发走，无论是她跟林大庆也好，还是跟田文军也好，无所谓。每个人都有命运的安排，一棵草一颗露水，给她讲了这么多，她听不进去，能怎么办呢？有个高僧说得好，世间没什么放不下的，痛了自然就放下了。每个人的经验教训都是从悲惨的下场中得到的。

下午的时候我的右眼毫无征兆地跳动起来，一扯一扯的。说给同事听，他们说左眼跳财，右眼跳灾。我笑了笑。这种鬼扯淡的话我向来不信。谈笑间，陶安打来电话，她说她有事出去一会儿，叫我早点下班回家，说龙龙一个人在家里。我的胸中立刻又冒出一团火，我说，你有什么事比孩子重要？你要有事出去你把孩子带着啊，他影响到你什么啦？她急急跟我解释说，也不要很早，就是正常下班就行了，我把龙龙放在沙发上，电暖炉给他打开了，他只要有奥特曼的碟子看，他可以一整天不动。外面太冷了，带上他怕他感冒。

陶安的说辞像根吹火筒，我已经要被她气晕了。这个女人太疯狂了，太邪门了，她一定是去见她的奸夫去了。我说，陶安，你这么不要脸，我也拿你没办法，这样吧，你要死在外面了，我答应帮你抚养龙龙，你就去死吧。

挂了电话，坐在椅子上，我自己都怀疑自己是不是提前进入了更年期，就这几天，我总觉得自己发躁，胸中总是藏着一把火，一天到晚气鼓鼓的。我把这一切都归咎于陶安，我该她的，欠她的。

想到一个三岁的孩子独自待在我的房子里，我有点坐不住，我被脑子里各种不好的想象恐吓着。那孩子会不会口渴去搬开水瓶然后被开水烫伤？会不会好奇将手插在插座的孔里触电身亡？会不会趴到养鱼的玻璃缸里玩水然后一头栽进去给淹死？会不会爬到阳台上从活动的防盗网掉下去摔死？我越想越害怕，对于一个懵懂无知的孩子，谁都无法预料他会有什么样的行为，你说他能在沙发上坐一天他就能坐一天，他塑料做的？

我只得请假回家。我很少开口请假，请假半天两百块，不是要死人的事，谁往水里扔钱呢？往回走的路上，我不停地诅咒着陶安，她总在我心软的时候勾起我的仇恨，她都不知道怎么利用我内心的那块软肋。交往是相互的，她带来的是春天，我便是灿烂的样子，她如果带来的是冬天，我只能这样冰冷。每个人得到的都是她所付出的。这么深的道理是活得浅显的陶安所不能领悟的。

快到家的时候，我的心莫名慌乱起来，我怕我推门进去会看到一具童尸，我隐隐地似乎希望事情会发展到这样悲惨的地步。我要看这个女人如何收场，我要看她还怎么风流，怎么去快活。我被我的恶毒给震住了。上到第五层楼梯时，我看到我家的门是开着的，我的心咯噔了一下，赶紧冲进屋子里，客厅中间的沙发上没有龙龙，电暖炉是开着的，黄澄澄的光射在沙发上，我闻到一股化纤烤焦的味道，我赶紧将电暖炉关掉，沙发上一只银白色的小碟机在被子里，还有一张奥特曼的碟子。我往鱼缸里看了看，又往卧室瞄了瞄，也推开阳台了门瞧了瞧，甚至朝路面探视了一番，没有摔落的痕迹，卫生间也没有人。我叫几声龙龙，没人回答我。我意识到出事了，龙龙跑了，他不见了。

我给陶安打电话，关机。我翻着手机找到陶安早上拨打过的那个号码，打过去也是关机。我脑子里立刻想到，他们用我给的钱开房去了。此刻一定在哪个便宜的旅社里，在霉味浓重的房间里，在一动起来就嘎嘎响的窄床上做那个事。我瘫坐在沙发上六神无主，脑子一片空白，我想象不出一个三岁的孩子打开门他会跑去哪儿？

空等不是办法。我还是得出去找。

这个小区是老小区，等待拆迁已经等待很多年了，住的人都有些杂，有时候在小区里散个步，从口音里能听出大半个中国来，听到一句两句汉腔算稀罕了。我打算一户一户敲门去问。我爬上爬下问了三个单元就已经累得不行了，上一步楼梯腿像灌了铅似的。而且这么多门敲下来，每一次都是摇头摆手，我已经感到希望渺茫了。天大黑了，北风裹挟着长江的水汽从楼与楼的空隙中呼啸奔来，冷得人直哆嗦，不远处的白杨树林随着风发出哗哗的声响，雷鸣似的。居民楼里都亮起了灯光，一些动锅动碗、洗澡擦地、骂东骂西、电视电话的声音从窗口里传出，带着浓浓的居家过日子的光景。我听到几个窗口里传出小孩子的声音，这让我更加牵挂龙龙。

十点钟了。我再次拨打陶安的手机，依然是关机，拨打陶安早上拨打过的号码，等了一会儿，总算传来了"嘟"的声音，通了。第四声的时候，接听了，一个男的问我是谁？我硬邦邦地回道，陶安是不是跟你在一起？他顿了一下，又问，你是谁？我提高嗓门暴躁地说，叫陶安接电话。那男的也发飙了，满口渣滓，说，你他娘的，老子都不知道你是谁，老子凭什么让她接你电话。

我情绪的引线被点燃，长时间积攒的怒气瞬间爆发，我说，你是林大庆对不对，你们这对不要脸的奸夫淫妇，你除了会睡女人你还会干点别的事？像你这种瘪三我见多了，除了裤裆里面有点精子，还有什么，屁都没有，嘴上连根毛都没有，你把陶安当什么了？你能给陶安什么？我告诉你，人活着不是光只图鸡巴过瘾的，你把人家一个好端端的家给毁了，你横什么横！你造孽，你迟早要遭报应的。

你懂个屁，什么老子毁了好端端的家？是好端端的，老子能毁吗？什么叫只图鸡巴过瘾，我告诉你，老子知道你是谁，你是陶安的姐姐陶平对不对，你就是个老变态，活该你没男人要。田文军算什么东西，他是他妈的猪狗不如，他要你妹去当鸡，好多挣钱让他养鸭子，这就是好端端的家？哪个男人戴了绿帽子不愿意离婚的，就这种屌货不离，要离还倒给他钱，他就是一吃软饭的，他把你妹当成了赚钱的工具，这种人就是一人渣，该下滚油锅，该千刀万剐，他说要找老子算账，老子还找他算账呢，狗东西，老子见了他非一刀捅了他不可。

你爱捅谁捅谁，你捅玉皇大帝与我无关，我现在没心思跟你扯这些。我的话还没说完，电话那头又咋呼起来了，这次是个女的声音，很粗，口音跟嗓门能让人想到一口瓮，乡里腌腊鱼腊肉的瓮。"瓮"说，你是陶安的姐姐是吧，我告诉你，把陶安这个臭婊子管好，她要再勾引我弟的话，我要她好看，我把丑话说在前头。我告诉你，我弟不吃剩饭，你们别打错了主意。在那口"瓮"讲话时，我总能听到那男的叫姐，不停地说"把电话给我"，声音充满怒气与恨意。我还听到一阵推搡声，一定是林大庆在边上夺他姐姐的手机。一个大男人连自己的手机也夺不回来，容得下别人骂自己的女人为婊子，任由别人肆意侮辱自己的女人，一没钱二没本事连血性气也没有的男人也算男人？

我说，我也告诉你，把你弟管好，我若看到你弟再跟陶安一起，我也会对你弟不客气，我们家的剩饭就是放馊了，也轮不到一条蛆。

　　你能这样说那当然好。哼。对方"哼"完就果断挂了电话。

　　我将我的那声"哼"活活闷在肚子里，化作一股怨气长长地吐了出来。我的牙齿在口腔里上下切合，如果陶安此刻在我眼前，我一定会撕了她，陶家的门庭被她给辱没了。我跟她一个没成家，一个家要散。俨然成了老家人的一个笑话。

　　寒气越来越重，从白杨树丛里吹出来的风像长了倒钩似的，吹得脸生疼。望着小区四周高楼的灯火，我不知道该往哪里去询问孩子的下落。我决定先去小区的门房问问看。我转身没走几步就看见了陶安，她穿着我的一件绿格子羽绒服，一双高帮雪地靴，低着头苦着脸向前走，头发被风吹得跟草窝似的。我叫住了她。她一惊，望着我，说，姐，是你，这么晚了，出去干什么？

　　看到她我想起刚刚林大庆骂我"老变态"，想起林大庆的姐姐骂她"臭婊子"，都是这个不争气的骚货惹的，她就是一个妖精，毁家败家的祸水，我的火"腾"一下就冒出来了，我有种想置这个女人于死地的冲动，我上前一把揪住她的衣领，然后扇了她一巴掌。她重重地推开我，说，你疯了，你凭什么打我？你真是老变态，变态狂！

　　我气极了，你从未在我的环境里生活过，你从未站在我的观点上来看待我，你凭什么给我扣上一顶"变态"的帽子，我心理不健康了？阴暗了？扭曲了？小婊子养的，真是小婊子，骚货。我向她挥舞起拳头，我要杀了这个不要脸的。我们扭打成一团，小区里来来往往的人，没有一人来过问来劝架，他们像看一场把戏一样上前来看一阵就脚步匆匆地走了，还有人在笑，乐呵呵的，能欣赏别人的不幸别人的狼狈算是无聊生活派发的一种福利。我很快意识到我们这是手足相残，我们的撕扯成了别人的乐子。我压着怒火停止了扭打。我一住手，陶安也就住手了。我从喉咙里咳出一口痰来，吐在她的脚边，我说，姓陶的，龙龙不见了，要是龙龙有个三长两短，你就不用活了。

陶安倒抽一口冷气，说，到底怎么回事？

我说，我怎么知道怎么回事？我没到下班就回家了，一回家家里门大开着，人不见了，几个单元里，我挨家挨户都敲门问了，都说没看见。

啊！陶安一个趔趄跌坐在地上，雪还没融尽，地上带泥带水的。她眼睛空洞地望着前方，木呆呆的，一副六神无主的样子。凄风苦雨，她无依无傍，真有了几分在绝路上的样子。我忽然觉得我做过了，我太狠了，无论如何我也背不起把人往绝路上逼的名声。我将她从地上拉起来，拖着她朝门房走去。

陶安在路上突然失声痛哭，一边哭一边大声地唤"龙龙"，她扯破喉咙的叫声和凄惶无助的哭声让我的眼底一片潮湿。我加快脚步朝门房走去。可是门房里并没有龙龙，门房的师傅说从下午到现在并没有看见像龙龙这样大的男孩子单独出去过，只要没出去就好。出去了就完了，这个小区一出去就是江堤，江堤的栏杆稀疏，有几处还被人用电锯割断了，小孩子如果钻进去，一不小心就会滚进长江里。

在往回走的路上，陶安一遍遍叫着"龙龙"，拼了命地呼喊，从这一声声"龙龙"中，我能感觉她的心在滴血，肝在滴血，肺在滴血，她的脏腑血流成河。我也跟着她叫喊起来，这是我此生第一次用全身的气力来呼喊一个亲人，在我呼喊了几声后，我忽然热泪盈眶，这喊声像一方磨刀石，我心尖上的锈迹在叫喊中剥脱，我体察到了亲情的某种纽带与关联。

在我们的叫喊声中，有几户人家打开了窗户，瞧了瞧但很快就关上了。我们一面往前走一面喊。又有人家打开了窗户，我们一齐扭头看着这扇窗，一个五十岁左右的男人和一位穿着花睡袄的女人探出头来，中年男子问，你们是哪一栋的？

我说，五栋三单元七楼。

小孩叫什么名字？

陶安仿佛看到了亮光，赶紧回道，田小龙。

多大？

陶安说，三岁。

穿的什么衣服？

陶安欣喜地朝我看了一下，她的眼睛里透出一点亮光来，脸上的神情也活了过来。她从别人家的问话里觉察出了什么。她的神色向我传递她觉得她的龙龙就在那个窗户后面。

陶安说，上面穿蓝色。

妈妈，妈妈！陶安的话还没说完，龙龙的脑袋就出现在了窗台上。

龙龙！龙龙！陶安高兴地哭了起来。

龙龙很快被那家人送下来。龙龙飞扑进陶安的怀里，陶安先是紧紧揽住，左亲右亲，忽然陶安一把将龙龙推开，狠狠扇了孩子几个耳光。陶安说，谁叫你跑的？谁叫你瞎跑的？你在屋里待着你会死吗？你这个讨债的，你要害死我是不是？

龙龙一下哭了起来，说，我一个人怕，我一个人怕。

我将龙龙搂了过来，我不停地向那对中年夫妻道谢。陶安在一旁抠手指，她从她左手的中指上抠下一个黄金戒指，这应是她身上最值钱的东西了。她要将戒指留给那对中年夫妻，妻子连连摆手，但陶安执意要给，一副不收下就不能收场的犟劲，执拗了半天对方终于收下了。陶安在我怀里接过龙龙后，重新亲了起来，那股热乎劲亲得龙龙破涕为笑，一路上咯咯笑个不停。

8

回到家看看墙上的挂钟已经是深夜两点了。我在卫生间洗漱完毕后，就径直进了房间，并将门反锁。我不想再搭理他们母子二人。沙发上有被子，厨房里有吃的，他们爱咋咋地。

躺在床上睡不着。我对陶安有许多不满，不满她为个野男人连孩子都不顾，不满她对那对中年夫妻的出手阔绰，撸个金戒指给人家跟我都不商量一下，她这么有主张，这么有魄力，那又何必在其他事情上来向我讨主意呢？我跟她从来都隔着厚厚的肚皮。她不过是把我这里当成了他们娘儿俩不要钱的落脚点。她来我这里两三天了，没帮我洗个碗，没帮我把家里收一下，她每天都魂不守舍的，跟我说句话也是心不在焉。她大部分时间都是守在电暖炉边上，勾着头，心事重重的样子，一有电话响，拔腿就往外面跑。我长年一个人生活已经习惯了，现在陡然添了他们娘儿俩，我做什么事都蹩手蹩脚的，哪儿哪儿都不方便，我忍她心都快忍肿了。生活对她的指教还不够，当她真正被生活压迫得无法动弹的时候，而她还选择活下去的话，她就会懂得许多为人处世的技巧，比方世故、圆滑、精明，她会懂得看人的脸色，会懂得奉承迎合，她会为了跟人和谐相处拔去身上的刺，她会为了穿上鞋子把脚上多余的肉给削掉。

客厅里似乎没什么动静。不知道他们是睡了还是怎样。我起身披了件衣服打开门假装去厕所。我眼睛里的余光看见龙龙已经睡了，她坐在沙发上摆弄手机，估计手机被她调成了静音，划来划去没有什么声响，屏幕上的蓝光照得她的脸惨白惨白的，活像个女鬼。我从厕所里出来的时候，我发现她已经把手机收起来了。她抱着被子做出一副马上躺下的样子。人在屋檐下不得不低头。看到她如此谨慎憋屈地在我的地盘里生活，我的心里得到些许满足。她到底还是忌讳我的。她察觉到了我对她的感觉，她也许什么都懂得，但是她都藏在心里，不说。她不说不表达她的情绪也许并不是出于对我的尊敬，也不是来自她的性格，而是她的处境使她不能表达，只能委屈地蜷缩在沙发上，只能受我的白眼、谩骂，甚至是耳光。一个人强势是需要有硬的东西撑腰的，要么钱，要么人，要么是看得见的未来，一个嫁了个穷老公又为个穷小子要离婚的洗脚妹，有个屁未来，她的穷困就跟弹匠手里那根弦一样会一直单调又铿锵地延续下去。

但是我还是感觉到了她的骨头，她对我劝解的不接纳，对我不亲近的躯体，还有不与我商量就撸下戒指来感谢别人，这些都是她的骨头，她的刺，她隐形的强硬令我不快。

一夜未合眼，许多以前的光景都重新来到了脑海里，清晰的记忆折磨得我翻来覆去，到天亮时，我已积攒了许多的恨意。我起床后将房间里他们娘儿俩的衣物抱了出来，扔在沙发上，然后打开她的箱子，将他们所有的东西都塞了进去。陶安听到响动后，从沙发上坐起，问，你这是干什么？

我说，请你今天给我出去。

陶安说，那等我打个电话，我让他来接我。

我说，那你打吧。

她真当我的面打起电话来，她对电话那头说，你能过来一趟吗？把我和龙龙接走。她说着朝我这边瞄了一眼，对着电话支支吾吾半天，才说，姐要赶我们走。昨天龙龙差点丢了。她跟电话执拗了一会儿，然后将电话递给我说，姐，林大庆要跟你说话。

我说，我没什么跟他好说的，我不认识他。

她还是把电话给了我。电话那头喂了半天，我冷冷地说，你想说什么快说。林大庆说，你还是让他们在你那儿住几天，我这里还没弄好，等我这里妥当了，我会把他们接过来的，一天都不耽搁。

如果林大庆在电话里叫我一声姐，或者说话的口气软和一些，我会将改变我的主意，可是他说话就像是一把麦芒扎向你，让你心里腾出一股火。什么叫一天都不耽搁？仿佛他们都憋屈似的，仿佛他们多想不在这儿待似的，那行吧，那就赶紧的吧，我这里不是收容所。你既然爱她，为了她捶了家里的玻璃逃出来，就该为她撑起一把伞，为她遮风挡雨，最起码应该跟她弄个窝吧，寄居在我这里算什么？

我对着电话说，今天他们必须得离开我家，你有本事，你对她有诚意，你就别废话，赶紧地来把他们弄走，弄到哪儿都可以，我眼不见为净。

林大庆说，行行行，算你狠，你他娘的，老子从来没有开口求过人，老子也不求你，你让他们在你小区大门口等着，老子立马接他们走，老子还把他们这几天住你这儿的房钱也算给你，按四星级酒店标准算没贬低你吧？

我的肺快要气炸了。挂了电话。我便将他们的行李箱拖了出去，也将一旁如一根呆木桩的陶安推了出去，在推龙龙的时候我迟疑了，我的手停在半空中，我下不了手，外面这么冷，寒风跟锥子似的。可是留了他，就等于给这件事留了余地。既然话赶话说到翻脸的地步了，我也就只能把事做绝。我还是把龙龙推出去了。我朝门外扔了三百块钱就"啪"一声将门给傍上了。

过了许久，并没有传来期待中的敲门声和哀求声。又过了许久，我轻轻打开门，门外什么也没有，看来那三百块钱她还是捡起来了，我的心稍微好过了一些，她并没将我置于无情无义之地，她还是拿了我的钱的。看着空空如也的门外，我感觉我的脏腑像挂了只秤砣，总有一种往下坠的感觉。他们走了，可是我并没有获得理想中的轻松与清净，相反我有一种不安感，一种欺负弱小的负疚感。特别是龙龙，这个身上流淌着陶氏血脉的孩子，我竟也将他推出去了。我觉得我很混蛋，很刻薄，很阴毒。

可是，事情只能这样。我虽有自责，但我也有恨意。我不会去将他们追回来。走了就走了。我决定继续请假，昨晚睡得太晚，头有些发沉发涨，打完请假电话后我倒床便睡了。头埋被子里，一直睡到了下午一点才醒。

肚子很饿，打开冰箱，里面冰冷的食物让我毫无胃口。我想到外面去吃，顺便看看他们母子俩走了没有。窗外的天呈现乌青色，阴沉沉的，像穷人背了一身的债。我换好衣服下楼，我的步子很急，还没转过弯我就瞥见了小区门口的那只红色的旅行箱了。再往前走几步，我就看见了他们母子。陶安把羽绒服后面的帽子戴上了，周围橡皮筋扯紧了，只露了一张脸，她的左手躲在袖筒里，右手捏着手机，时不时就往手机上看，两脚在地上跳来跳去，她露出的那张脸脸色发乌，没有一点血色。看到她的漂亮被凛冽的寒风所侵蚀，显不出姿色时，我有种小小的平衡。我才知道身为一个女人对美貌始终是心怀妒忌的，即使是亲姐妹，心里也会藏着醋意。其实她很远就看到了我，但她没有开口跟我说话，她不开口我就只能视而不见。不用说我也知道那个姓林的肯定没有露面，从早上七点钟到现在下午一点半已经六个半小时了，从汉口汉正街到武昌司门口，就只一座长江大桥的距离，即便是走过来，也只需要四十五分钟。我能从陶安的眼里感觉到她的凄惶、疑惑和深深的不安。龙龙趴在旅行包上玩他的蜘蛛侠，他对这个世界没有任何戒备，他在哪儿都能玩耍，他在偶然扭头的时候看到了我，他很清脆地叫我姨妈。我的心颤了一下。我停住脚步，问陶安，林大庆还没来接你吗？陶安朝两只袖筒里哈了一口气，说，跟他打了电话了，他说快了。看来她并没有对林大庆死心，她还对他抱有希望，她不愿意承认她被放鸽子了。我不知道该如何才能让她长点见识，让她对男人有清醒的认识，一个男人若真心对一个女人，怎么会忍心让他的女人在刀子般的冷风里等待六个多钟头，怎么会让赶她出家门的人在青天白日中撞见她的狼狈与凄楚，如同一个人罪证的把柄落在了仇家的手里。

我问龙龙吃了没有？龙龙说没吃。我把龙龙抱着，对陶安说，我们在旁边去吃点东西，林大庆来了的话，你打我电话。陶安舔了舔嘴唇点了点头，她的目光像钉在墙上生了锈的钉子一样死气。她的眼睛里没有期盼没有等待的神色，我能从她的眼睛里觉察到她的心在冷却在下沉。只是她的嘴巴还在硬撑着，跟田文军养的那些鸭子一样，即使死了可是嘴巴还是硬的。那就继续硬吧。

我和龙龙吃完饭回来，陶安依然站在原地，依然捏着手机。我将打包的盒饭递给她。她推了一下，说，不饿，等林大庆来了跟他一块儿吃。我在心里冷冷笑了一下。龙龙说，妈妈吃吧，姨妈点了鱼子烧豆腐好好吃的。我又将盒饭在她面前递了递，在我打算扔进垃圾桶之前，她接了过去。

她的举动让我很是不舒服。在一个知道你底细的亲人面前装硬气，这就生出了万千沟壑，人家根本就没拿你当亲人也没拿你当姐姐。一个人对一个人的交心就会展示自己的伤口和伤痛。她是仙人掌，我是刺猬，我们两人身上都长着刺。在她打开饭盒，分开筷子后，我扬长而去。我忽然觉得委屈，觉得压抑，觉得落寞，很多事情都不由我主宰，我无法掌控什么，我忽地对人生感到悲观，就如同这黑沉沉的天一样，仿佛有一张网将我束缚住了。

整个下午我都心绪不宁，看不进电视也看不进书，连电脑上的纸牌游戏也玩不下去。我的耳朵始终捕捉着小区门口方位的响动，我很挂心那个林大庆到底有没有来将她接走。天越来越暗沉了，风也猛了些，吹得窗户咯咯直响，在穿过那些狭窄处时还发出尖厉的啸叫，如同生鬼在哭。这是下大雪的征兆。四点钟时，漫天的鹅毛大雪铺天盖地下了起来，密密匝匝，像是从天上落下的一张无情白网。

看着外面的冰天雪地，我有些惴惴不安。想象到他们娘儿俩被风雪所吞没的样子，我就心虚，我觉得我自己是多么冷血，多么不近人情。我在心里问我自己，如果陶安不是洗脚妹，是有体面工作的，嫁的老公不是养鸭子的，是很有头脑的小老板，出轨的情人不是穷混混，是一官半职的公务员，我会将她赶出去吗？我对她会有这么多的看不惯和忍不下去吗？说到底我欺负她并不仅仅是因为当年的鸠占鹊巢，而是她的贫穷她的底层她的绝境。在我承认我自己势利的时候，我的后背陡然一阵烘热，有密密的汗从身体里钻出。我看到了我内心的阴暗，像一块生霉的豆渣一样，散发着恶臭。

我给陶安打电话，话筒里传来"您拨打的电话正在通话中"，这句话又让我从心里腾起的融融暖意遭遇冷却。她还在给他打电话，那说明姓林的还没有来接她。

这个王八蛋。我从手机里翻出林大庆的号码，我要将这个烂货人渣好好痛骂一顿，可是话筒里传来的是"您拨打的电话已关机。"我怒不可遏。陶安瞎了眼了，遇到这样的一个混蛋。她到底是被玩弄了。也被抛弃了。弃之如手纸。什么爱情，什么真心，那都是生活放的狐狗屁。

我围上围巾，戴上帽子，我要去把他们娘儿俩弄回来，眼见得天就黑了，气温更加低。我打开大门，就看见了坐在楼梯口的陶安母子。四目相对，我们各自都有些吃惊，也有些措手不及。她的手里握着一张卫生纸，动不动就在鼻子下面擦一下，她的两颊和鼻头红红的，那颜色红得让人能感觉到烫手。她朝我略略笑了笑，有几分不好意思在里面。这大雪天的，她终于还是回转到我的家门来了，无论怎么冷落怎么打骂，她依然把我当作她的码头，是她人生中唯一可以行走的一条回头路。我想起父亲临终前是如何把我跟她的手紧握在一起的，我记得父亲最后的一句话是，你们都姓陶。我打了一个冷战，那一瞬，我突然觉得父亲最后的这句话分量是如此重。她不是我的仇人，她是我的妹妹，亲妹妹。我看着她，我的心竟有些跳荡，我的身体里升腾起阵阵热意。我竟有些难为情起来。我的内心像画画一样，各种笔头飞速勾勒，我的心里盛满许多线条和色彩。龙龙忽然从她妈妈的怀里跳出来，将一只用纸折成的纸飞机举到我的面前，说，姨妈，看，我的飞机。我的眼眶顿时就湿了。

9

我将屋子里所有的灯都打开，我让他们无论是去卫生间厨房还是阳台，走到哪儿都是亮堂堂的，灯火通明的。我把电暖炉开到最高挡，我把房间那台老空调打开预热，我不再算计那几块电费。我只希望我的房子能迅速地暖和起来，抵御外面飞雪漫天的寒气。我把冰箱里一块牛肉拿到微波炉里化冻，我想给他们做一碗牛肉面。我知道陶安口重，喜欢吃辣，我把网兜里的干辣椒全都倒了出来，我要做两份，一份清淡的给龙龙，一份辣的给陶安。我想起冰箱里还有半瓶可乐，我手忙脚乱将它倒进钢锅里，拍了一块生姜，他们受了半天冻，可以喝点姜汁可乐。我忙前忙后，像扯棉絮一样从我的体内毫无保留地扯出一大片热情，我像是在挽回和弥补什么。我在挽回或是掩盖我内心深处肆无忌惮的狭隘和残忍。在我提起刀片牛肉时，我竟有种幻觉，觉得她就是那块牛肉，躺在砧板上，生生受着各种刀的凌迟与切割。

她对我的好显然还不适应，对我各种请让她都表现出一种迟钝的木讷，她在我面前总拘脚拘手，反不如先前那么自在放得开了，她可能从我赶她出门这件事里，认识到我是一个抹面无情的人，所以她谨小慎微起来。她的眼睛盯着电视，但我从她的眼神里能看出她的心思不在电视上，她时不时低头去看她的手机，偷偷摸摸地看，只要听到我的响动，她就立刻将视线转移到电视上，她对我生出很强的戒备，她永远处在自己给自己营造的一种不安定感中。

我说，陶安，你要看手机就大大方方地看吧，我不会再干涉你了。林大庆如果来接你你就跟他走，如果他不来接你你就在我这儿住，不要有什么顾虑。行吗？

陶安点点头，但那头点得像一只受惊的麻雀。

吃了面，喝了可乐。陶安主动收拾碗筷，我将她按下了，可她还是接过来拿到厨房水槽里洗了。这是她在我这里头一次主动帮我做家务。她的勤快越发让我愧疚。

龙龙玩了一会儿就睡了，我将他放到了床上。房间里空调的温度已经起来，推开门便是一股热气。这股热气让我觉得这房子头一次有了家的感觉。

陶安洗完碗后，与我一起坐在沙发上看电视。我们没有说一句话，两眼都盯着电视。我起先对这种沉默感到些局促，总想着去打破，怕这种沉默会凝固，像结冰一样，生长出另一种寒冷与隔膜。我和她之间不能再隔着青石了，更不能让青石还长出苔藓来。可是我不知道该跟她说些什么，于是我们只能这样沉默下去。渐渐地，我竟觉出这沉默的好来。这世间最好的交流也许并不是语言，而恰是这沉默。所有的伤口都是在安静中修复的。

忽然间厨房里传来尖锐的鸣笛声，是自鸣壶烧开水的声音。我起身时，陶安将我拦下了。她推开推拉门进去，过了小半天出来，手里提了大半桶热水，她将那桶热水放在我面前的地毯上，她搬了只小板凳坐在我面前。我刚要张嘴，她冲我摇摇头，示意我不要说话。

她脱去我双脚的鞋袜，将它们双双放进桶里，水温有点烫，但是可以承受。她在我桶上搭了块毛巾。然后转到我的背后，她的双手落在我的肩上，在她的揉捏下，我逐渐放松，我觉得我的内心像是被什么照耀了似的，很多矗立的横亘的东西都矮了下去，沦为乌有，那些残渣也像肥皂泡一样，在化解破灭，我的心房长出一把笤帚，一笤帚一笤帚地将那些陈年污垢扫了出去。在我的双脚感到水温平和后，她将我的脚从桶里捞出来，用毛巾擦干。她把我的双脚放在她的腿上，然后她的大拇指死死抵住我的脚掌心，忽然间，一股火辣辣的疼劲儿直冲到了头顶。我"啊"了一声，她迅速将我的脚捏了回去，再按，依旧辣疼，但这种辣疼里多了一种麻和酸胀的感觉。她的每一次长按都令我的周身有一种热烘烘的感觉，这种热感一次比一次强烈，在她的又一次长按下，陡然间我全身的汗毛孔张开了，细细的密密的汗顺着汗毛根直往外淌，汗如泉涌。从她的指法我能清楚知道这是一双劳动的手，是一双勤巴苦做的手，是一双在行业里长期操练过来的手，不偷奸不耍滑，坚贞不屈的一双手。

大约一个小时后她才结束按摩。我瞧见她也是汗如雨下，鬓边的头发都结成一缕一缕的了。她将我扶到房间，伺候我躺下，头一次我尝到了挨床就睡着的滋味。那一晚我睡得十分香糯，没有翻身也没有做梦。一觉睡到自然醒，醒来后头也不像先前那么发沉发腻，心明眼亮，神清气爽。龙龙还在睡。我打开房门，看见沙发上和衣躺着的陶安，脸红得像蒸熟的虾子似的。我用手摸了摸她的额头，发烫。

我叫她，陶安，陶安。

陶安喃喃道，好大的雪，外面好大的雪。

我掀开她的被子，看见她的手里紧紧拽着我给她的那部老手机。她像拽一根救命稻草一样拽着它。忽然间，我泪流满面。我知道她还在等待着林大庆。这个狗日的林大庆。我将陶安抱到床上。然后到药店去买了各种退烧治感冒的药。

我刚喂她吃完药，她的手机便响了。她冲我一笑，说，他终于来了。我笑着对她点点头。她强打起精神接电话，没有怨气，只有娇嗔，喂，你终于忙完了，终于想起我们了？忽然，她便不说话了，眼睛里的亮光也没有了，然后就暗淡地挂了电话。

她说，是田文军。

龙龙忽然翻过身来，说，是爸爸，是爸爸要来接我们吗？

陶安说，你想爸爸吗？

龙龙说，想，我刚做梦都梦见爸爸了，梦见爸爸给我带了好多好吃的。

陶安笑了笑，说，你爸爸下午来。

龙龙高兴地"哦"了起来。

我决定继续请假，好照顾陶安。可陶安却不同意我请假，她执意让我去上班，不要耽误工作，她说她能行的，感冒发烧也不是什么大病。在她的坚持下，我同意了。毕竟请一天假就得扣几百块的工资，我挣钱不多，几百块可以过上好几天日子。但我坐在单位的格子间里，总是心里发沉，像压了块秤砣一样。我打开工作页面，强迫自己进入工作状态，可是不行。我决定还是请假回家。

我拦了辆的士奔回家，推开门，客厅的沙发上坐着龙龙，他在看碟机里的奥特曼。我问龙龙妈妈好一点没有。龙龙说，妈妈还在睡。

我推开卧室的门，陶安果真躺在床上，我去摸她的脸，估计烧退了，不怎么烫。但她的脸却毫无血色。我心生疑惑。床头柜放着一只空空的水杯，我打开柜子的抽屉，所有感冒药的胶囊壳里都空了。

陶安，陶安，陶安。我大声地叫她。我开始感到恐惧。我的腿一阵一阵发颤，发软。我慌乱地摸手机。拨打120。在等待急救车的空当里，我不知道该做什么，我焦急万分又束手无策。

龙龙从房间的异样感知到了什么，他在床前摇着他不省人事的母亲，叫她，她不答应。龙龙哭了。龙龙的哭声令我有种想跟这世界拼命的冲动。我掀开陶安的被子，果不其然，她的手里还握着手机。我掰开她的手，拿过手机，翻开通话记录，从昨天将他们赶出家门到现在，陶安给林大庆拨了整整一百个电话，发了整整八十条短信。

我再次给那个叫林大庆的打电话，话筒里传来的是"您拨打的电话已关机！"

去你妈的。我将那个手机一把砸在了地上。

所幸陶安吃的只是感冒药，毒性没有到夺命的地步，只是洗胃时遭受了些痛苦。看着差不多要把胆水都吐光的陶安，我忽然生出一种心疼。我一把抱住陶安，将她搂在我的怀里。我说，这世上并不是只有一条路好走，寻死是最没出息的。

陶安淡淡回应说，活着无味。

我不知道该如何劝说陶安。谁活着又有味呢？

下午田文军到了武汉，给我打电话，我告知他陶安生病住院了，让他直接到医院。田文军穿着一件不知道从哪儿弄来的一件军大衣，粮仓般罩在他的身上，上下一般粗。身上还是那股鸭屎鸭毛味。

龙龙看到田文军，跑着冲到他怀里，问，爸爸，你给我带好吃的没？

田文军上下拍拍衣服口袋，说，忘了，下次给你补上，乖儿子。

龙龙失望地回到床边。

看到田文军，陶安把脸转向一边。田文军问，好好的怎么住院了？

我说，感冒了，这几天下雪，冷。

田文军鼻子缩了缩，说，娇气。感个冒还往医院跑，瞎花钱，有那几个钱扔给医院，还不如给龙龙买身衣服。

我准备跟他理论几句，但我忍下了。

他坐下来开始有一句无一句地跟我聊天，聊他的鸭子，大抵不过手头拮据，经济紧张之类的话。想贷款又没多少门路，平时村干部乡镇干部要用他时都跟他嘻嘻哈哈的，轮到他有事去找他们的时候，他们就初一推十五，张三推李四。说着他给我递了根烟，我摇手。他诧异，说，你不是抽烟吗？我说，这是病房，陶安还在打针呢。

他表现出无所谓的样子，掏出打火机，啪一下点火，将烟点燃猛吸一口，像上辈子就欠这口似的。陶安索性将自己埋在了被子里。她自始至终没有搭理田文军一句。

第二天陶安就出院了。出院那天是晴天，一个红火大太阳挂在天上。屋顶上树上花坛里的积雪开始大面积融化，到处都是滴滴答答的声音。

在家吃了顿中午饭后，他们一家三口就准备起身回去了。陶安虽然不待见田文军，可是她也只能选择跟田文军回去，而我也只得随她，目前她没有别的路可走，何况有个孩子。陶安在收拾行李时，把箱子里那个全家福掏了出来，她摆在我的电视柜上，说，姐，这个留给你，做个纪念。看到那只油墨水画的胳膊时，我鼻子有些发酸，喉咙里像长了一枚刺一样。临出门时，陶安忽然说，姐，我把龙龙留在你这里，替我照看几天，等我跟他找好幼儿园后再来接他好不好？想到我们单位楼下有个临时托管所，我答应了陶安的请求，再者我也舍不得龙龙。看着陶安提着行李箱低着头跟在田文军的后面，我的心有种被刀割的感觉。我的妹妹，小小年纪就说出活着无味的妹妹。可是能怎么样呢，人生的酸葡萄不可能由别人来代替她吃。

他们走后，我返身进屋，刚好一缕阳光透过窗户射了进来，照在客厅的穿衣镜上，那光如此的灿烂，像陶安刚来武汉时的笑容。龙龙站在镜子前摆出奥特曼打怪兽的姿势来。他在我屋里欢笑着奔跑，让我有种做了母亲的满足感。我从鞋柜上扯下一张报纸然后蘸上水，将那面蒙了很多灰尘的镜子细细擦拭，我想让那光亮一些，更亮一些。在我擦拭完镜子后，我接到了田文军的电话，他惊状万分地说，陶，陶，陶安她，她跳江了。

……

别来无恙

1

　　我母亲要找老伴这话一年前就听说了，这是谣言，不可信的。小地方的人就是舌头长，一天到晚无中生有，乱嚼舌根。镇子里以前还有人说我在广州当小姐，有人亲眼看见的，说坐台费一个小时三百元，天地良心，广州在哪方我至今都不清楚。而且也太抬举我，一个小时三百元，就我这姿色，不是寻死吗？可是嘴长在别人身上，我又能怎么样呢？但今天小姑打电话也说我母亲要往前走一步。我说不可能，不可能。但是小姑的语气不容置疑，再说小姑是什么人，有必要造她亲嫂嫂的谣吗？在我说第三遍不可能的时候，其实我已经相信这是真的了。

记得当初父亲死后，母亲捶胸顿足，发丧时头直往墙上撞，恨不得随父亲一起去，亏得身边人眼疾手快拦住了。大半年里，每跟人说起父亲便言语哽咽，双眼落泪。父亲三周年过后，我曾试探性地问过母亲可有再找个老伴的想法，话一出口，母亲两只眼睛刀一样横了过来，恶狠狠地说，你再说这种话，小心我用鞋底板抽你。又说，你若嫌我是个包袱，不想养我，要把我往外推，那我宁可讨米，也不指望你。由此我便知道了母亲的心志，她是要从一而终的。

　　我们家的女人好像都是寡妇命，也都有守贞节的气性。我太祖母三十五岁时太祖父走了，太祖母一人拉扯六个孩子长大成人；我祖母四十岁时祖父去世，农村里搞集体挣工分过日子，祖父没了就等于家里天塌了，可是天塌了我祖母也没有另找男人，她守着三个半大孩子以野菜树皮和糠面混在粥里，也把日子过过来了；现在轮到了母亲，她四十七岁的时候，父亲身患绝症，拖了三年就向这人世道了别。她便成了我们家又一代寡妇。

　　我问小姑那个男的是谁？小姑哼了下鼻子说，你妈不说，多问一句脸上就跟撑了篾一样，绷着。母亲的态度令我不快，她是出于保护对方才不说的，还没踏出高家门呢，胳膊肘就朝外拐了。我心里一阵毛焦火躁。母亲的性格脾气一向温软，知进退又善忍，但遇到事情，她就像换了个人似的，浑身都是硬骨头。

　　虽然到了年终总结的忙月里，但娘要嫁人是件大事，我只得厚着脸皮孙子似的向老板磨了两天假。车程原本只有四个小时，但路上堵车用去两个小时。到县城，天已黑了。隔着车窗看满城灯火，记忆中的许多街道和房子都不见了，取而代之的是一些新开的门面和超市，县城里还新添了电影院、商业街和国际酒店，重新选址修建的县委县政府如泰山般巍峨，让人望而生畏不敢靠近。县城变了，变得我都不认得了。这种陌生令我羞愧，这些年我确实很少回家了，父亲去世后，母亲便没有了经济来源，为了更好地赡养母亲，不使她在钱上感到拮据，我在工作之余不停地接私活。每次节假日前母亲打电话来问我回不回，我便总以事情多、忙来推托。母亲每次都是"哦"一声就不再说话。电话里的沉默让我感知了她的失望，这让我烦躁。我觉得母亲总是在情感上绑架我。但现在，我真的觉得我就像个骗子、无赖。

到家才九点，左邻右舍灯火通明，人声喧闹，独母亲的屋里黑咕隆咚的。母亲一直都有早睡的习惯，父亲走后，母亲睡得更早了。问母亲，她总说，我一个人又没什么等的盼的，早点睡，一觉睡醒，一天就过完了。我说，人活着又不是挨日子。母亲说，活着可不就是挨日子吗？母亲这种对生命的消极态度也让我恼火。但临到家时我忽然体会到母亲的孤独，一个人每天没有等的盼的是多么悲伤。那些亮着灯的人家不是在等孩子就是在等爱人，一家人等齐了便收门关灯睡觉。十三年前母亲过的也是这样的日子，那时母亲从来不觉得人活着是在挨日子。

我举手敲门，蓦地感到心酸。

谁？母亲在里面问。因为母亲的手机处在无法接通的状态，我这趟回家她是不知道的。我说，是我。

是洁儿吗？今天怎么有空回来了？母亲说着就把门打开了。

见到我，她没有流露出多少欢喜来。这跟以前是不一样的，以前如果我这样回来，母亲定是喜出望外，她会一把搂住我亲热一番，然后进厨房做吃的，做吃的还要哼着小曲儿。现在母亲还是像以前一样下厨做吃的，但她一脸的淡然，让我觉得她锅里煎的不是鸡蛋而是我。

半晌后，母亲将一碗热气腾腾的鸡蛋面端到我面前，说，你吃完就放桌上别管，我先去睡了。

她不坐在一旁看着我吃，这又与往日不同。我内心愈加伤痛，我为我这一年来没有回来看望她感到愧疚，但也为母亲这样待我感到气不平，我再不孝，每月两千元的赡养费却是分厘不差，为了母亲用钱宽展，我经常是熬通宵赚外快。

鸡蛋面还是昔日的味道。鸡蛋打匀，在锅里摊成薄饼状，然后切成细丝下在汤里，切上几片肥瘦相间的腊肉煎出油来盖在蛋面上，撒上葱花胡椒粉，又好看又好吃。从记事起，每年的生日母亲都要如此与我过一番细，在外求学后，不常回家，每一次回家第一餐母亲必要做鸡蛋面与我，这碗吃食看相朴素，做起来烦琐，既要熬汤又要煎肉，但母亲必要以此隆重来表白她做娘的心情。

鸡蛋面虽然咸淡适口，香气扑鼻，但我却吃不出从前的滋味了。才吃上两三口，便觉得胃满，起身去敲母亲的房门。母亲说，有什么话明天再说吧。

母亲一定知道我此番突然回家的意思，她再嫁的消息亲戚们都知道了，唯独没有说与我知，她的心里必定很是为难，亲戚们俱是反对的，她也知道我的态度。因为中秋节的时候我跟她说过这个事，我表明了我的立场，是不同意的。母亲说，这是谣言。这事也就没再说了。

母亲的拒绝，令我周身感到寒意，回房时途经走廊，看着墙上挽了黑纱的父亲遗像，胸中忽然生出委屈，眼泪一下子夺眶而出。

2

次日起床，见母亲要去集市买菜买米，我要同往，母亲拒绝了。我站在廊檐下看着母亲单薄的背影，心内一阵难过。

母亲在四十五岁上发福，胖成大肚罗汉，身上晃荡着的肉跟端着一碗汤似的，要泼了出来。母亲想天方设地法减肥，节食，吃药，还绑过一段时间的收腹带都不见效。但在父亲走后的半年时间里，母亲的这身胖肉像是被刀割了去，瘦得连肋骨都根根可见，母亲也一下子老了许多。从此母亲再没长过肉，永远是这副皮包骨的身架。

廊檐下炉子已经生好了，两块蜂窝煤都烧红了眼，炊壶都开始嗞嗞作响了。六十三岁的母亲身体硬朗，脚尖眼尖，走起路来，足下生尘，做事手脚麻利。大早上的，一旁的炭盆也已发好，蒲扇扇去浮沫，便是一盆鲜亮的炭火，端到屋内来，心里顿时便一阵发热。我和母亲到了冬季都喜欢向炭火，每年父亲打年货，买炭是重头。大雪天，我们一家三口围坐在炭盆边烤火，母亲唱歌，父亲打拍子，他们的拍子打着打着就会打在我烤火的手上，然后捉住我，使我不得挣脱，他们笑，我也笑，惊得一旁的猫儿直拿眼瞪我们，埋在炭边的橘子发出一阵阵煳焦的甜香味儿，这是我记忆中最为温暖最为浪漫的冬天。这样的冬天再也不会有了。

我掏出手机给亲戚们打电话，邀他们来家中吃饭。知道我此番回来的意图，亲戚们都答应了。从我记事起，我们家每遇家庭矛盾，或口角或争吵，父亲便会请亲戚们出面调停劝解商量。父亲不在了，我延续了父亲的治家传统。大姑小姑离得近，母亲买菜还没回来，她们就已经到家了，两位姑姑多年来在我们家都没把自个儿当外人，一进门不用我忙活，便自己给自己倒茶，自己给自己找椅子。屁股一落座，便开始说起母亲的事情。

大姑说，洁儿，你妈的话我们说了很多，她不听人劝，这次当你面说也不一定就听我们的。还不如你做儿女的多说说，你说跟我们说不一样。

小姑说，说了还要听得进去才行。真不知道你妈是怎么想的，这么大年纪了，经期都回去了，还有这心思。

小姑到底是没进学堂的人，说话粗糙。我虽对母亲这事不满，但这么说她我还是不高兴的。是人便会有七情六欲，跟年纪、跟绝经没有关系。我说，我妈太孤独了，我一年难得回来一次，我一走她身边连个说话的人都没有。倘若回去十年，我不会阻止她这个事，但现在她老了，这个年纪哪里还能与人做夫妻，只能与人做个伴儿，说白了我妈是去伺候人，我妈伺候了我爸几十年，我不能让她老了老了还给自己添个包袱，再去伺候旁的人。

母亲买菜回来后，舅舅和姨妈们便都前后脚进了屋。我们围坐在火盆旁，母亲要进厨房做饭但被小姑硬拉了坐下，简单寒暄后，便直接进入了主题。

大姑说，姐，这事还是要细想一下的，出了高家的门路大，再回高家的门路就小了。

小姑说，也要替洁儿多想一下，她又不是不孝顺你，不养你的老，你往前走这一步，后人脸上多不光彩。

姑姑们历数了高家三代寡妇，说她们在丈夫做了亡人后是如何如何为人处世的，是如何如何含辛茹苦拉扯孩子长大，如何如何撑门立户，不下堂不改嫁，她们的为人和志气在地方上受到了怎样的恭敬，方圆几十里一说起高家的女人都是人人竖大拇指的，都是被人高看一眼的。两个姑姑你一句我一句像是在讲相声，口若悬河，喉咙粗声音大，一口一个我们高家，好像高家是多么的高高在上。我忽然感到有些羞愧，守寡又不是什么光彩的事，姑姑们居然能说得这么陶醉。

姑姑们在讲话的时候时不时抬起头看看对面，对面坐着的是我母亲和母亲的娘家人。我的舅舅和姨妈们一人端着一只塑料茶杯，低着眼睛盯着火盆里的炭火，泥菩萨一般一动不动。母亲的腰快弯到地上，双手捧着脸，像是在听也像是在打瞌睡，这令我的两位姑姑有些不高兴。我知道一个人讲话讲得唾沫星子横飞，听的人像聋子，这是很得罪人的。

大姑说，高洁，我们讲完了，你让你舅舅跟姨妈们讲几句。

我没作声。这不是会议，也不是研讨会，没必要人人都按着顺序讲几句。亲戚们有什么话就说什么话，无非是劝母亲打消再找老伴的念头。

沉默了半晌。一直低着头的母亲抬起了头，她说，大妹，小妹，当年搞集体的时候，你们的妈挑着一担松毛跌在水沟里，扑腾半天才爬起来，一身的泥巴，全大队的壮劳力看得哈哈大笑，那个时候有谁看在是孤儿寡母的分上恭敬你们了？我嫁进高家，分田到户，屋后的钱家为了多占几分菜园子地，使全村所有姓钱的人来家里闹事，把我陪嫁的一张五斗柜都打烂了，那时又有谁高看了你们高家一眼的？母亲轻言细语的两句问话问得两个姑姑四门倒地，脸上红一阵白一阵。连我也有一种被抽了耳光的感觉。毕竟我也姓高。

给人家打破这种事，就跟断别人的财路一样，是讨人嫌的，我们是高家的人，也是凭良心说话。大姑比小姑多读了一个三年级，心性高，是不轻易输掉半颗芝麻的，她说，高家再怎么对不起你这嫂嫂，大哥在世时，对嫂子可是没有半点假心，你跟了大哥，大哥跟别的女人玩笑话都不讲一个，把嫂子你是很当人的。

大妹妹，你大哥生前敬重我，我也没有玷污你大哥。你如今说这些都是没有意义的。母亲明显有些生气了。

咳。火盆旁的大舅舅咳了一声，又抽了抽鼻子。他制造出的动静令所有人的目光都投向了他。他瞄了瞄我们仨姓高的女人，说，我来说几句吧。文梅自从嫁到这个家以后，这个家除了与人合伙喂的那头黄牛外，主要劳动力就是她了。高大哥说起来是公家人，每个月有工资，但钱没有打文梅手里过，家里有老太太做主。高大哥身体又不好，不能负重，分田后第一年，我们兄妹几个来看她，在田边上看到她扬着鞭子用牛耕田，一身泥。我的心是最硬的，那天我都流泪了。大舅舅说到这儿，声音哽咽。母亲的眼眶也开始泛红。母亲说，哥，别说了，那个时候，农村里每家每户都是从钉板上滚过来的。我知道母亲的不容易，小时候我亲眼看见母亲挑着一担稻子在雨中飞跑，脚底一滑连人带谷摔在了泥塘里。那一幕深深印在我的脑海里，每次想起来我的心口都会隐隐作痛。我瞥了瞥两位姑姑，她们有些坐立不安，像是有几只生虱子在身上。

大舅舅说，好，这段日子我们掐掉不说。家里老太太得病倒床三年，是文梅请医煎药日夜照顾，把老太太送上山，没过几年，高大哥又瘫痪在床，久治不愈，磨的也是文梅。本来这话不该这样讲，但事实就是如此，文梅在高家这么些年，没有功劳也有苦劳，如果要说对得起对不起的话，只有高家对不起我妹子的，没有我妹子对不起高家的。我妹子这一生太苦了，如果高大哥去世后的头三年里，我妹子说要再找人，只要对方投缘，我们绝不会反对，如今高大哥走了十几年，文梅也成了老人，应该过几天好日子，再找个伴住到一起，照顾别人一日三餐，洗洗涮涮，没多大意思。文梅要是说一个人孤独，没个说话的人，我们兄弟姐妹勤走动，再者，在外面有说话说得来的人交交朋友可以，但没必要结婚。

大舅不愧是泥瓦匠老师傅，说话跟砌墙似的，一块砖咬着一块砖，有条不紊，有一点缝隙最后也都用水泥糊得密不透风。我不由得朝他多看了一眼。

我知道这是一个进一步解放思想的年代，谁都不必在一棵树上吊死，母亲虽然老了，但她作为一个人，她享有任何自由，包括婚恋自由，儿女本无权干涉。这些大道理我都懂，只是出于对父亲的情感，我无法接受此事。如果母亲不另抱琵琶，即使父亲离去十多年了，我依然觉得我们仨还是一家，但母亲要是跟别人过日子去了，这种还是一家人的感觉就荡然无存。在我心里母亲就像一个叛徒。

所有的人都是反对母亲再婚的。我的七大姑八大姨们你一嘴我一嘴，鸡啄米似的不停地劝说母亲。他们列举了身边许多找了老伴的人家，没有一家可以作为母亲的榜样，想着以后不孤单了，但却凭空多出许多的烦恼，两家子女的不和，亲戚间的掐架和耳朵里听不完的冤枉话，你不服气我，我也不服气你，当初的花好月好，最终也不过朝东朝西，让人看笑话。母亲没再吭声，她像一块修炼成精的顽石，千锤万凿，愣是不留一点印子。看来母亲是铁了心的。母亲这辈子有两件铁了心的事。第一件是不顾家人反对，拼死拼活要嫁给我爸。我外婆差点都跪在我母亲面前了，说高家穷，又没劳动力，进了他家门饿肚子不说，她生的女儿到了这家就成了耕田的牛了。母亲说，我就是吃糠都认了，当牛做马我也认了。第二件事就是生下我，八十年代，我母亲怀上我后因妊娠反应剧烈到县医院住院，通过B超得知腹中胎儿是个女孩，奶奶一心要抱孙子，派了大姑医院里带话叫母亲打掉孩子，母亲毫不为所动。奶奶以死相逼，父亲最后动摇了，与母亲商量，说，文梅，要不……母亲说，没什么要不，离婚都可以，我是不会打孩子的。从此，我母亲与我的祖母矛盾深重，二十年争吵不断。如今，母亲的态度又是这般坚决，我知道这事再劝说也无益。这是一定要做成的。就算我威胁她断绝母女关系，母亲也不会动摇，她有一种革命者的气质。当初外婆没有威胁过？奶奶没有威胁过？没有任何用，她谁的账都不会买。

但我好奇那个男人到底是谁，他竟有如此魔力，令母亲可以做出这样的牺牲，差不多是众叛亲离了。

我说，妈，这样吧，您的事我不会说什么，虽然我内心里不情愿，但我也不会再反对。只一样，那个人是谁，应该要让我们知道吧。就跟您一向教我一样，临出门，得跟家里人交代去处，家里人也好放心。

所有人瞬间都住了嘴，被炭火烧得燥热的客厅陷入一片死寂。我的亲人们也晓得在母亲内心是尖刀子也杀不进去，搭再多的言语也是枉然。而且说来说去，连对方到底是谁都没弄清楚。好比女人怀了别人的孩子，打掉孩子是重点，但把奸夫挖出来同样也是重点。

大家一起的沉默反倒比语言更有力量，母亲感到了些压力。她脱掉了棉袄。还是没有一个人说话，大家默契地不做出任何声响，都静静等待母亲交代出那个人。过了半晌，母亲说，那人叫周向楚。

这个名字令我的舅舅和姨妈们都惊讶不已，可我的两个姑姑却是一头雾水。但没有关系，我的姑姑们有特工的潜质，她们一定会顺着周向楚这根细藤慢慢去摸索的。估计不出半个月，我的姑姑就会知道周向楚是我母亲娘家那地方的人，当年从省城下乡的知识青年，在村小学当过老师，教语文也教音乐，"文革"结束后就不知去向了。这人并不算是个人物，而且活到现在也是个正宗老头子。

我很小就听母亲说起过这个人，母亲在音乐舞蹈上的才华全出自这位周老师之手，他教母亲学会了识简谱和拉手风琴，学会了指挥乐队和指挥合唱，学会了唱歌和跳舞。母亲说周老师为人很温和，很尊重学生，不像别的老师对学生大吼大叫，把学生当成无知的孩子，动不动就体罚辱骂。字里行间一点也听不出母亲与周向楚之间除了师生情外还夹杂着别的感情，斗转星移，如今我母亲却要与此人结为夫妇。这么多年来，难道母亲的内心除了父亲还一直隐藏着别的男人？我觉得我和我父亲受到了侮辱和欺骗。

一截生炭忽然爆出响来，陈了十多年的炭如今烧起来还是这么热烈，像一段死灰复燃的旧感情。

小姑说，这是大哥在世时买的炭吧？

大姑说，嗯。

我忽然替我的父亲感到愤怒，我将一杯水倒在炭上，"噗"的一声腾起一阵白灰。它们于半空中落下，颜色与形状令我想起了父亲的骨灰。父亲已经灰飞烟灭了，而母亲还是有血有肉的母亲。这是多么悲哀却又多么无奈的事情。

3

我母亲有一副好嗓子，她的歌声像早晨秧苗上映着太阳的露珠，水灵灵，滴溜圆，还带着光芒。小的时候听母亲唱"马儿哎，你慢些走哦慢些走哦"那声长长的"哎"让我觉得母亲的嘴里有锅麦芽糖，又黏又香又稠又甜，能把人听得定住神。

在我的记忆里，我们家是整个村子里人气最旺的人家，到了冬季的闲月里，我家的堂屋常常是黑压压坐一满屋人，女人们做针线，男人们搓麻绳。我母亲边做针线边唱歌，唱的是那种有故事情节的鼓词，唱词差不多有小半本书，但她却能一字不落地从头唱到尾。她惊人的记忆力让从小背书为难的我佩服得四脚朝天。至今我都记得母亲唱的《张百春拜年》，起头是"春到百花开，草死根还在，人生百岁不再来，男儿赴幽台，人在阳世上，善恶两大行，女学贤德男忠良，万古把名扬"。一句连一句，小河淌水似的。

以前每年六一儿童节的时候，我们乡会组织所有小学进行文艺会演，这是一次公开向乡镇领导和群众亮相的机会，全乡十三所小学都暗暗比拼着。我们村里的小学每年在会演中的名次都是倒数。在我进了学前班后，一次在学校的操场上随便哼了一段豫剧《花木兰》，"刘大哥讲那话理太偏，谁说女子享清闲"。被学校新来的音乐老师听见了，问我谁教的。我说我妈教的。他问我妈是干什么的。我说我妈是种田的。音乐老师说，能叫你妈妈来一趟学校吗？

　　自从我妈那一次来了学校后，她就成了我们学校的常客，特别是到了"六一"会演前的一个月，我妈待在学校操场上的时间比在田地里还多。而我们学校在全乡的文艺会演从此稳居第一，令其他学校刮目相看。每年的节目中，不是我领头唱歌就是我领头跳舞。我一个小小人儿，头上顶着朵大红花，一边唱一边跳，因为年纪小，还不知羞，表演欲又强，小屁股扭得跟打算盘似的，只要我一出场，底下的叔叔阿姨爷爷奶奶们就会把巴掌拍断，为我叫好，他们都会站起来看我。那些年，我也成了乡镇人民眼里的小明星。别的学校的小演员们服装都是统一的，但我们学校的演出服装从来不要求统一。母亲说，都是种田人家的孩子，钱不宽裕，不要为难人家父母拿钱出来做演出服装，节目出彩可以在道具上动心思。比方跳《春天在哪里》时，我母亲就会用皱纹纸做出一朵朵颜色绚烂的花朵，花盆大得跟洗澡盆一样，一上台就把舞台给铺满了。那些花朵打开收拢，收拢又打开，变幻出的造型，令人眼花缭乱，不像别的学校孩子手里拿着塑料花，举上举下，呆滞又小气。每年演出完后，学校都会给母亲发一套床上用品和一对开水瓶，我们家的开水瓶身上都用白漆写着"一等奖"三个字，这三个字像一张嘴，跟所有的人讲着我母亲的风光。

在我读到小学四年级的时候，不知道是因何缘故，乡里不再组织这种大型的文艺会演和集会了。那栋贴满马赛克的礼堂大楼也就此冷清下来，弃妇似的矗立在清瘦的街边，木门的朱红油漆一块块剥落，缠绕在门杠上的铁链大锁锈得快要成粉末了。没几年，礼堂就被拆了，建成了一条门面房，生意人在那里卖些日用品，没多少人来买，那些货品躺在货架上通身一层灰，像死了半截没埋的。

没有了大礼堂，没有了文艺演出，我母亲的身上好像也布满了灰尘。以前我母亲蓄着一头长发，乌黑得像淋过沥青一样，每天一大早她就站立在镜屏前梳洗。我很喜欢母亲梳一种叫"蓬蓬头"的发型，把头顶前半部的头发拢起来然后朝前一推，孔雀开屏似的，再用钢丝夹子固定住，这种发式蓬松又整齐，给人妩媚秀气又精神抖擞的形象。母亲梳着这样高耸的发髻，骑着自行车奔走于学校与田地间的公路上时，会让村里所有干活的人抬起头来看她。但自从没有了文艺演出后，母亲好像再也没有梳过这种发髻，她剪了一种厚厚的齐刘海儿覆在额头上，像舞台上合上的幕布一般，虽然也好看，但是总觉得少了那样一种傲然的神采。

没有了文艺会演，学校还是聘请我母亲做了几年的音乐代课老师，但最后我们村连小学也没有了，母亲也就无法教课了。不过母亲好像也能接受命运里这些飘忽不定的东西。但一个人内心里流失了些什么，往往会透过某种神情和姿态传递出来，我是感觉母亲没有了以前那般快乐了。

与母亲的聊天和旁人的闲谈中，我知道母亲小时是公社文艺宣传队的骨干，当年也是很受群众追捧的角儿。母亲每次说起来，脸上都透着一股子神气，她说，每次演出完后到农户家中吃饭，她的饭碗里经常能吃到荷包蛋、咸肉或是鱼干，这是主家老板的心意。母亲说这些格外的待遇时，经常能引得我流口水。我从小的理想就是像母亲一样把歌唱好。我对村里王二婆家的香肠垂涎已久，她们家拉的麻糖又白又好吃，但王二婆又瞎又小气，我想我要是给她唱歌听，她一定会以香肠和麻糖来款待我的。为此，我每天没事就唱我母亲教我的《红灯记》选段，"我家的表叔数不清，没有大事不登门"。

母亲说，你唱歌都不拐弯的吗？唱歌又不是读书。

我说，怎么拐？我家的表叔，这儿没拐吗？

母亲摇摇头，说，你这歌唱得实在是换不来吃的，可以换几把扫帚。

我问，为什么？

母亲说，扫地出门。

我有些丧气又很着急，那时我还没有上学前班，才三岁，心眼小，不能承受一点点否认。看我着急，我母亲安慰我说，拳不离手，曲不离口，多唱几遍，慢慢就会拐弯了。妈妈十四岁才进学堂门，才知道唱歌，你比妈妈强多了。

我母亲是外婆外公的第一个孩子，她脚下的两个弟弟两个妹妹全是由她带大的，她从两岁半就开始学着带孩子，一直带到十三岁。她的弟弟妹妹们都上学了，我的外公外婆才陡然想起他们的大女儿连自己的名字都不会写，这才把她送进学校，不至于让她当个睁眼瞎。我母亲是整个学校里年纪最大的学生。她高高耸立在一年级教室里的最后一排，一个人独坐，那些鼻涕流到嘴边又被吸了回去的小毛虫们都不愿意与她同桌，嫌她年纪大。我母亲那个时候挎个布袋子去学校，村里经常有人取笑她，说，这个年纪了还不赶紧找婆家，混在一群奶孩子堆里读书，不知道丑卖几多钱一斤。

母亲说，不读书当然不知道，读了书认了字才知道丑到底价值几何，到时候我一定会算给你听，就怕你听不懂呢。

哎呀，我的天，文家这大丫头以前多老实本分的娃，才读了几天书，好生霸道着呢。好啦好啦，再也不跟你讲话了，以后见着你啊，绕道走。

我母亲站在堰边哈哈大笑。哈哈，上了学，果然连走路都变宽了。

那天母亲上学时的心情格外好，村庄里到处盛开的油菜花和偶尔几株野桃花野梨花，黄的，红的，白的混着大片麦子的青绿，寻常看惯了的风光，头一次在母亲的眼里形成景色，她第一次仔细品味了她生命中的春天。

好心情、好风光让母亲唱起了她从广播里学来的歌儿："花篮的花儿香，听我来唱一唱，唱呀一唱……"

母亲说，我一路唱到学校，路两边油菜花又高，蜜蜂一个劲儿地嗡嗡嗡，我也没留意后面还有个人跟着。直到进了学校门，我才听到身后有人叫我，问我，这位学生，请问你叫什么名字？是哪个班级的？我说，我叫文梅，是一年级的。

哦。那个人"哦"了一声。就走了，走了几步又回头说，文梅同学，你的歌唱得真好听。

母亲对我说，那个人就是周向楚老师，是才来学校的，教语文，也兼音乐课。讲话口音与我们这里不一样，听起来像是从很遥远的地方来的。

在母亲的回忆里，周向楚老师白白净净，文质彬彬，头发自来卷，很是洋气。不冷不热的天里，经常就是一件白衬衣，外套一件浅灰色的毛线背心。牙齿整齐又洁白，像上了一层釉，太阳下一张嘴，能反射出光来。长脸，高鼻梁，眼睛不大，却炯炯有神，目光里带硫黄能擦出火星来，让人又敬又怕。还有圈络腮胡子，虽然刮得很干净，但那隐隐的乌青像是墨汁滴到了水里，从这边鬓角一路荡漾到那边鬓角。这泼在脸上的水墨，令斯文的周老师凭空又多了份男子气概。

在母亲的描述中，周老师在我的脑海里逐渐形成了一头狮子。

母亲说，是狮子，也是一头不吃人只吃斋供的狮子。

读到下半学期后课表上终于有了音乐课，可母亲盼了一个月，才知道课表上的音乐课是聋子的耳朵——摆设。因为这节课是全天的最后一节，班上的孩子虽然屁大点，但也是家中的小小劳动力，音乐课既不识字又不算数学了何用，不如回去帮家里挣工分，所以学校里的音乐课有跟没有是一个样。

又一次音乐课，别的孩子收拾书包回家时，我母亲去了周老师的办公室。周老师正在窗边吹口琴，窗外是一排绽出新绿的梧桐树，清亮的颜色让人眼底生风。远处的田地里农人和牛正忙活着，一大片一大片盛开的紫云英被铁犁翻出来埋在泥水里，准备沤成绿肥。农人使唤牛的喝喝声、青草与泥土混合的腥味都被春风吹进办公室。周老师吹的是那几天广播里天天都放的一首歌《我们的田野》，吹了一遍又一遍，他像是陷入了某种很深的情境里。母亲不敢打扰，甚至连大气都不敢出。她第一次听到这么好听的口琴声。他们村也有人吹口琴，但吹出来的曲子就跟面没和匀似的，疙瘩成堆，听在耳朵里，就跟积食一样半天不消化。周老师吹的口琴，就如开闸放水，水沿新修的渠道汩汩而流，曲折蜿蜒，那水流啊能一直流进心田，滋养五脏六腑，把内心里的泥沙也冲洗了，令人神清气爽。

母亲听着曲子，看着窗外，脑子里一片天马行空的景象，一会儿如踩在棉花上，一会儿如掉在河水里，一会儿又好像长出了翅膀飞在天上。

周老师像是察觉到了什么，曲子戛然而止，一扭头吓一跳，你是？

我母亲也顿时清醒过来。说，周老师好，我是文梅。就是上次您说我唱歌唱得好的那个学生。

文梅，哦，想起来了。周老师看了看办公桌的钟，问，文梅同学，你有事吗？

　　周老师，我想上音乐课。今天最后一节课是我们的音乐课，我等了一个多月了，一直没有等到。

　　周老师看着我母亲眼睛里的两点星光，叹了一口气，说，眼下，眼下吃饱肚子比上音乐课要紧，你们村一分工一角二分钱啊。

　　我母亲一字一顿，说，可是音乐课比挣工分更让我感到快乐，唱歌让我觉得投胎做人还有点乐趣。

　　哦，你是这么认为的。周老师的眉毛往上抬了抬，很惊奇又很欣喜。那样子像是在一堆鹅卵石里刨出了块美玉。他说，真是下雨出星星啊。周老师在办公室里转了一圈，说，可是就你一个人怎么上音乐课啊？

　　母亲没作声。她也忧愁，是啊，一个人怎么上课呢？生产队放牛放鸭子都是一群一群放的，从没见过老李叔只赶一头牛上山，或是只赶一只鸭子下水的啊。

　　周老师说，一个人就一个人吧。谁叫你喜欢呢？你说是不是？嗯，哈哈。

　　母亲说，真的？

　　周老师说，真的。一群羊是放一只羊也是放嘛。

　　母亲说，说反了，我们那儿是一只羊是放一群羊也是放。

　　周老师说，哦，是吗？哈哈。

　　据母亲说，周老师在教母亲唱歌前，先要求母亲上学放学必须跑步，中途不得停歇。跑了一个月后，也没教母亲唱歌，而是天天要母亲对着堰里的水发"咿"和"啊"的声。

咿——

啊——

发音从弱到强，起先从嘴里出来如蚊子嗡、苍蝇嗡，慢慢是蜜蜂嗡，再是蝉鸣，最后要如撞钟响，又次第回到蝉、蜜蜂、苍蝇、蚊子，循环往复，声不能断，直至气绝。

母亲说，喊了一个月的"咿"和"啊"后，周老师听了后说不行嗓子没吊起来还得继续吊，我又喊了一个月，周老师才给我放磁带听，学的第一首歌是《洪湖水浪打浪》。洪湖水呀浪呀嘛浪打浪啊，洪湖岸边是呀嘛是家乡，清早船儿去呀去撒网，晚上回来鱼满舱，啊。以前唱这首歌，遇到啊后面的拖腔总是一团乱麻，腔如果还长一点，嘴里就跟长了刺一般，张不开。周老师很有一手，又蛮耐心，他把一个长音砍成几段，跟喂饭一样，一截一截喂给我，又教给我一些偷气换气的方法，经他点拨，慢慢才开窍。学了一个学期，我自己不知道唱歌到底唱得如何，没想到周老师偷偷给我录下来了，有次在办公室里放，老师们问这是谁唱的，听起来像郭兰英又不像郭兰英。周老师呵呵大笑说，是咱们学校的学生文梅唱的。老师们都不相信。周老师就到操场上把我喊进办公室，叫我随便唱首歌给老师们听听，我唱《我的祖国》，"一条大河波浪宽"，我才唱第一句，就发现所有老师都停住了手里的笔，"风吹稻花香两岸，我家就在岸上住"，我还没唱完呢，就听得满办公室都是掌声，办公室的两大扇窗户也扒满了脑袋。周老师示意我停下，又把录音机放给我听，说，你听听。我一听，连我自己都吓住了，原来我的歌唱得这么好听。后来校长决定，学校里所有课程必须严格按照课表上来，音乐课就是音乐课，美术课就是美术课，不准提前放学。母亲说这段时，说得喜滋滋的。

学校恢复音乐课后，母亲成了周老师的得力助手。周老师又陆续教会母亲识简谱，和各种舞蹈基础身段，母亲的悟性和勤奋也令周老师十分喜欢，对母亲没有半分保留，把自己知道的统统都教给了母亲。这也是母亲自己说的。

现在再回过头去想想，那个时候，难道母亲对她的周老师就没有一点爱慕之情吗？而单身的周老师对她这个特殊的学生就真的是心底无私，没有一点儿非分之想？在社会上摸爬滚打了这么多年，我就不信在夜深人静的时候他没有想过这个女学生，毕竟这个学生已经半大成人，身体在发育，不是完全懵懂无知的黄毛丫头，而正是婷婷袅袅豆蔻年纪。谁钻到他内心里去看了？

4

火盆里的火熄灭后，亲戚们也都散了。母亲留饭，但亲戚们都说忙。母亲也就没有认真挽留，说，忙就都忙去吧。客厅里只剩下了我和母亲后，我们各自竟局促起来。

母亲说，你坐着，我去做饭。语气很是客气。

冬天日短，待母亲一顿饭端出来天已经黑了。我和母亲坐在灯下，咀嚼，吞咽，像完成一桩任务。母亲吃了几口饭便开始打嗝，她一定是哽住了，吃饭的时候想事，食物就容易吊在胸间不下去。我给她倒了一杯水。她喝了，伸了伸脖子，似乎好转了。她脸上的神情忽然落寞起来。她的内心虽然坚定但还是难以掩藏忧伤。我绷着的心有了些松动，母亲是个可怜的女人。她从前都是守着父亲和我生活，后来父亲消失了，接着我也离开了她，虽没有消失，但与消失也没什么两样。她像是一下子掉进深水潭，又冷又黑。夜晚一个人对着四面墙，孤寂久了，人也变得反应迟钝，有时候我觉得她的身上在生锈。

我突然想到一年里母亲终会有生病的日子，头痛脑热，起不来床，身边连个端茶递水的人都没有，而千里之外的我隔三岔五打个电话也只是礼节性问候。我忽然觉得我好混账。

我浇灭炭火的那杯水，肯定浇在了母亲的心里。

我生长的乡村里一直有句话，生者为大。母亲与父亲，一个在地上一个在地下，我为何要以一个死人来绑架一个活人？

我的心里划了根火柴，我想传递给母亲一些温暖。我想和母亲友善和平地聊一聊周向楚。

我问母亲，周向楚现在好吗？还是住在省城吗？

母亲说，他腿脚不好，右腿截肢了，没有住在省城，住在他以前下乡时住的那个老乡家里。

截肢了？是个瘫子？我跳了起来。内心的火柴忽然变成柴火，腾起万丈火焰，熊熊之势。我的母亲真的是要伺候人去了。我说，你要去伺候一个不能走路的老瘫子？给他端屎端尿，洗衣做饭，做牛做马过你的风烛残年。我搞不懂母亲为何要将自己为时不多的岁月摁在污水沟里。要搬一座山来压在自己身上。

我真想掀翻这张桌子。我努力压着胸中的怒火，克制自己不要成为咆哮的兽类。但我体内的岩浆奔涌，受侮辱的委屈感决堤而来。我大声道，我的爸爸竟连个瘫子都不过？我将手里的筷子和碗摔在了桌上，一杯水倒在了母亲的腿上，她愣了半晌，忽然掩面痛哭，她迈着湿淋淋的双腿回到房里，重重摔下她的房门。

我也回到我的房，也重重摔下我的房门，"嘭"的一声，感觉连地基都震动了。几扇窗户也咯咯作响。这个世界真是糟糕透顶，荒唐可笑，你一直以为你的手心里藏着一颗珍珠，到头来一碾却是一把灰尘。没什么东西是值得放在心上的。

躺在床上翻来覆去，天花板上漏雨的痕迹像一只下山的老虎，张着血盆大口，像是要把我吃掉，又像是一股扑向礁石的风浪，像是要把我卷走。我腾起而坐，听隔壁动静，母亲还在痛哭中，而我的愤恨也还没有消失。我们就这么对抗着，你磨我的心，我也磨着你的心，我们都躺在彼此的砧板上，受着活活的折磨。

这促狭的空间憋闷人，像是对我充满诅咒，桌子椅子书柜和四面墙壁全幻化成魑魅魍魉，逼得我后背发凉，汗毛倒竖。我的内心充满恐惧。是死去的父亲在表达什么吗？

这房子、这村庄还有什么好留念的？我决定连夜出走，一刻钟也不想待在这个鬼地方。许多事眼不见为净。我打开行李箱，将带给母亲的礼物拿了出来，一盒铁皮石斛，一盒灵芝切片，是给母亲煎水喝的，她眼睛不好，听说喝这个对眼睛有帮助，两件鄂尔多斯的羊绒衫，一只足底按摩器，一个平板电脑和一摞从孔夫子旧书网淘来的一些老歌本。那个平板电脑里我已经给她下载了很多老歌曲。这些老歌像烙铁一样烙在了她年轻的岁月里，听一听，能让她回到过去那些闪着光的日子里去。我一直觉得我在挖空心思地理解母亲，尽可能地让她活得自在舒适和满足。但是当我把这些东西一件一件摆出来时，我觉得我是如此失败，狼狈。我将这些东西一一摆在客厅的条桌上，那是最显眼的地方，只要她出来就一定能看到。

那些包装都红彤彤的，搁在那里像一枚巨大的跳动的心脏。

我回房收拾东西。想着再也不回来了，我想把能带走的东西都尽量带走。书柜顶上有一只樟木箱子，是父亲年少时外地求学的行李箱，父亲说是他生命中第一位陪他远游的伙伴，父亲很是珍惜。里面放着父亲喜欢的书籍，有他年轻时订阅的《人民画报》，有他师范学校的校徽，有几套纪念邮票和几套钱币。父亲生前就说过，那只樟木箱子和箱子里面的东西在他过世后就归我保管。父亲也说过，箱子里虽然没有金和银，但却是父亲认为最有意义的，是金和银不能比的。父亲嘱托了，我肯定要将它带走。

我将那只箱子取下来，掀开盖在上面的金丝绒布，一枚铁质的小钥匙被宽胶布粘在箱子上，我割开胶布，撕下钥匙，将这只红漆斑驳的木箱子打开。一股久被尘封的霉味儿直钻鼻孔。

十几本码放整齐的《人民画报》，每一本都是我小时候看过的，上面有我的涂鸦，我用彩笔画的画，一些畸形的人物像，还有我小时写的毛笔字，都被父亲收在这个箱子里，翻了翻，有一个信封，打开看，全是我的照片，从满月的到我读大学时的，我看到我小时额头点红痣头扎大红花在乡里礼堂演出的照片，一张一张翻看，从前的岁月如浪打来，历历在目。

还有一个档案袋，我将扣绳一圈圈绕开，倒下来，也是一些照片和一些塑料封面的小笔记本。有一些是父亲少时和年轻时的照片，穿着中山装拿着钢笔伏案工作照，有穿着灰色长风衣在水库大堤上手指远方照，有坐在藤椅上跷着二郎腿聚精会神读《人民日报》照，还有摊开双手比张比李在大会上作报告照，每一张都打着那个特殊年代的印迹，看得出年轻时的父亲心中有个红太阳。往下便是母亲的照片了，有烫着波浪头的母亲，有留着学生头的母亲，有梳着两条长辫子的母亲还有编着蜈蚣辫的母亲，还有几张照片是黑白的，应该是母亲在文艺宣传队时的演出照。有一张是母亲穿着军装弓着腿举着《毛主席语录》的照片，还有一张是母亲穿着一身补丁衣服，扎着长辫子坐在板凳上侧着头看着一旁，一旁站着一个笑盈盈的老头，手里拿着一根线。这是歌剧《白毛女》杨白劳给喜儿扎红头绳那段戏。我仔细看了看"杨白劳"，长脸，高鼻梁，因张着嘴看得出有一口好牙，好像有一圈络腮胡子，是的，络腮胡子。天啦，真是冤家路窄，这头狮子竟然一直关在我父亲的箱子里。

我想起来了，父亲是认识他的。那时我父亲在师范读了两年，因"文化大革命"未能完成学业，回到村里当小学代课老师，一年后调镇公社负责宣传工作。父亲说，那个时候他负责四处刷标语，出黑板报。后来他用攒了三年的工资买了一部海鸥牌相机，那是全公社第一部照相机，父亲也成了全公社第一个会照相的人。母亲的那些演出照片全是父亲拍的。父亲那个时候穿着他的中山装，骑着他的凤凰牌自行车，带着他的海鸥牌相机十里八乡地追赶着母亲。记得在奶奶去世后的那个冬天里，我们围坐在炭火边，父亲喝了些酒，便央求母亲唱歌，《红梅赞》《珊瑚颂》《绣红旗》《南泥湾》《马儿啊》一首接一首，他们最后还一起合唱了《战士歌唱东方红》，"毛主席窗前一盏灯，春夏秋冬也长明，伟大的领袖灯前坐，铺开祖国锦绣前程……"唱到最后两人都热泪盈眶。那时，我不明白几首老歌会让他们如此伤感。慢后才渐渐知晓那一代人历经风雨磨难，像我家门前石碾旁饱受虫害的桃树，满身伤疤，又流出许多亮晶晶的桃油。

父亲有一次对母亲说，我当年那个相机就是为你买的。

如今，这个相机就在箱子里，全金属的机身，褐色牛皮包裹着，那个深邃的镜头凸出来，像一只眼睛在看着我。

我继续翻着照片，还有许多母亲与周向楚一起演出的照片，或是田间地头，或是学校礼堂，背景都是超大毛主席像，拉的横幅都是大桥公社毛泽东思想文艺宣传队。多少次母亲与周向楚四目相对，笑容满面，各自的眼睛里都像浸过油，亮晶晶的。看得出周向楚是喜欢母亲的，他的目光温和又真诚，像初夏的风也像初夏的太阳，全落在母亲身上，绝不是做戏能达到的境地。而我母亲只是单纯地在表演。这赤诚多少令我有些动容，他是真心喜欢我母亲的。

有这样的目光落在我母亲身上，我即便不回来，我亦很放心。我将父亲的遗像摘下来放在箱子里，一手提着那只樟木箱子，一手拖着行李箱打开房门走了出来。此时母亲也刚好从房里出来，她脸上的泪痕还没干，眼睛红红的，她的手里提着一个大大的旅行包，肩上还背了一个鼓鼓囊囊的挎包，这也是打算要说再见的架势。

她准备去哪里？回娘家？还是去周向楚家？我心头一紧，脏腑一阵跳动，有种绳索要即将断裂的感觉。

母亲说，没想到三十年了，从我肚子里爬出来的是一只白眼狼。

我的母亲终于将我砍在了砧板上。我说，您要去哪里？我的亲妈，这是要让我死吗？

母亲说，是你不让我活。

我真的要死过去了。我说，您的事我没阻拦您，何苦要为了一个瘫痪的老头跟自己的亲女儿闹成这样。真是可笑。这般遭了疯魔，只会让我更加的痛恨那头瘫狮子。他是给您灌了迷魂汤还是下了巫蛊？老了老了还这么不自重。残废了还要算计自己的女学生去伺候他下半辈子。怪不得要瘫痪，怪不得流离失所，怪不得晚景凄凉，报应，报应啊。

母亲叫道，你给我住嘴，混账东西。

我说，你不用收拾东西出门，这个房子是爸爸留给您的，要走也是我走。我这只白眼狼不孝，不能很好地赡养您，这是我的错，但无论怎样，您是我的妈妈，生了我又把我拉扯大，您对我没有二心，同样我对您也没有二心，我只希望您能过得舒坦过得舒服。我指着条桌上那堆红彤彤的东西说，那是给您买的，吃完了告诉我，我再寄。您保重，再见。

我转身去拧大门的锁。我逼迫自己一定要果断一点，不能有一丝犹豫。我的左手提着我父亲的箱子，我身上淌着他的血脉，我不能背叛他（我父亲生前对我说的，人立于世上一不能背叛故乡，二不能背叛祖宗，三不能背叛心灵）。

高洁。

母亲叫我，但我还是打开了门。

高洁。

我毅然走了出去。门外已是伸手不见五指了。

高洁。

母亲追了出来，她拉住了那只樟木箱子。她终于软了下来，她说，妈妈错了，妈妈不该说我的儿是白眼狼，你不是，你一直都是妈妈的骄傲。可是妈妈也有妈妈的苦衷。

我终于响亮地哭了。母亲一把拥住我，轻轻拍着我的后背。我很久没有享受母亲的怀抱了。我们在黑夜中以一种奇怪的姿势相拥在一起。别扭又温暖。

母亲说，回吧，我们娘儿俩好好说一回话。

5

如果早知道母亲的身上有这样一块伤疤，我定会阻止她揭下。那些脓与血结成的痂，无论历经多少岁月都不会真正与皮肤融为一体，它突兀地存在，呈现麻痹状态，不碰到，可以相安无事，但如果碰到了，疼痛依然凌厉而尖锐。

母亲说，周老师不是生下来就瘫痪的。

我说，当然，要不怎么能下乡当知青呢，又怎么能教您唱歌跳舞呢？他是中风了吗？我是说脑溢血。

母亲说，不是。然后母亲就没再说话了。

我试探地问，难道他的瘫痪跟您有关，是您把他弄残废的？

母亲没有正面回答我。她闭着眼睛斜靠在高枕上沉默着。我想这一定是深藏于母亲心中的秘密，是难以启齿的。我隐隐感知到了某种沉重与压抑。不能说的硬要说出来，是件多么残忍的事。那些言语带着锋利的弯钩，每吐一个字就会在心里划拉一下。就跟我至今都不愿想起父亲临死前的那段日子，我知道他有强烈的求生欲望，可是巨额的医疗费用压得我喘不过气来，亲戚们该借的都借了，单位上该捐的都捐了，那场疾病拖了三年之久，家里真的是油尽灯枯了。与医生交谈，说父亲只是在挨日子了。我不知道父亲还要挨多少日子，而我还有一个活着的母亲，她没有工作，完全需要我来赡养，这都需要钱。以前一直隐瞒病情鼓励父亲战胜病魔的我，在那个鞭炮声响万家团圆的除夕夜，站在病床前冷冷地对父亲说，爸，你知道吗，你患的是癌症，淋巴癌已到晚期了，我，我真的已经尽力了。我泣不成声地说完这句话，父亲没有任何表情。但在夜里十二点的时候，父亲一阵呼吸困难，来不及按铃喊医生上吸痰器，父亲便直挺挺地倒在了床上，顿时血色全无，苍白得如同一具石膏像，他死得如此果断而决绝，连一句遗言都没交代。以前每次呼吸困难，父亲都要挣扎半天，忍受吸痰之苦，一次次死而复生。我一直觉得父亲是含着对我的恨意去世的。是我逼死了我的父亲。关于父亲的死我至今没有对母亲说，我不能说，说不出口，我只能在夜深人静的时候自责，忍受心如刀绞的痛楚。

我不想让母亲说出来了。

我说，妈，睡吧，忙了一天，累了。

母亲闭着眼睛说，一晃也四十二年了。

母亲说起了一九七四年的春天。说是春天，但春没有立起来，异常寒冷，下了三天的雪子，一天到晚打得窗户噼啪响，像扔豆子。接着就是三天的鹅毛团，铺天盖地，直到雪埋膝盖。水缸的水都冻成了牛皮凌。下雪不冷化雪冷，到处湿漉漉的，走在外面，手如果不笼在袖子里，你会感觉那风长了牙齿，在啃你的指头。

天冷，无法进行春耕生产，队里的农活都停了，村庄难得的清闲。公社领导便安排文艺宣传队下各个生产队演出，一则慰问社员，二则为春播耕种做动员。母亲那个时候二十出头，已经是公社文艺宣传队的当家角儿。当时宣传队正排练一个新节目，叫《社员个个顶呱呱》，春风吹开遍地花，天上桃园开仙花，地上人民谱神话，挺直了腰杆来当家，社员个个顶呱呱，嘿，顶呱呱……这是周老师自己谱曲填词的歌曲，不仅宣传队所有演员参演，各个生产队也要出几个人参与节目排练，小到三岁走，大到九十九，男女老少，满台人载歌载舞，表现公社生产和收获时的劳动场面。已经演出两次了，不仅群众叫好连公社的领导们也都非常喜欢很是满意，几次交代周老师要加强排练，精益求精，等节目成熟了到区里县里去演一回，让区领导县领导看看咱们公社社员的风采风貌。

宣传队排练节目的地方就在那所小学里，方便周老师课余编排节目。周老师上课去了，一摊子人就交由母亲来安排，或是继续排练或是原地休息。周老师对我母亲很是倚重，宣传队姐妹们就私下里开我母亲和周老师的玩笑。每次母亲申辩反驳翻她们白眼时，周向楚就会在人群里喊，文梅，文梅，过来，我们把这个挑担子的动作跳给她们看。姐妹们便一阵哄笑。周向楚继续说，我和文梅给大家伙跳一段，你们看看真实的挑担子跟舞台上的挑担子的区别，女人挑担子和男人挑担子的区别。姐妹们说，快去，让我们看看真的跟假的有什么不同。母亲哼一声，大辫子骄傲地一甩，落落大方地走到中央，与周老师一起挑担子。"姑娘们啊快收割啊，小伙们啊来挑担啊，嗨哟嗨哟嗨哟，双脚踏得尘飞扬啊，劳动的号子震山响……"

那天母亲像往常一样去学校排练，经过公社，看到公社门口的水泥影壁上用红漆刷了"打倒臭老九，破师道尊严"十个字。字是刚刷的，红色的漆顺着笔画流下来，像流血一样。母亲打了一个寒战，前几年因为周老师的右派身份被红卫兵押着满大街游行，戴高帽子，架土飞机，天天挨批斗，差点没死过去。才宽松了几天，风向说变就变了。她警犬般地从风里嗅出一股血腥味，母亲的后背流出一身冷汗，她飞奔到学校。还好，排练正常。

办公室的角落里生着一盆炭火，几名生产队参演的社员蹲在那儿向火，一支叶烟弹你抽一口我抽一口，办公室里一股刺鼻的烟味儿。周向楚一看见母亲就招手道，文梅，快来快来，咱们把舞台上收割的动作展示一下，这个大妹子又忘了。一边的姐妹们又是一阵笑。

母亲问，周老师今天没课吗？

周向楚说，哈哈，你记性更差，今天是星期天。

哦。母亲稍稍松了一口气。看着气氛好像没什么要紧的，可能是公社例行公事喊喊口号而已。打倒了臭老九，学生们到哪儿去读书？打倒了周老师，这么好的节目还怎么到区里去展演？真是瞎担心。

母亲开始示范周老师编排的收割动作。左腿弓步，右腿绷直，身子下倾，抓稻，挥镰，抹汗。手上没有镰刀，但只要心中有，观众的眼里就有。在母亲再次直起身擦汗时，她看见操场上忽然涌进许多学生，有十多个高高大大的男生，应该是初中生，也像二流子。他们一番东张西望后来到这个大办公室，然后趴着窗户观看。他们犹如看西洋景，兴奋地吵吵，哎哎哎，你们快看，还有个男的跳舞，跟女人一样扭啊扭的，哈哈，好不害臊哦。

周老师朝窗户这边看了看，眉头皱了皱，微微有些生气。母亲说，小孩子无知无识，别理他们。

窗外又在叫嚷，嘿，还是个络腮胡子呢，我奶奶说长络腮胡子的都是畜生投胎，哈哈，畜生还会跳舞。

窗外一阵哄笑。

虽是孩子，但出言恶毒，充满了挑衅。周老师真的生气了，说，子不教，父之过，教不严，师之惰。我今天非要好好教训这帮野崽子们。母亲心里一咯噔，这群孩子今日来得邪门。她拉住周老师，说，又不是您自己的学生，这年头莫要管闲事，管不得的啊，而且您又是外地的。母亲只想息事宁人。花坛里背阴的地儿还有一堆堆的雪没有化尽，寒飕飕的，天空也是阴沉沉的，这天像总让人有种大祸临头的感觉。

周老师站在廊檐下，袖子一挽，吼道，你们几个过来。

那群大孩子嬉皮笑脸地过来了，问，怎样？

周老师问，你们刚说谁是畜生？

为头的那个大个子不紧不慢地说，我奶奶说的，络腮胡子都是野兽转世。

话说完，那群孩子嘻嘻笑了起来。

周老师说，你奶奶是几几年生人，你是几几年生人？你奶奶是封建社会里长大的旧人，你是受毛主席思想哺育的新人，全中国的四旧都破了，就你们家没破？张口闭口投胎转世，一套迷信说辞，我看你的书读到牛屁眼里去了。周老师手指着校门大声说，赶紧滚回去学习，没事别出来捣乱。

受训的那个大孩子突然抬起头，一双眼睛疯牛般横了过来，裤腿旁的手握成了拳头。

周向楚的火也被勾上来了，上前捏住他的下巴，说，嘿，你小子不服气？劲鼓鼓的，想干仗啊？

那个孩子抬起腿一阵乱蹬。周向楚一番躲闪，然后卡住他的脖子，将他抵在廊檐的柱子上，死死摁住。那小子脸憋得紫黑，却高声叫着，你们看老师打学生了，老师打学生了。

周向楚驳斥，告诉你，这不是打，是教育。

那小子呸了他一口，说，教育？你这是教训，是奴役欺压学生。说着喊了一句口号，打倒臭老九，响应党中央号召，破师道尊严。

周向楚一惊，手顿时松开了。他像是一下子顿悟了过来。喃喃自语，又变天了。

很快公社革委会的唐主任领着一干人就赶来了。唐主任披着一件军大衣坐在办公室中央，黑风罩脸，额头上有一片乌青，一看就是伤瘀。他还没问上两句话，就把周向楚定性为"修正主义教育路线的流毒分子"。他的录音机、歌词本连同他的自然卷头发和右派身份再次成了他资产阶级做派的物证。说他的教学是意图资产阶级复辟。

母亲听不下去了，她说，唐主任，您今天喝多了吧。

唐主任愣了一下，随即听出了我母亲言语中的不满。冷冷一笑，说，文梅啊，你是贫下中农，思想觉悟要高，要与右派分子和修正主义分子划清界限，他们是无产阶级的敌人。毛主席说过，时刻不要忘记阶级斗争。

母亲说，毛主席也说过，没有调查就没有发言权。您怒气冲冲地来，来了就听了两句一面之词就说人家是修正主义，是搞资产阶级复辟，您这样的工作方法，人民群众不认账。

唐主任嘿了一声，却没有嘿出下文，脖子伸得老长，像是哽住了。

母亲说，我看您今天不像是来解决师生矛盾的，您是专程赶来定罪的，哦，只怕这场事故的引线也是您放的吧。

文梅你给我闭嘴！周向楚大声呵斥母亲。

唐主任头上火冒出三丈高，一巴掌拍在桌子上，把一只搪瓷缸子吓得浑身发抖。唐说，你脑子严重不清白，我看你不要留在宣传队了，省得荼毒广大群众。

母亲顿时哽住，她觉得她身上的要害被人给拿住了，动弹不得。周向楚说，今天不排练了，你带着乡亲们都回吧。又朝众人拱了拱手，说，乡亲们都回去吧。

看着架势，大伙儿知道周向楚老师是又要挨整了。一路上也都替他惋惜，一个省城来下乡的知识青年，落在这地方，无依无靠，又是个右派成分，平时连大声说句话的日子都稀少，见谁都是笑脸，就这么个谨慎人，还是躲不过灾难。

一路上母亲却是又焦急又愤慨，又惧怕又担心。在冷风中走了一段路，心情松散了一些，她觉得刚才不应该表现得那么强硬，应该圆滑机智一些，既不让周老师吃亏又不得罪唐主任，两全其美多好，那么冲动干什么，于己于人都不利。母亲为自己讲话不知轻重很是懊悔。

6

第二天一大早母亲就赶去了学校，才一夜，学校已经变得她不认得了。铺天盖地的大字报被风吹得呜呜响，像传说中妖怪在兴风作浪。校园里弥漫着一股浓厚的糨糊混合墨汁的腥臭味儿。大字报贴不下了，学生们还在到处贴，连花坛的杨树柳树上都贴满了。过去的大地主死了办丧事也没有这个场面。母亲头皮一阵发麻。

大办公室里，校长与老师们在矮凳子上坐成两排，一个个低着头，拿着小笔记本做记录。唐主任坐在一侧的高椅上，鼓眼子将军般怒目圆睁，一个男学生站在前面举着一张《人民日报》结结巴巴地读着，在教育战线上，修正主义路线的流毒还远没有消，消（肃）清，旧的传充（统）观念还是很元，元（顽）强的。在教育革命深入发展的大好形力，形力（势）下，我们千万不能忘记教育战线上两条路线、两种思想斗争的长期性和复杂性……

没有看见周老师。母亲心里一沉。悄悄向自己生产队的一位小妹妹打听，小妹妹两边看了看，没说话，直往前走。母亲跟了上去，在学生厕所旁看到了周老师。一夜之间，周老师像变了个人似的，一件土黄色的棉袄，到处是破洞，棉絮挤汤圆似的到处挤出一坨坨来，自然卷的头发失去油润，蓬得像树上的鸟窝，络腮胡子明目张胆，黑黢黢地绕了一圈，消瘦加上憔悴，越发地显得脸更长了。他拿着一把竹扫帚，正清扫垃圾。他的背驼着。

周老师看到母亲，连忙转过身去。不想他背上居然背了一只大破鼓，两根鼓槌还吊在下面。母亲认得这是他们生产队的一只鼓，族里人一代一代传下来的，用于开春的时候敲打，以此催促农事，吓跑害虫的。"破四旧"时被人用刀把鼓面划烂了，鼓就此废了，废鼓一直放在公社的仓库里。不用说，这鼓一定是唐主任示意这么做的。

周老师意识到那鼓的不雅，又慌慌转过来，还是觉着不妥，看见母亲走过来了，索性抱着竹扫帚躲进了男厕所。

母亲在厕所外面叫周老师，不应声，不一会儿从里走出个枯猴一般的小男孩，边提裤子边唱歌，周向楚，周向楚，资产阶级纸老虎，背上背个大破鼓，敲一下，噗！

你个小毛崽子。站住。母亲一把扯住那孩子的衣领，那孩子泥鳅样挣脱去，在远处向母亲抛了块土疙瘩，正中母亲的脚踝，母亲哎哟一声。那猴崽子又唱道，新姑娘，会情郎，情郎嫌她不漂亮，躲在茅房不出来，撅起屁股晒太阳。

母亲跛着脚追了上去。那猴崽子嘻哈着一闪就不见了。母亲气得头晕，站在教室前的长廊上一片茫然。

文梅。有人叫她。她扭头一看，是唐主任。

唐主任说，你跟我来。

母亲呆呆地跟在唐主任后面，进了校长的寝室。唐主任顺手关上门。母亲将其打开。唐主任哈哈一笑，说，文梅同志，自我保护意识强，值得表扬。唐主任说，开门见山吧，我们宣传队一直都是你挑大梁，自古能者多劳，组织上要给你压担子，公社的节目《社员个个顶呱呱》由你牵头继续编排，我们去年就报到了区里，区里报给了县里，区领导和县领导对咱们这个节目非常重视，你要负好责。你成分好，业务精，组织上信得过你，这也是你个人挣前程的机会，弄好了，我们可以保举你进军区文工团，到时入党提干，把泥腿子洗得一干二净，永远脱离农村。

唐主任说得像打机关枪，"嗒嗒嗒"，母亲被扫射得晕头转向。但是她还是听清楚了，她没有被开除出宣传队，还可以牵头排练这个重要节目，而且还可以一步登天去往更高级的地方。周老师栽花育苗，长出的一个桃子，快要成熟了，却要被她采摘。桃子诱人，军区文工团也诱人，她仿佛听到了来自区礼堂，县礼堂打雷般的巴掌声。

唐主任又说，不过。

母亲问，不过什么？

唐主任说，组织上信任你，你也要向组织证明你是可信任的。

母亲问，怎么证明？我一定会好好排练的，遇到有拿不准的地方我会虚心请教周老师。

唐主任连连摇头，说，糊涂，无产阶级的节目怎么能让右派分子玷污，这是对毛主席思想的不尊敬，是对"文化大革命"的不尊敬。你晓不晓得？唐主任说，碰到这样的人，稍微有点觉悟的躲都躲不赢，你还往上凑，你叫组织怎么放心把任务交给你？

母亲说，这……

唐主任说，这什么这，你回去好好想想，想好了再告诉我一声。要尽快，节目不能耽误。

母亲没动。

唐主任说，回去，回去好好想想。

母亲依然没动。

唐主任敲了敲桌子，说，喂，文梅同志，文梅同志。

母亲说，我想好了，为了无产阶级的胜利，我与周向楚划清界限我向组织保证，我会抓紧编排，使节目成熟，完成组织交给我的任务。

唐主任一拍大腿，说，好！文梅同志，我是一直都很看好你，也很器重你，这个机会你一定要好好把握。

7

排练场地依然是在学校里，天晴就在操场上，下雨就在办公室里。起先母亲心里别扭，特别怕碰见周向楚，每天便控制饮水，尿涨屎涨都憋着不去上厕所。母亲发现周老师也是怕见她的，不小心遇见了，远远地就背着那面破鼓绕开了，偶尔，母亲实在憋不住了去厕所，在拐角处咳一声，周老师就会躲进男厕所。

但还是免不了有看一眼的时候，看一眼，母亲的心里就像喝了汤药一般，又酸又苦。不到三十岁的周老师看起来已然像个小老头了，一脸的胡子也是卷的，快跟头发长到一起去了。身上那件破棉袄脏兮兮的，主要是背上背的那面鼓，豁了口的鼓面和吊着的两根棒槌，这样的形象令母亲心里很不是滋味。就像一块美玉突然生了裂，这瑕疵就跟长在心里一样，受迫害的周老师每天都折磨着母亲。在沮丧与痛惜过后，母亲对周老师渐渐生出的隔阂，日久对老师也有了嫌弃与厌恶。

她去厕所再也不故意咳嗽了，周老师躲避不及碰见了，母亲昂头而过，看见了跟没看见一样。时间长了，各自倒也坦然。

排练没几天，公社就接到了县里节目调演的通知。母亲曾幻想过的县礼堂海潮般的掌声成了现实。特别是灌溉一场，其他演员每人手拿葫芦瓢随便往天上一扬便匆匆下场，最后出来的母亲肩担一对桶，一上场连着三个大跳，稳稳落地后开始点翻，接着串翻，绕着舞台串，速度越来越快，像一只高速旋转的陀螺，舞台都被母亲扫出一阵风来，两侧的幕布都被吹动了。整个礼堂除了侧幕的乐队声响，台下鸦雀无声，待母亲稳稳站住，笑容满面向舞台一侧挥手喊道，哎，队长，水满啦。底下顿时掌声雷动，连县领导都忍不住站起来鼓掌，掌声弱了又变强，弱了又变强，一波一波如潮水一般久久不息。演出完后县领导上台与演出人员合影。县委书记握住母亲的手说，你旋转的时候，我们在台下为你吊着心，真怕你飞咯，真不敢相信你是来自农村文艺宣传队的农民演员，你的水平，专业的舞蹈演员也未必比你强，你是人才。

那一刻母亲的脑海里全是周老师的影子。她想起上学时，周老师给她练竖叉、下腰、旋转、点翻、串翻，寒暑不断，才有这样的好身段和基础。最后这场灌溉也是周老师特意为她量身定制的。周老师要的就是这样的高速旋转，不这样无以表现农民对庄稼对土地的深情和对丰收的期待。

从县里回来后，一干人在学校里落脚。喇叭已经播出了演出成功的消息。母亲去厕所看见了周向楚。周老师本是想避开的，但却迎了上来，在一旁的菜地边捡了一支木棍在地上画了几画，然后朝母亲看了看就又钻进了男厕所。母亲上前一看，地上画了一个伸大拇指的拳头。一时间母亲心内如潮涌。她贴着厕所墙壁说，周老师，谢谢你。然后哭着跑开了。

半个月后，公社突然决定开中学老师和小学老师的批斗会。批斗会前照例是宣传队演几个节目。母亲那天唱的是《公社是棵常青藤》，"公社是棵常青藤，社员个个都是藤上的瓜……"

批斗会说是批斗所有的臭老九，但其他教师好像只是走了个过场，唯有周向楚是批斗重点。那天他站在台上，背上倒是没有背鼓了，但人依旧驼着，好像那鼓还压着他似的。唐主任在铺了红绒布的条桌前坐着，桌上一只话筒，一本红宝书。唐主任说，我们响应毛主席号召，要文斗不要武斗。然后他念了几张说是学生检举揭发周向楚的信。说周向楚自恃是省城来的知识青年，瞧不起农村穷孩子，上课教书态度十分随便；说周向楚偏爱女学生，给女学生的分数给得高些，男学生分数给得低；说周向楚暗示学生要家长给他送鸡蛋吃；说周向楚打着家访的幌子四处骗吃骗喝；说周向楚趁同学午休期间摸女学生的身体。起先台下是一阵笑盖过一阵笑，但最后一条令台下一片哗然。有些家长已经开始骂爹骂娘了。

台上的周向楚双目圆睁，对着台下群众说，这是瞎说的，这是瞎说的啊，没有的事，天啊，没有的事啊。

唐主任说，你是说学生们在陷害你？

母亲知道这是莫须有的事，是捏造的。批斗会散后，台下的学生和部分家长们纷纷涌上台，将周老师打倒在地。母亲拨开人群上前去，连连喊住手，住手，喊着喊着，一个高个子男生抬起一脚直踢到周老师的裆部，周老师顿时惨叫一声，捂着裤裆哀号着满地打滚。这一脚太阴毒了。母亲的心也跟着蜷缩起来。学生们还没有停止拳脚。母亲心里长出千万双手想要替恩师挡一挡，但是她无能为力。看着周老师这样被作践，她真心地感到疼痛，她好像自己也在遭受着摧残与折磨。看着周老师揉搓裆部，丑陋又粗鄙，她难以忍受，她想起周老师曾说过的一句话，士可杀不可辱，便突然飞起一脚踢向他，她想着与其尊严受践踏还不如给他个快行。这一脚将周老师从台上踢到了台下，摔在地上的周老师一阵痉挛，很快便一动不动，只睁了睁眼看了看母亲，就紧紧闭上了。

就是那一眼，深深刻在了母亲的脑海里。母亲觉得周老师满含绝望，他的心死了。在那紧闭的双目前，母亲仓皇又惊恐，她抱着头尖叫，凄厉又哀伤。她一下明白自己做了什么事。她怎么可以这样待他。是她令老师绝望的，心寒的，他教会她唱歌跳舞，教会她快乐的生活，可她却要结束他的生命。母亲自己都觉得这多么讽刺，这是天大的罪过，是不可原谅的孽。在那紧闭的双目前，母亲抱着头尖叫，凄厉又哀伤。

母亲讲到这里时已经泣不成声了，她捶打着自己的胸部，又敲打自己的头部。她说那双眼睛像两只灯泡经常亮在她的记忆里，照着她，烤着她，搅扰得她日夜难眠。

我抱着瘦弱的母亲，像抱着一个对人世感到恐惧的婴儿，我拍抚着她，亲吻着她。挤穿这积压了四十二年的脓包，疼痛必定是穿心的。我感同身受。

待母亲情绪稍稍平复后，我问母亲周老师最后怎么样了？

母亲说，当时学校的校长用目光狠狠剜了我，然后将此事报告给了公社党委书记，书记说绝不能出人命，要迅速抢救。后来镇医院转县医院，县医院转地区医院，地区医院转省医院，抢是抢救过来了，但从此人就再也没有回来。

而之后没多久，唐主任托人带信给母亲，叫母亲到学校去找他，有重要事情。那时正值夏收，学校放了农忙假，没有一个人。母亲去学校后，唐主任欣喜地告诉她，县领导看重她是个人才，想以招工的形式让母亲去县城工作，推荐的表格已经寄来了，只差母亲的签字和他的盖章了。虽然周老师的事令母亲终日郁郁寡欢，思想包袱沉重，但是能去县城，离开这鬼地方母亲还是很向往的，想着换一个地方或许会好一些。她对唐主任说了声谢谢，然后签了自己的名字。

唐主任从抽屉里拿出红色的木质革委会公章，蘸上印泥后，欲盖却又放置一边。唐主任忽然一把搂住母亲说，文梅，你太漂亮了，可想死我了。说着一张臭嘴拱了上来。母亲一阵恶心，怒火直蹿到头顶。她死命推开唐，说，你再这样，我就喊了，你把我当什么人了？唐说，文梅，好文梅，就一次，你从了我，我立刻盖章，你从此展翅高飞做城里人了。我不图你回报我什么，就只这。啊，好文梅。说着扑上来，意图用强。

母亲死命捶打，挣扎中，抬起一脚踢中他的要害，唐夹着双腿倒吸一口凉气，不由怒气冲天，说，你真是狗坐轿不识抬举，这张表格你休想让我给你盖章。你就一辈子待在农村吧。

母亲拿起那张表，撕个稀烂揉成一团砸向唐的脸上，又将那枚红彤彤的公章"砰砰砰"杵在他的脸上，弄得他一脸的革委会红章印，像撑采莲船的丑角。母亲说，姓唐的，你莫把我文梅瞧扁了，你姑奶奶我不吃你那套。

8

母亲与父亲结婚是在七九年，那时我父亲追求母亲已经有六年了。父亲在七二年的时候就向母亲表达过他的心情，但母亲没有接受。但因为父亲的执着与真诚，母亲也渐渐转变了态度，尤其是发生了周老师那个事件后，母亲一度陷入抑郁状态，得亏父亲开导陪伴，母亲才慢慢走出阴影。七九年春上父亲去省城开会，回来给母亲传递了周老师的情况，说周老师的身子在省城调理了一年多才好转，恰逢"文革"结束，知青返城，他就顺势留在了城里，七七年结了婚，还有了一个儿子。听到这个消息，母亲的心里才稍稍安稳些。有妻有子有家庭，居在大城市，周老师的苦日子总算结束了。父亲一说，母亲就为周老师念阿弥陀佛。

在我读大学时，父亲又去省城开会，回家后跟母亲说周老师已经随儿子去往美国，再也不回来了。母亲哦了一声。那天我在场，我明显感到一直凝结在母亲眉头间若有若无的那点愁容彻底消散了，像是一下晴了天。母亲像是对父亲又像是对自己说，周老师这个结局蛮好，好人最终还是有好报。

九十年代，说起移居美国，人人眼里都羡慕得掉出火星子来，好像美国是人生的美景湾，去美国，就像童话里公主和王子从此过上了美好生活一样，是美满幸福的大结局。

不过母亲高兴，我和父亲也陪着一块儿高兴。晚饭时母亲说想喝酒，父亲就开了一瓶红高粱，给母亲斟一杯，自己斟了一杯，最后给我也斟了一杯。父亲对我说，丫头，小酌怡情，学习喝点酒，人生路上多个伴。那晚上为着周老师童话般的结局，我们一家三口喝了个小醉。

留着残羹冷炙在桌上也不去收拾，母亲竟去房中将束之高阁的手风琴抱出来，边拉边唱《祝酒歌》："美酒飘香歌声飞，朋友啊请你干一杯，请你干一杯。胜利的十月永难忘，杯中洒满幸福泪。来来来来，来来来来，来来来来来来来来。十月里，响春雷，亿万人民举金杯，舒心的酒啊浓又美……"父亲被这一连串的"来来来"鼓动，也五音不全地掺和进去。唱完这首，母亲跟父亲还对唱了《蝴蝶泉边》，之后母亲单独唱了一首《妹妹找哥泪花流》，"妹妹找哥泪花流，不见哥哥心忧愁，望穿双眼盼亲人，花开花落几春秋……"母亲自己唱得眼泪汪汪的，我和父亲也为之动容。父亲说，文梅，唱个高兴点的吧，我们仨都会的。母亲笑着抹去眼泪，说，好，《打起手鼓唱起歌》预备起，"打起手鼓唱起歌，我骑着马儿翻山坡，千里牧场牛羊壮，丰收的庄稼闪金波，我的手鼓纵情唱，欢乐的歌声震山河，草原盛开幸福花，花开千万朵，来来来，来来来，来来来……"

我们一家欢快地唱《打起手鼓唱起歌》没多久，父亲就开始起病，三年后，我大学毕业，父亲便走了。留在记忆中最温馨最快乐的便是那次趁着醉意，与父亲手拉手唱歌跳舞。

我们以歌声为遥远的周老师饯行，祝福他在民主、自由、富有的美国国土上盛开幸福花，花开千万朵。我从未想过他会回到这偏僻的小乡村，回到母亲的生活中，更未想过几十年后，我的母亲要嫁给他。

母亲说她是去年到娘家去走亲戚，偶然听到族里人说起周向楚。母亲一惊，问，周向楚？哪个周向楚？族人说，就是"文革"前下乡插队的那个知青，后在小学里教书，会唱歌会弹琴的那个周老师。

母亲问，他不是去美国了吗？

族人说，他回来了，现在就住在他当年插队的那户人家里，住了一段时间了。他插队的那户人家搬去广州了，房子空着，给他住。

母亲内心一时天雷滚滚，狂风骤雨，摆好的酒席也顾不上吃，租了个摩托车急急赶去那里。那户人家是外墙贴了白瓷砖的小楼房，在河边上，河对岸是一条铁路，隔不多久就会有火车轰隆隆经过。田野里油菜花开了，萝卜花开了，紫云英也开了，黄的，白的，红的，一如母亲哼着歌儿去上学的那个春天。

一进屋就看见了周老师。他正捧着一只小碗吃饭。一头鬈发全部变白，连络腮胡子也白了，但两只眼睛还是那么光亮，像两支燃烧的火炬。这眼睛发出的光烧灼了母亲几十年，如受烙刑。那次一见，母亲心里五味杂陈。过去的事像长了翅膀似的全飞奔了过来。

母亲叫了声，周老师，别来无恙。

周老师搁下碗筷，将自己的一双腿正了正，缓缓站了起来，问，您是？

母亲流下眼泪，走上前去，说，我，文梅啊。

周老师踉跄一下，赶紧扶住桌子，拖着右腿走了几步，认真看了看，哽咽着说，是你，果真是岁月不饶人啊，你也是这般年纪了。

母亲说，我们都老了。周老师，我是专程来向您说声对不起的。当年我做错了，把您害惨了。

周老师泪流满面却大手一挥，说，没做错，文梅，我知道你那一脚的用意。你是见不得我挨整，想要替我解脱。

母亲突然百感交集，一下子哭出了声。周老师说，过去的事就让它过去吧，蒙上天怜悯，我们都还活着。最成功的人生是寿终正寝，你我还有努力的机会。哈哈。

自见了那一面后，母亲便隔三岔五或乘车或租车去看望周老师，次次都没空手，有时提一包鸡蛋，有时拎一尾鲜鱼，再有时割一斤肉，再有时提一壶酒。一去便是一天，他们在时不时有火车打扰的巨响里大声说话。

母亲在稻场上择菜，问，您腿怎么了？瘸了吗？当年不是说没问题吗？

周老师撩起他的裤腿，用拐杖敲了敲，砰砰响，说，七六年截的肢，一直坐轮椅，这个义肢是在美国装的。

母亲问，您妻子呢？她应该还是挺不错的，没有嫌弃您腿脚不方便，还跟您生儿子。好女人呢。

周老师说，我没有妻子，没娶，儿子是领养的。

母亲定定地看着他，大半天没有话。她不知道再问什么了，当年这个男人与她的丈夫合伙隐瞒了事情的真相，使她在爱的谎言里生活了几十年。

良久，母亲说，您这一生真不值得。都是被我害的。

周老师大手一挥，说，不要那样想，失去了右腿，但我获得了一门手艺，修鞋。经我修过的鞋再也穿不烂啦。我的顾客叫我铁鞋周。哈哈。在我学会这门手艺后，我常常想起当年我背的那只鼓，如果还在的话，我想我会把它修好，让它咚咚起来，而不是噗噗，哈哈。

关于母亲和铁鞋周的交往在乡中流言四起时，母亲根本就不去理会，她依然大大方方租着摩托车提着东西去看他。她早已打定主意，这辈子她要给周老师一个家，都是黄土埋了半截的人，所剩的日子不多，不可摇摆不定，更不可犹豫不决。但是周老师为难了，他没有房子。当初随养子去美国，真没想着回来，把自己的房子卖了，那点钱全给了儿子。在美国待了近十年，才知道"叶落归根"这四个字在炎黄子孙心中的分量。在他国日日思念母国，饮食不习惯，水土不习惯，语言不习惯，一切一切都不习惯。儿子的事业也是毫无起色，娶了个中国农村的媳妇，没两年离了。后来养子伙同国内一个大学同学做起了代购生意，隔一天他的合伙人就会发一份物品采买的清单给他，我就和他上街去一一买回来，保存好发票，一起打包邮寄给他同学赚取中间的差价。

呵呵，跋山涉水横跨太平洋到美国，却娶了个中国农村的姑娘做媳妇，待在美国，赚的却还是中国人的钱，想起来也好笑。周老师跟母亲说起这事，一脸笑容。

周老师说，每天过这样的日子，我感到压抑，要活不下去了。到了美国装的这条义肢已经到期了，磨损严重，每天拖着这条腿走路逛街，没有一点儿乐趣。我最后实在忍受不了这样的日子了，便回来了。寄宿在城里亲戚家，没几天，刚好逢我插队的这户人家定居广州，途经省城，通过我以前的住所辗转打听到我，看到我的情况，可怜我没个安身之处，刚好他的房子又空着，无人照管，便做了这样的安排，这自然是再好不过了，这里我待了十年，有很多人都认识，也算是我半个家乡。

母亲说，住我那儿，我有现成的房子，我们老了，何必讲这些客套呢？

周老师心动了。

但是文家和高家都反对这件事，母亲虽说主意已定，但也因为亲戚们俱不同意，母亲与周老师便一直没能住在一起。

夜已深，母亲在极度疲惫中睡去。而我却难以成眠。

9

次日里天刚亮，我下厨煮好面条等母亲醒来。吃完便开车带她去县城把她塞进一家美容美发店，硬给她盘了个头发，又选了一套大红色的棉衣和一双布鞋，到男装部又挑了一套毛料西装和皮鞋。

我说，我要把周老师风风光光接到家里来。

母亲说，那我们就不要耽误时间了，快点吧。

我们抄近道，像救火一般赶往周老师的住处。在一条公路的旁边有一排堆满沙石的房子，里面散发着一股猪粪臭。母亲说这就是她当年就读的小学，宣传队排练节目就是在这个操场上。现在改成养猪场了。

在一个下坡的地儿，有一座小小的水泥房子，破庙似的。母亲说，这就是当年革委会主任唐忠华的屋。

我问，他人呢？

母亲说，早死了，骨头都能敲鼓了。一把年纪了不自重，经常跟女同志开玩笑，伸手动脚，被人着实教训了一番，腿打残了，脑子也打坏了，到最后神志不清，疯了一样的，到处赶别人的鸡子吃，吃生的。

我说，他当年是跟周老师有仇吗，这么往死里整人家。

母亲说，嗯，还是有点过节，这也是不久前老周才跟我说的，说是有一次放了学，老周把口琴忘记在办公室里了，都走到家了突然想要吹，便折回去拿。发现办公室门没锁但推又推不开。搭了几口砖头趴窗户上一瞧，姓唐的赤身露体，身下还压着一个小女孩。那女孩是四年级的一个女学生，无父无母。老周哪里能看得过去，就去拍门，问，屋里有没有人？姓唐的说，是周老师吧，你出去转转再来。老周一脚就把门踹开了，然后又一脚把姓唐的踹倒在地上，姓唐的脑壳撞在火盆架上，撞了好大一个包。老周说，你禽兽不如，这还是个伢，阴阳都没分，你自己的姑娘跟她差不多大，你也能下得去手？你太他妈的不要脸了，下流货。

姓唐的跪在地上求饶，叫他不要声张，许周老师下半年当校长。老周说，呸，我稀罕你这破校长，你这个畜生，你不会有好下场的。

老周本来是打算不作声的，因为一张扬，姓唐的无所谓，关键是对那个小姑娘不好，本来是孤儿已经够可怜的了。但转念一想，不揭发，还不知有多少人被害。于是就写了份材料递到区里，可怕的是，没几天，这份材料居然握在了姓唐的手上。老周当时就知道这事瞎了。没两天，《人民日报》就发表了破师道尊严的文章。这正好犯在姓唐的手里，拿着鸡毛当令箭，不得好好摆摆威风。

污泥浊水的往事总带着一股难闻的腥味，听了让人一阵难受。我打开车窗，试图让冬季田野的风钻进来，换换车内的空气。

我说，只吃斋供的狮子发起飙来也蛮厉害的。

母亲说，那是。毕竟是狮子嘛。

我从后视镜看着母亲脸上泛起的红光，蓦地笑了笑。

我终于见到了周老师，这头高大威猛又文质彬彬的"狮子"。他的目光像两枚图钉，看人总是那么定定的，像是要用这目光将你摁住。这个满头白发却又红光满面的老头气场很是强大。他跟我打招呼，嗨，你就是传说中的高洁？

我说，你就是传说中不吃人只吃斋的狮子？

哈哈。他笑着说，嗯，我是。

我说，狮子请上车，我要我的母亲把你给收了。

周老师哈哈大笑，牵起母亲的手，说，走，就按高洁说的办。

夕阳穿过公路旁的白杨树射进我车内，金色的光芒温暖而明亮，我仿佛满载了一车黄金。这感觉太让人舒服了。打开车载音乐,是一首老歌,《年轻的朋友来相会》。

周老师说,文梅同学,咱们也唱起来。

> 年轻的朋友们,今天来相会,
> 荡起小船儿,暖风轻轻吹。
> 花儿香,鸟儿鸣,春光惹人醉,
> 欢歌笑语绕着彩云飞。
> 啊,亲爱的朋友们,
> 美妙的春光属于谁?
> 属于我,属于你,
> 属于我们八十年代的新一辈!
> 再过二十年,我们重相会,
> 伟大的祖国,该有多么美!
> 天也新,地也新,春光更明媚,
> 城市乡村处处增光辉。
> 啊,亲爱的朋友们,
> 创造这奇迹要靠谁?
> 要靠我,要靠你,
> 要靠我们八十年代的新一辈!
> 但愿到那时,我们再相会,
> 举杯赞英雄,光荣属于谁?
> 为祖国,为四化,流过多少汗?
> 回首往事心中可有愧?

啊，亲爱的朋友们，
愿我们自豪地举起杯，
挺胸膛，笑扬眉，
光荣属于八十年代的新一辈！

层　楼　赋

　　格婷的手里提着一只红色的塑料桶，里面散放着几个绿色衣架，毛笔、几卷白纸和一方青石砚台。不重，走久了，胳膊还是发沉，得两手不停换动。妈妈背着两床棉被，提着一个大旅行包，在前面的斜坡上等她。

　　婷婷，快点走啊，学校就在眼面前了，只怕爸爸都等急了呢。

　　格婷从心里"嗯"了一声，抬头看了一下天空，太阳向西偏了好多，大概有四点多钟了。确实不早了。格婷加快脚步赶到妈妈身边。

　　妈妈，你真的把我送到学校就回去呀？不陪我过一夜？格婷放下桶，抬头望着妈妈，眼里闪着一丝希望的光芒。

不行，妈妈有事。

格婷知道妈妈的事情挺多的，田里的，家里的，又琐碎又下力气，爸爸大部分时间在学校忙工作。妈妈和奶奶居住在村里。家里上上下下全都指望着妈妈一个人。格婷跟在妈妈后面，垂着头，感觉喉咙被堵塞了，鼻子酸溜溜的。她不想去上初中。初中是寄宿制，大部分时间都要被爸爸管控，妈妈又不在身边，她对将要面临的新环境很是惧怕。而且她跟爸爸很有拘束感，在她小小的心里，只有妈妈才是一团温暖的棉花，可以由着她撒泼打滚。一想到只有周末才能见到妈妈，格婷心里便酸不溜丢的。

婷婷啊，到了中学，和爸爸生活在一起，你可要听话，不能再像小学那样贪玩了。妈妈又一次停住脚步，叮嘱落在后面的格婷。

格婷不敢抬头，她的眼睛充满了泪水，但为了回答妈妈，她还是死劲点了点头。"叭"，一滴眼泪落在了地上，溅起微小的一团灰尘。想到不一会儿就要与妈妈分别，要面对严苛的爸爸，要面对新的同学和老师，她还没有做好充分的心理准备。离学校愈近，她的心思便越发沉重。

格婷的沉重包袱不是没有原因的，今年的小升初考试，她考得太糟糕了。四门功课才考了两百分，平均一扯，每门五十分，天啊，每门都不及格呢。平时在老师和同学们的眼里，她一直都是优秀学生的形象，老师和同学都像捧凤凰似的捧着她。考试前的家长会上，老师们都将她重点表扬了一番呢。可回头这考分也太丢人了。令她彻底没了脸。

　　整个暑假，她都生活在羞愧中，平时不努力，学知识毛毛躁躁，靠一副花架子蒙人，如今分数一出来，仿佛白娘子喝了雄黄酒，彻底现了原形。村里同学的家长早早就热心肠地帮她打探了分数，成绩单下来那天，格婷没有去拿，她没有勇气去面对老师和同学。她觉得她就像一个骗子，欺骗了同学和老师。成绩单还是爸爸给她带回来的，她也没敢看，迅速地将其揉成一个团，准备扔进潲水桶时，她抬头看见了爸爸愠怒的脸孔……

　　那天，格婷到理发店剪掉了一头长发，就像语文课本上那只美丽骄傲的孔雀剪掉彩色的羽毛一样，她摘掉自己的光环，从高处跌落到低处，踏踏实实的。

　　婷婷，你看学校到了，爸爸在门口向你招手呢。

　　听到妈妈的声音，格婷才抬起头来，低头低得太久了，猛然抬头，脖子还有点酸痛。格婷环顾了这所学校。中学到底是中学，比小学可大多了，大门也比小学高级很多，左边的围墙头是卷着的书本形状，右边的围墙头是钢笔形状，连接两边的栅栏门设计有大红花的形状。一进门便是一条笔直的水泥路，两旁栽种的香樟每一棵都有她手里的塑料桶那么粗，妈妈说这些树都有几十年了，这所中学是老中学。香樟树茂盛的枝丫相互交叉，像一把把遮阳伞。两幢五层高的教学楼对立而望，中间是一个梅花形的大花坛，里面种着各种花草树木。再向远处看，便是一大块草坪，草坪上有秋千、双杠、云梯、软梯、爬杆，草坪的周围是一条细沙铺成的跑道。格婷很熟悉这所学校，因为爸爸担任这所中学的校长已有四个年头了，她平时来这里来得也比较多，所以并没有像别的同学那样露出新鲜的神情。

婷婷，你看爸爸过来了，还不去喊爸爸？妈妈将行李放在旁边的旗台上，又将格婷手里的塑料桶拿下，推了格婷一把。

爸爸，爸爸，我和妈妈在这儿呢。格婷看见爸爸顺着水泥路向她们走来。爸爸四十多岁，一米八的个头，身材很魁梧，常年理着平头，头发一根根挺立，精神抖擞。村里人和家里好多亲戚都说爸爸生得一表人才，相貌堂堂，而她的同学们都一致评价她的爸爸是最帅的。这令她有些骄傲。爸爸今天穿着一件白衬衣，青裤子，皮鞋擦得锃亮的，还露出一截咖色袜脖子。爸爸满脸堆着笑，看来心情不错。

婷婷来了。爸爸握住格婷的手，又在她的脸上用指甲轻轻弹了一下，这是爸爸对她表达爱意的方式，这让格婷有种被爸爸重视的感觉，一路上沉重的心情消失得无影无踪了，说不定爸爸忘记了小升初考试的分数呢。这是有可能的，爸爸那么忙，记性又差，她几次写字没墨水或是没有作业本，叫爸爸从学校带给她，爸爸就忘记过好几回呢。说不定这次也忘了呢。这样想，格婷的心里就轻松多了，脸上露出了活泼的神色。爸爸提着那只红塑料桶，对着妈妈说，贞玉，进屋去吧，给婷婷把床铺好，今晚上就要上夜自习了。

文勇，你不和我们一起进屋吗？妈妈背起旗台上的行李，望着丈夫，眼里有些落寞。

我还有事，今天开学，方方面面找我的人很多，我就不陪你们了。爸爸带着歉意笑了笑。格婷感觉到了爸爸对妈妈的愧疚。爸爸对妈妈好像总有亏欠。因为家里田里的事妈妈从不让爸爸操心。当然爸爸也总是对妈妈说，军功章里有我的一半也有你的一半。不过爸爸妈妈的感情一向很好，很少有红脸的时候，出门走个亲戚，爸爸有时还牵着妈妈的手，这在村里可稀罕得很呢，也只有爸爸和妈妈才这样亲昵。村里人看见爸爸妈妈这样子都笑，老一辈的笑他们老夫老妻的了不怕丑，年轻一辈则觉得余老师夫妻俩很浪漫。格婷不管村里人笑不笑，她反正是喜欢爸爸牵着妈妈的手，她觉得这才是高级的文明呢，爸爸妈妈恩恩爱爱，她的心里也感到踏实、光荣。

爸爸给妈妈一串钥匙，说，钥匙给你，屋里的桌上我留了钱，等会儿买点菜，等我回来一起吃晚饭，然后我们一起回家。

还是我一个人回家吧，婷婷刚来，将她一个人丢在这里过夜，我不放心。

哦，对的对的，还是夫人说得有道理。爸爸拍了拍格婷的脑袋，说，婷婷，跟妈妈进屋去吧，乖。

爸爸的屋子不小也不大，是一个单门独院的平房，两室一厅，外面还带一个小厨房。格婷很喜欢这个房子，比起老家的房子，虽说小了一点，但很舒适，没有什么杂物，不像老家的房子摆很多农具，碍手又碍眼。令格婷兴奋的是房子前面有一个圆形小花坛，花坛里种了一棵梧桐树，枝干挺拔笔直，枝繁叶茂，叶子像手掌一样，微风一吹，看着像是在拍着巴掌欢迎她呢。格婷喜欢这种青皮梧桐，记得爸爸以前说过，凤凰就喜欢栖息在这样的梧桐树上。凤凰都喜欢的树格婷就觉得这是全世界最好的树了。围着梧桐树的根部栽种了一片葱兰，时值初秋，正是花期，满花坛都是白灿灿的花朵，好看极了。

此外格婷还喜欢屋里正室墙上的大黑板。显然这屋子是由教室改成的，但格婷不管这些，她只期待着以后能在上面用彩色的粉笔乱写乱画，红色的粉笔画苹果和花朵，绿色的粉笔画大树和小草，画完了一擦，干干净净的，不露一点痕迹，想怎么画就怎么画。

婷婷，看一看，妈妈给你铺的床怎么样？妈妈在屋里叫她。

哇，太漂亮了。格婷一路跑过去，一屁股跌在被子上。蓝色的垫单，蓝色的被套，上面印着黄色的弯月和星星。这是格婷最喜欢的一床铺盖，睡下去还能闻到一股米汤浆洗过的清甜气息，还有，还有一股妈妈的味道。格婷忽然用被子裹住自己，然后探出脑袋，说，妈妈，你今天就在这里过夜好不好？

别坐在被子上，都十二岁的大姑娘了，还一点事都不懂。妈妈爱怜地揪了一下女儿的耳朵。她在回避女儿最关心的问题。其实她也舍不得女儿，但舍不得也要舍，总不能让她一辈子活在父母的身边，再说家里还有一大堆的事儿呢。猪啊，鸡啊，猫啊，狗啊的，都离不开她。

妈妈，就在这里过夜好不好？格婷将被子盖在脸上，她的声音有些发颤，眼泪快要涌出来了，但又不想被妈妈看见，只得用被子遮住。

不行！妈妈在一口回绝了她的同时，也转头擦了一下眼睛。她有两个子女，大儿子已在外地求学，如今小女儿也不能与她朝夕相伴，她的心里也有一丝伤感。

格婷哭了，在被子的遮盖下，默默地，无声地哭了……

余格婷。

到！

余格婷。

到！

格婷不明白班主任老师为什么要把她的名字叫两遍。难道她的名字有什么问题吗？她将头抬起来想探个究竟，却看到同学们的眼光齐刷刷地望向她，男同学的，女同学的，有的在低低议论着，有些同学时不时扭头向她笑笑，或扮个鬼脸或吐个舌头。格婷感到一阵慌乱，连忙将目光瞥向讲台上的班主任老师。班主任老师满脸堆笑，眼睛里满含赞许的神情。格婷有点感动，老师的这种表情让格婷有久违之感，以前读小学时，老师们就是用这种眼神看她的，那时，她是优秀学生，可是如今……

余格婷同学怎么坐在后面呀？班主任老师推了推那副吊在鼻梁上的黑边眼镜，热情地问格婷。他一定是知道她是余校长的女儿，他的班级是重点班，校长把女儿放在他的班上，他势必要给予特殊照顾。班主任老师招呼她，到前面坐吧，田丹同学旁边还有一个空座位。

虽然老师的话很亲切，但语气是不容推脱的。格婷不知道该怎么办好。田丹同学那排座位是中间那一组的第二排，离讲台不远不近，堪称黄金座，经验告诉她，那一向是优等生坐的。她有自知之明，并不属于那排座位的学生。

田丹朝她这边扭过头来，一脸诧异。好像是觉得这么好的位置，居然还请不来，还有人心甘情愿坐在昏暗的角落里，莫非这人脑子有病。可脑子有病的人又如何进得了重点班呢？奇怪归奇怪，但她还是从前面走到了格婷的座位边，热情地邀请她，说，余格婷，到我那儿坐吧，我来帮你收拾东西。

哦，我自己会做，谢谢你。格婷朝田丹微笑了一下。她很是佩服田丹同学的热情和做派，敢在老师和这么多陌生同学面前变现得如此大方。

对比田丹的大方，格婷显得很拘谨，也很自卑，在上课之前，爸爸对她说过重点班的同学都是各小学的精英，每个同学都是优秀生，小升初的考试分数都是超过了三百七十分的。三百七十分，天啊，格婷听得直咂嘴，她又一次想起了自己那丢脸的二百分。

坐在田丹的旁边，余格婷有点后悔了，她觉得这是一个错误，但又无可奈何，田丹的言行中，总有一股高傲的气色，她处处将格婷当作弱智一样对待，给她擦桌子，擦凳子，然后大声地说，余格婷同学，坐啊。

格婷坐下之后，她又自作主张地从抽屉里拿出一本教科书，甚至帮她翻好页码，然后"咚"的一声扑在她的面前，说，余格婷同学，看书啊。咯，就看这一页。咦，你看我干什么，我脸上又没有字。

余格婷叹气地摇了摇头，刚才还觉得这位女同学大方，可现在连一点好感也没有了。她觉得与田丹这样的人同桌久了，不是傻子也变成傻子了。

余格婷，你的小升初考试分数是多少啊？田丹小心翼翼地问格婷。她好像很在意分数，也许她的心里有许多怀疑，为何看起来呆呆的同桌，班主任却对她如此客气，还特地将她安排与自己坐一起，这是多么好的位置啊。看格婷没作声，田丹有点不耐烦了，说，哎，人家问你话呢，你考了多少分？

余格婷没回答。她不想理会田丹，并且从心里对她感到一阵厌恶。分数，这是格婷的伤疤，是她隐秘的痛处，不能让它泄露出去，特别是在这个新环境里面，刚才，她从班主任老师关怀的语气中看到了一点希望，她要维护住这缕希望。但田丹的眼光像两束电筒光射向她，让她有点心虚，她无法将头抬起来，但低下去又觉得不妥，灵机一动，便装着漫不经心的样子问田丹，你呢，你考了多少？

我啊！田丹抬高了声音，说，四百八十四！

啊。格婷心里一惊，虽然她可以感觉田丹是一个优秀生，但万万没有想到，她竟是全乡镇小升初考试总分的第二名，格婷还隐约记得第一名是三百九十分。眼前这个漂亮白净的女孩竟是个榜眼，与这样的学生坐在一起，格婷感到一阵惶恐。

快说啊，你考了多少分？田丹瞪着眼，一个劲催促着格婷，她似乎对格婷这种磨蹭的态度很不满，说，分数嘛，有什么好隐瞒的，你既然能到这个重点班，分数就低不到哪里去。

格婷很是局促不安，她的这个重点班是走的后门，是特殊的关照。她嗫嚅着说，考得不好，很差。

嗯。田丹一点也不觉意外。也许她从格婷的表情和她细若蚊吟的声音中看出来了。只是她弄不懂的是，这个考得不好的同学怎么会到重点班。她有了她的猜测，问道，余格婷，你家里是做什么的？或者你爸爸是干什么的？

格婷看着田丹的脸上露出了鄙夷的神色，顿觉自卑，她后悔不该将底细告诉她。又听见田丹问她爸爸是干什么的，心里莫名有种恼怒，心想，我爸干什么，关你什么事？但脸上不好表现出来，谁叫人家是第二名呢，搞好了关系，以后考试，还指望她能照顾着点呢。于是她幽幽说道，我爸是余文勇。

余文——啊！田丹掩住嘴，她为刚才差点叫出校长的大名而感到一些慌乱。她死盯着余格婷看，像是不敢相信眼前这个差等生竟是校长的女儿。好一会儿，她才将手从嘴巴上放下来，问道，那你住哪儿？住我们宿舍吗？

住我爸爸那里。

家里总是被爸爸收拾得干干净净，整整齐齐的，从卧室到正厅没有一件多余的家具。正厅里六把扶手藤椅，都靠墙放着。一张红漆方桌固定放置在窗户边，这张桌子仅供吃饭使用，桌肚里放着三个圆凳，吃饭时拖出来，吃完了就推进去，不占一点空间。格婷的卧室摆设也很简单，一张床，床头一张凳是当床头柜用的，离床不远是一个五斗柜，抽屉里装着格婷的衣物，台面上放着一捆白纸、一捆文稿纸和一个笔架，笔架上挂着几管毛笔，还有一瓶一得阁墨汁。爸爸爱写毛笔字，从小也让哥哥和她练习写毛笔字，她心血来潮时，就练上两笔。卧室的窗户前是一张写字台，这便是格婷平时写作业的地方。

格婷今天心里有些烦，应该说这几天都很烦，来校已经快一个月了，格婷很少真正快乐过。她总有一种压抑感。课堂上，老师们都喜欢点她回答问题，点就点吧，可每次都点在她思想开小差的时候，她茫然地站起来，脑子里一片空白，很多时候都回答不上来，众目睽睽之下，她觉得好丢脸，这便也加重了她的自卑感。友谊方面，除了与田丹说下话，很少去跟别的同学交往，可与田丹说话，田丹又总是压制着她，因为在学习上面，田丹比格婷有优越感，便总是指使格婷为她做各种各样的事。

种种牵制，使格婷渐渐有了厌学的情绪，所有课程中，除了语文课，还能表现一下自己，其余的课对格婷来说有如蒸馏水，索然无味。

格婷最盼望的就是星期五下午，放了学就可以回家度周末，可以跟妈妈在一起，晚上还能躺在妈妈的怀里美美睡上一觉，把学校里一些快乐的，不快乐的事情说给妈妈听。她告诉妈妈，说她有个同桌叫田丹，成绩很好，但人很霸道，她不想与她同桌，可心里又很矛盾。妈妈听完后就摸着她的头发说，同学之

间有矛盾是正常的，但要学会谅解，争取大事化小，小事化
了……

妈妈是格婷的好朋友，但这位好朋友也有让格婷不满意的
地方，比如时不时妈妈也总是问她，婷婷啊，到学校这么久了，
成绩跟不跟得上啊？

啊，这，管它呢。格婷想转移妈妈的话题，便问道，妈妈
啊，我去学校了，一星期不回，你想不想我啊？

妈妈没有回答她，仍在说，到了爸爸那里，要好好学习，
爸爸是校长，你学习好，是为爸爸挣面子，成绩不好，爸爸脸
上就没有光彩呢。

一想到这里，格婷的心里就暗淡了下来。她最怕爸爸妈妈
还有哥哥问她学习上的事了，这对她来说，是一件很难为情的
事，比当叫花子向人乞讨还难为情呢。

婷婷，你一个人坐在房里，干什么呢？爸爸一手端着一大
碗饭，一手端着一大碗菜，站在格婷的卧室前，说，快，快来
吃饭，下午还要上课呢！

哦。格婷应了一声，从卧室里跑了出来，说，爸爸，什么
菜啊？

青椒炒肉丝。

怎么又是这个菜啊。格婷吃这道菜已经吃了一个星期了，
爸爸每次到食堂都端这个菜，也不晓得换个花样。

怎么？还挑菜啊，在学习上面怎么不挑一挑呢，发奋把分
数挑高一点。爸爸将饭菜放在桌上，他不放过一次提醒格婷认

真学习的机会。

格婷心里满是委屈，默默地坐到桌前，拿起筷子闷闷地搅着一碗米饭。她不明白爸爸为什么总能把一些八竿子都打不着的事儿与她的学习扯上关联，就因为成绩差，连菜都不能挑了吗？这盘菜本来就没有什么滋味，这下更是如同嚼蜡。

今天碰到你们数学老师了，她说你上课思想总喜欢开小差，注意力不集中，怎么回事？爸爸坐在格婷的对面。也许是平时太忙，对女儿的关心不够，他便想利用吃饭的时间与女儿谈一谈。

数学老师真可恶，爸爸怎么不碰见语文老师呢？要是碰见语文老师，他一定会对爸爸说，余校长，令千金上课回答问题很积极啊。

怎么不说话？还没成器呢。连爸爸的话也不放在心上了。爸爸不满意女儿沉默的态度，跟她一说到学习上的事，就低着个头，好像这个头有千百斤重似的。爸爸继续说，把头抬起来，成绩高不上去，耍脾气倒是很有一套。

格婷从爸爸的语调中感到爸爸的不满，爸爸在生她的气。自从她来到这个学校以后，就发现爸爸变了，不像读小学时那样亲切，成天跟她板着一副脸孔，仿佛她做了什么不可饶恕的罪过一样，格婷感到了一阵恐惧，她的身子瑟缩了一下，眼眶中蓄满了泪水，难道正如妈妈说的那样，成绩差了就是在给爸爸脸上抹黑吗？

只知道哭，谁把你惯养得这么娇气的？看来这次谈话是不能进行下去了，爸爸也搞不懂她的女儿，还没说几句话呢，怎么就哭起来了，爸爸也是恼怒的。

格婷哭得更加厉害了，索性放下筷子，本来是想将筷子重重地摔在桌上的，但从泪眼中瞄见爸爸严厉的脸色，想到摔下去是不会有好果子吃的，便只轻轻放在桌上，这样一来，格婷觉得更委屈了，于是箭一样冲出屋子，一路呜呜哭着跑到了教室。

又是周末了，可以回老家了，可以见妈妈了。格婷心里充满了喜悦，在教室里忙着收拾书本纸笔，一边哼着歌曲，一边想着见到妈妈的欢乐，心里有种难得的轻松，随手将桌肚里一根废木条扔到讲台边的垃圾篓里，谁知木条在半路拐了弯，落到了窗户边第一排罗克平的桌上，将他桌上的一瓶新碳素墨水打翻了，摔了个粉碎。

好心情一下子无影无踪了，要知道罗克平可是全乡小升初考试的第一名，状元啊，田丹第二名都那么高傲，何况是第一名呢？格婷站在原地不知所措，心想要是罗克平吵着要她赔，倒没什么，墨水她有的是，赔四瓶给他都没有问题，但是就怕他吵着要她给他赔原先的那一瓶，虽然这很无理取闹，但这种无理取闹的事情格婷也经历过，田丹就是这样的，上次把她的作业本不小心弄缺了一块，田丹就要她赔，赔她弄缺的那一块。

罗克平显然惊到了，他本来好好坐在前面做练习，冷不丁一块木条飞来，打翻了他的墨水。看他平日的穿着，家境想必殷实，一瓶墨水应不值什么，但也许人家正在解析一道高难度的代数题，平白打乱了思路。他站了起来，高声质问，是谁？谁干的？

对，对不起，是我，不，不是故意的。格婷有点紧张，罗克平的架势很吓人的。

我赔你，赔你四瓶好不好。格婷继续说道。

罗克平看了格婷一眼，格婷正垂着手，不停地说对不起。很奇怪，他刚刚怒发冲冠的表情竟一下子平息了。只淡然说了一句，哦，是你，没事。罗克平坐下，重新埋头题海。

格婷也只好作罢，但心里却存着感激，感激这个头名状元在全班同学面前给她留了一点情面，没有骂她瞎了狗眼。

喂，格婷，怎么回事？田丹是走读生，从家里吃完饭赶来，经过窗前，刚好看到了这一幕。

哦，没什么事。格婷不想提这件事，她继续收书，借以掩饰内心的慌张，又补了一句，说，真的没有什么事。

哼，别骗人了。田丹气呼呼地坐在凳子上。她一向不高兴格婷向她隐瞒事件，即使看见了，她也希望格婷能对她再说一遍。末了，田丹用一种阴阳怪气的声调说，我全看见了，看来罗克平蛮喜欢你呢。

格婷的脸一下子全红了。她从田丹的话里听出了嘲讽。罗克平喜欢她？格婷从来都没这样想过，田丹真是惯会无中生有。她现在只想快点上课，然后快点放学，这样也就可以快点回家了。

下午两节课是历史课，比较轻松，老师点了格婷回答问题，格婷都答对了，并且声音洪亮，普通话也很标准，受了老师的表扬，格婷感到脸上有了光彩，心里喜滋滋的。

放学回家，走在乡间的小路上，格婷的心便完全放开了。时值十月，天气不冷不热，一阵阵微风拂过，令人心旷神怡。格婷深深呼吸这田园野草清新的气息，好久没有这份心情了，格婷为这份无拘无束的心情感到欣喜。

走过两条小路，越过几条田埂，七弯八拐的，不大一会儿，老屋屋顶上的飞檐便映入了眼帘。老屋很高大，是两层高的楼房，内外粉刷都很新，虽说砌了好几年，但维护得很好，是全村最好的楼房，特别是那精致飞檐成了村里标志性的建筑。

一调眼，格婷就发现屋旁的小路上有个人影，是妈妈，她一定是出来迎她的。

妈妈，妈妈。格婷飞奔过去，扑在妈妈怀里，像牛蹭树似的在妈妈的怀里蹭来蹭去。

走路走累了吧。妈妈接过她的书包，说，饭做好了，只等你了，爸爸今天回不回来啊？妈妈也是恨不得把宝贝女儿揉进自己肚子里去。

啊，爸爸今天不回来。格婷顽皮地眨着眼睛，看妈妈有些失望，立马又说，骗您的，爸爸今天回来。

你个小丫头，真该打。妈妈说着扬起了手，格婷赶紧将脸伸给妈妈，妈妈的手是高高举起，却轻轻落下。

干什么呢？两母子还怕没时间亲热，做出这副厌弃相。奶奶拄着拐杖立在门槛前很是不满，说，饭菜都端上桌了，还不见人回来。

奶奶说话真没道理，就见不得我跟妈妈亲热。格婷反驳道。她不喜欢奶奶，当然奶奶也不大喜欢她。很小的时候，她就听叔叔说过，说奶奶重男轻女，越长大格婷便越认同，因为奶奶对哥哥总是笑呵呵的，对她则总是冷冰冰的。因了这明显的偏心，妈妈还与奶奶吵过许多架呢。

你倒真会教训人，翅膀还没长硬呢。奶奶板着脸，将手中的拐杖扬起，欲朝她打来。

奶奶。格婷也觉得自己话说得失了分寸，情急之下，想起书包里还有一包点心，是奶奶爱吃的，是爸爸买给奶奶的。格婷从书包里打开递给她，说，奶奶，这是我攒钱给您买的枣泥糕，您快吃吧。看孙儿对您这么好，您还要打，您心里怎么过意得去啊。

奶奶的拐杖也是轻轻落下，接过糕点，面上和声音都软和了下来，说，快去吃饭吧。菜都凉了。

晚饭吃得还比较顺畅，没有触及不开心的话题，比如说学习方面的。格婷问了同村女孩景洁苗的一些情况，妈妈告诉她景洁苗下学后就学裁缝去了。奶奶补了一句，是到沟子口去学的，跟的是钟明师傅。

格婷决定吃过饭后就去看看景洁苗。

景洁苗是格婷的小学同学，却比格婷长两岁，她发蒙很晚，虽然小学才读完，可年纪已经有十四岁了。她身体有病，家里也不宽裕，父母也不重视读书，所以读完小学就没再读了。景洁苗家在村尾，格婷到她家时，天已经麻眼了。景洁苗的妈妈正在大门外的屋檐下收衣服，格婷响亮地叫了一声，景妈妈。

哎呀，是婷婷啊，快去屋里坐。景妈妈的笑声很热情，一面招呼格婷，一面朝屋里喊道，苗儿，苗儿，快出来，婷婷看你来了。

婷婷，婷婷，是你吗？景洁苗从里面飞了出来，兴奋地拥住格婷，说，我算计你会来找我的。快到屋里坐，到我房里去。景洁苗拉住格婷的手向里房走去，边走边说，咱们好好说话，我想着你呢。

你一个人在屋里都干什么呢？格婷坐在洁苗的床上问，地上乱七八糟的，这么多的布片，你要开布店啊？

我在练习铰扣眼呢。

哦。格婷想起妈妈跟她说过洁苗在学裁缝的事了。便问道，这个好玩吗？

灯光下，景洁苗的眉头皱了一下，眼光有些黯淡，说，哪有读书有趣呢？

气氛有些冷清了。格婷坐在床上有点不自在，后悔不该这样问。她仔细看着洁苗，发现洁苗没有以前活泼了，虽说身体有病，也不至于这样，小小年纪便学会了皱眉头，仿佛有很多心事似的。格婷还发现十四岁的景洁苗发育得还没有她的同桌田丹好，田丹都已经开始戴胸罩了，而景洁苗的胸前还是一抹平。

婷婷，你的头发长长了好多，人也胖了一些，比小学时更好看了呢。景洁苗打破了沉默，夸赞起格婷来。格婷在她心中永远都是那只美丽骄傲的绿孔雀，她从不计较格婷以前管制过她，相反她现在很珍视与格婷的友情，她很渴望朋友。景洁苗顿了顿，又说，一定有很多男孩子喜欢你吧。

你！格婷的脸一下子就红了。她想告诉她，现在的格婷不是像以前那样狂傲了，但虚荣心让她没能启口，加上她想到罗克平，田丹不是对她说过，他喜欢她吗。格婷感到一阵羞涩，说，别胡说，哪能呢？

对了。景洁苗好像想起了什么，正色道，你们班是不是有一个叫罗士晨的男孩子？上次就想问你的，没来得及。

罗——罗士晨？格婷一阵慌乱，听清是罗士晨，不禁笑了一下，摇头说，没有，倒有一个叫罗克平的。

不对啊，怎么会没这个人呢？他小升初考了三百八十分，是重点班的嘛。景洁苗很是疑惑。

你找他干什么？

我，我捎个信给他。

这有什么大不了的，只要他在这个学校，我就能帮你带到。格婷拍着胸脯。

这倒也是，那个学校里哪里有你找不到的人，你爸可是校长。景洁苗说着，从枕头底下翻出一个纸包递给格婷，说，把这封信递给罗士晨。又郑重叮嘱道，可要悄悄的。

格婷感到奇怪，笑着说，罗士晨是你什么人？给个东西还怕人看见？

他是我姨妈那个村子里的，住得离我姨妈家不远，每次我到姨妈家做客，他都来陪我说话玩耍，对我挺好的。景洁苗说着还有点羞涩。

哦，原来如此。格婷早就知道景洁苗在邻村有个姨妈。

天色已经很晚了，格婷想走，正好奶奶来找她，叫她回去，说爸爸回来了。格婷便起身和景洁苗告辞，走时给洁苗使了个眼色，告诉她放心，她会帮她把事办妥的。回到家，因为有爸爸在，格婷不敢放肆，早早便上了床，心里想着洁苗的那个纸包，又想见一见罗士晨是个什么样的人，巴不得时间快点过，早早回学校呢。

余格婷这几天心里颇不顺畅，已经星期三了，她还没有打听到罗士晨在哪个班，那个纸包都被格婷揉拭得皱皱巴巴的了。

这天，余格婷又在教室里对着纸包发愁，她呆呆望着那个纸包，心中涌动着一股好奇，纸包里装着什么？她想打开看一看，但又不敢，她知道私拆别人的信件是不道德的，可她又禁不住诱惑，那里面一定藏着洁苗的心事和秘密。纸包没有封口，看一看是没有关系的。格婷给自己找了个理由，她慌张地瞟了一下四周，教室里没有几个人，也没人注意她，她在班上原本也是不引人注意的。她最终打开了那个纸包，里面是一张字条，上面用圆珠笔歪歪扭扭地写着：

罗士晨：

你好

我上次到姨妈家玩，听她告诉我，说你的小升初考试考了三百八十分，上了中学的重点班分数线，我真为你赶（感）到高兴。

你要好好学习，不要把你爸爸的病放在心上，你爸爸的病会好起来的。你应该把心放在学习上。我现在在学才（裁）逢（缝），师父是方圆几十里有名的钟明师父，等我学好了，就给你做一套衣服，我看你的衣服有好几件都是打了补丁的。

我想和你比晒（赛），我学才逢，你搞学习，看我们谁学得好，你看行不？

祝：好好学习，天天向上。

景洁苗

嘿，格婷，看什么呢？这么入迷。远远地格婷便听见了田丹的声音，格婷迅速将字条装好，藏在一本厚字典里，然后从抽屉里拿出一本代数书，装出若无其事的样子。

哟，看代数书呢。田丹坐到座位上，翻开格婷的书，故意拉长声调，说，怪不得这几天闷闷不响，原来在干大学问啊。

格婷从田丹的话中听出了讽刺，她瞟了田丹一眼，并没有理她，在田丹面前，格婷唯有沉默的份儿。

怎么不说话？田丹穷追不舍，说，你不想理我？

格婷看了田丹一眼，灵机一动，说不定她认识罗士晨，于是便问道，田丹，你认识罗士晨吗？

罗——士——晨？名字很熟悉，好像以前参加过数学奥赛班。田丹努力回想着。镇上去年组织过小学毕业生参加市里的数学奥林匹克竞赛，各学校的尖子生被抽调过来在镇小学进行了短期的集中培训，参加过奥赛班的学生都有一种荣光。田丹忽然问道，怎么？你认识罗士晨？问他做什么？

哦，不，不是的。格婷说，我只想知道他在哪个班？

这个，你问一问罗克平，以前奥赛班，他们俩关系挺好的，又都姓罗。

啊，问罗克平，我不敢。格婷连连摇头。

问个话有什么不敢的，真是的。咦，来了，快去快去，你就说是我有话要问他，叫他过来。田丹竟有些兴奋，推了格婷一把，又催她，说，快去快去啊。

格婷受到田丹的压制和怂恿，小心翼翼走到罗克平的座位前，她有些害怕，这是同班以来第一次主动与他讲话，在她心中，她与他是有距离的，他是老师眼里的得意门生，虽说她也被老师重视，但那种重视是看在校长的面子上，是一种照拂。她说话的语气有点不自然，她说，罗克平，田丹有话问你，请你过去一下。

罗克平好像没听见似的，一味埋头做他的作业，一动也不动。

格婷感觉受到了侮辱，早知道，她就不应该去和他说话，优秀生怎么会瞧得起差生呢？格婷心中生出些哀伤。垂着头回到座位上。田丹觉得这事她的面子也受损了，毕竟格婷说的是她请他，这样的话就等于罗克平也没有买她的账，于是又哭又闹，将怨气发在格婷的身上。说，真讨厌，谁说要请他了？不是你自己要问的吗？

可你刚才不是说要我去请他，就说是你要问他的吗？格婷一头雾水。

谁说了，谁说了。田丹哭得更凶了。

格婷索性不理她了，唯有一言不发。经此一闹，田丹一上午都没有与格婷说话，格婷自然也不与她搭讪，但两人心里都不舒服，格婷除了对田丹不满对罗克平也是一肚子意见，有什么了不起，不就仗着自己成绩好吗？

格婷中饭时间没有回家，爸爸也没来叫她，让她觉得自己像是个被遗弃的人。晚饭时间回家，爸爸不在，正厅的黑板上用红色粉笔写着：

爸爸有事出去了，中餐晚餐自己料理，可在食堂吃，也可在外面买着吃，菜票压在闹钟下，钱压在砚台下。

爸字

望着这几行字，格婷莫名地有点想哭。她是多么不被人重视，格婷在屋里转了几圈，便带上门去教室了，她什么也没吃，她不想吃，也没心情吃。

一路怏怏地走到教室，又有些后悔不该来这么早，因为罗克平在教室里。格婷感到奇怪，罗克平也是镇上的走读生，怎么不回家吃饭呢？格婷站在门边，想着上午发生的事，心里好生别扭，不知是该进教室，还是该出去。

余格婷！不想罗克平竟主动叫了她，说，进来吧。

格婷见罗克平与她打招呼，有点出乎意料，再看他脸上挂着真诚的笑容，自己也有些不好意思了，对他笑了笑，便回到了自己的座位上。

罗克平盖上手中的笔帽，下了位，走到格婷身边，说，今天上午有什么事？不是田丹的事吧？其实，其实你们最后的谈话我全听见了，很抱歉，因为我，让你受了一身的冤枉和伤害。

什么？他还注意我们的谈话？格婷有些诧异，但还是将实情告诉了他，说，我的一个好朋友托我打听一个名叫罗士晨的男孩子，不知道你认识不认识他。

哦，他啊。我认识，我们以前是一个班的，参加过市里奥林匹克数学竞赛呢。罗克平有些得意，继续说，罗士晨现在在一（三）班，不知道怎么回事，他的分数很高的，应该也是重点班的，不知怎么被分到普通班去了。

这个。格婷不知道怎么接话，索性不理睬，关于成绩分数的话题，她的心里有种排斥感，她从抽屉里拿出一本语文书，低着头，胡乱地翻阅着。可罗克平还站在她的座位前，并没有离开，这令她有点不理解。

余格婷，我，我——罗克平突然有点结巴，"我"了几下，才说，我可以和你做朋友吗？最后这一句仿佛是从罗克平的喉咙里发出的，特别轻特别细。

什么？格婷的脑中一个大大的问号和惊叹号。她抬起头，看着罗克平，一个面容比女生还白净的男孩子，此时一脸通红，一双眼睛微微垂下，浓密的睫毛比格婷的还细密些，他是那种有些小肉肉的男孩子，看上去还虎头虎脑的，聪慧精明又可爱。她第一次看到男孩子羞涩的样子，心中猛然一动，不觉自己也有些脸红。其实他们都渴望与异性的交往，但可恨这所学校的怪风气，从老师到学生，都把男女生的交往视成不健康的关系，处处加以防范和阻止，可无论怎么设防，也阻止不了青春本能的悸动。格婷的心里荡起一层一层的涟漪。她当然很想与他做朋友啊，要知道罗克平可是优秀生中的优秀生啊，是小升初考试的第一名，能与这样的人做朋友，是一件多么有光彩的事情啊。可是她有她的顾忌。

我愿意和你交朋友。这是格婷的真心话。她说，但是，但是我成绩很差，我们之间有不可逾越的分数鸿沟，在老师眼里，你是凤凰，我不过是一只木鸡，配不上你。在讲这句话时，格婷有气无力，同时也感到十分委屈，她多么希望自己能像田丹那样。

我不介意，我从来没有这样想过，什么凤凰，什么木鸡，我们是朋友，朋友之间的友情不能用分数好和分数差来衡量的，朋友之间的友情是平等的。罗克平郑重说道。

嗯！被罗克平的真诚所感染，格婷重重地点了一下头。

一（三）班！一（三）班！

罗士晨！罗士晨！

格婷已在一（三）班转了四圈了，却没有见到罗士晨，格婷有点着急，想附在门边喊一声，罗士晨，出来一下。那样的话人没叫出来，倒惹得女生的嘻嘻笑，男生便会怪腔怪调地声音高喊，罗士晨，外面有个漂亮女生叫你，快出来。然后保准是一阵哄堂大笑。格婷只得静静地站在教室门前的栅栏边，她决定见机行事，远远地两个女生走来了，看样子是一（三）班的，格婷跑上前去，说，你们是一（三）班的吗？你们班是不是有个叫罗士晨的同学，能帮忙把他叫出来一下吗？

咦？你不是余校长的女儿吗？我们认识你的，那天你向余校长要钱，我们都看见了。左边那个穿红衣的女孩满脸是笑，说，你找罗士晨？

是的。格婷心里有些不愉快了，但却没有发作于面上，笑着说，能帮忙把他叫出来吗？我找他有事。她捏着手里的那个纸包，再不给出去，纸包都要被她揉烂了。

两个女生"嗤嗤"地笑，你推我，我推你，最后那个穿红衣的女孩说，好吧，我去帮你叫他。

穿红衣的女生进去了，穿蓝色衣服的留下来与她说话。

你是重点班的吧？和罗克平一个班是不是？

嗯。格婷问，你怎么认识他？

我们的老师都提到他，说他极聪明，家境这么好，还知道这般努力用功，比我们农村孩子都知道发奋上进。现在啊，罗克平都成了全校大名人了。呵呵。蓝衣女生一笑，脸上竟红了一片。

喂，罗士晨出来了。红衣女生跑出来叫道，拉着蓝衣女孩相互嗤嗤笑着进了教室。

有什么好笑的？格婷心里愤愤的。哼！一扭头看见一个身着老式浅灰中山服的黑脸男孩，那衣服宽宽大大，皱皱巴巴的，一看就知道是大人穿剩下的衣服。他低着头，神色有点慌张，慢吞吞走向格婷，那样子仿佛格婷是一颗炸弹，你找我？有什么事？

声音冷冰冰的，但是格婷没有计较，说，能往那边走一下吗？这里人太多。

罗士晨左右看了看，有些慌张，低着头跟着格婷走到了楼梯口，依然是冷冰冰的声音，并且夹着不快，说，重点班的优秀生，你到底有什么事？

你！格婷立刻从他的话里听出了嘲讽，这简直比当众打她的脸还生疼，她浑身颤抖，气呼呼地说，这是景洁苗托我给你的东西，喏，拿去吧。

罗士晨接过纸包，转身就走了，既没道谢，也没为刚才的无礼向她道个歉。看着他那冰冷傲慢的背影，格婷的眼泪无声地流了下来。她第一次感觉到了人心的黑暗，她踉跄着下了楼梯，回到自己的教室，她默默地坐在椅子上，默默地想着，为什么她处处要受到侮辱，受到打击。难道分数低，成绩差是一种罪过吗？为什么老师和同学们都要以分数来衡量一个学生的好与坏？包括她的爸爸，想到爸爸，她更是一阵悲伤。

记得读小学时，爸爸是多么喜爱她啊，那时爸爸还没有调到中学来，只是小学的校长，她每天躺在爸爸的怀里撒娇，读幼儿园和一、二、三年级时，每下一节课，她都跑到爸爸的办公室，在爸爸的怀里滚啊滚的，缠着爸爸给她买这买那吃，不管是贵的还是便宜的，只要是她想要的，爸爸都笑呵呵地满足她，有时还故意逗她，问她是哪一颗牙齿要吃，好用钳子给拔掉去。晚上和爸爸睡在一起，枕着爸爸的胳膊，让爸爸给她讲"彩霞姑娘"或是"神笔马良"的故事。爸爸宠爱她的样子，令全村的小孩羡慕得流口水，连自己的哥哥都眼红呢。

爸爸在她读四年级的时候便调到了中学，无人可以管她了，她暗喜过，上课不听讲，再也没人告诉爸爸了。她自由自在了好多天，后来渐渐发现真的没有老师管她了，那些老师跟爸爸当初在学校时，待她的态度截然不同了，从前，这些老师对她都很热情，无论是课堂上还是课堂外都是笑嘻嘻地捧着她，可现在都对她淡漠得很。她不明白这些老师为什么会这样，这一热一冷的际遇让她稚嫩的心理无法承受，从此无心学习，成绩便也一落千丈，不得已，四年级只得重来一遍，直到五年级换了班主任她的境遇才好一点，那个班主任曾经是爸爸的学生，与爸爸的交往很深厚，师范毕业后，还是爸爸帮他安置的工作，因这个交情，她才又受到老师们的看重，重拾了一点自信。可到底还是底子不牢，小升初考试竟……

想着这些，格婷独自伏在桌上哭成了泪人。为什么爸爸现在疏远她了呢？为什么爸爸不像以前那么宠爱她了呢？她想回到从前的日子里，她不想长大。长大的滋味太苦涩了。

余格婷，余格婷。同桌田丹在轻轻地摇她。说，你怎么了？怎么哭了？

格婷听见田丹叫她，便止住了哭声，抬起头来，泪痕未干，眼睛红肿，一脸悲戚，断断续续地还有些啜泣。

来，擦一下眼泪吧。田丹递过一片纸巾，说，你到底怎么了，是不舒服吗？

田丹是同情悲哀中的人的，每回格婷哭泣时，她做得还是比较好，没有那份傲气，格婷从田丹手里接过纸巾擦去眼泪，望着田丹一脸的关切，心里有些感动，要是田丹永远都像现在这样真诚就好了，她是可以跟她做真心朋友的，可她们之间的关系总是那么别扭，那么沉闷，三天一吵，五天和好，再吵再和好，就这么循环往复，动不动田丹就盛气凌人地使唤格婷。

到底是谁惹你了？是余校长又批评你了吗？别哭了，马上要考试了。

哦，没怎么，没怎么。格婷掩饰着，她不想说，因为田丹还不是她能倾吐心声的朋友。

格婷盼望有一个知心朋友，景洁苗可以，但她不在身边，罗克平现在是她的朋友，可是他是男的，交往还处在秘密中，仅限于在教室里或校园里无人时，轻轻的几声问候罢了。

唉——格婷从心里长长地叹了一口气。

又是周末了，各班在操场上站队，接受校长训话，训完话后，便可以放学了。

格婷穿着一件红呢子大衣，站在人群中分外显眼。格婷爸爸对女儿再怎么严格，却从不在穿着上面限制她，只要大方得体，符合中学生身份就可以，每年流行什么式样，什么穿戴，爸爸总是尽量满足她，故而在衣服上格婷颇能抬起头来。

散会了，人群开始躁动，格婷感觉人群中有一双眼睛在盯着她，她掉过头一看是罗士晨，便生了气，看什么看？格婷心里嘀咕了一下，狠狠瞪了他一眼，扭头就走了。她也要甩给他一个高傲的背影。哼！

格婷听到后面有急急追赶的脚步声，那种宽大裤脚扇动地面的呼呼声。那脚步跟她跟完了一条水泥路。格婷突然掉转方向扭头向下面走去，那是她回家的路。后面跟着的"脚步"果然急了，大喊着，景洁苗，景洁苗。

格婷这才停住脚步，扭过头来，她早就知道后面跟着的是罗士晨，也知道他找她是干什么的，她是故意要急一急他，以此报复他那天对她的不恭，出一口恶气，同时警告他，最好不要得罪她，你和景洁苗之间的传话还得靠着她呢。

什么事？格婷远远地很不友好地回应他。

你，你。罗士晨慌张地向四处望了望，然后压低声音说，到教室去。说完便闪身进了教学楼。

格婷也尾随其后，进了教学楼，在第二层的楼梯口，罗士晨正伏在扶手上看着她，格婷莫名地有种心慌，此时整栋教学楼的楼梯间只有她和他，一个女生一个男生，这要是被撞见了，少不得又是风言风语。

把这封信给景洁苗。依然是那种杀人的冰冷，他将那信封搁在楼梯台阶上，转身就上楼了，头也没回过。

喂，你。格婷的心又被刺了一下。他就那么讨厌我吗？我到底做错了什么？格婷想不明白，她默默地将信封捡起来，如同捡起一个不能扔掉的屈辱。

在回家的路上，她报复性地将那个信封打开了。

景洁苗：

你好！

没想到你会给我写字条，我很高兴，真的。

我在学校还不是很适应，上课时，思想也不能很集中，一堂课下来，也不知老师在讲些什么，脑子里总是乱哄哄的，不过你放心，功课我还都能跟上，在班上占个头三名是没有问题的。因为上课不听讲，不等于我成绩就很差，我在课余是下了很多功夫的。你知道我一向很讨厌老师填鸭式的教学，枯燥乏味得很。

起初，听你说学裁缝，我有点不能理解，但你已决定了，我想这也是有你的道理的，你身体不好，不能吃太多苦，就不让自己太累着了。

我是很有信心和你比一比的，你学三年裁缝，证

明你成绩的是，要能给我做一套很棒的衣服，我读三

年书，证明我成绩的是，要能考上市里重点高中。

　　祝：身体健康，天天开心。

罗士晨

　　看了罗士晨的信后，格婷的火气消了一大半，她从这刚劲
的文字里捕捉到了罗士晨的心境和性格，她觉得罗士晨应该是
一个很有主见也很有思想的男孩子，可是这个男孩子的家庭却
是贫困的，这点，格婷从他的日常穿着和景洁苗的那封信上可
以判断，这个优秀的男孩子，格婷不觉有点同情这个罗士晨了。

　　把信递给景洁苗，格婷便要走，景洁苗好歹哀求才把她留
下来，格婷怔怔地坐在床上后，景洁苗便开始读信了，一张瘦
小的脸庞焕发着欣喜的神采，脸颊上两朵红晕。"身体健康，天
天开心"，罗士晨。景洁苗情不自禁地轻声念了出来，她将信抖
落给格婷，说，婷婷、婷婷，你知道吗，罗士晨给我回信了，
你看吗？

　　我早就看……格婷话一出口，便觉得不妥，慌忙改口说，
啊，我早就看出信的内容了，呵呵，从你幸福的表情里，肯定
是什么亲爱的苗妹妹啊……

　　格婷的话还没说完，景洁苗便赶过来揪她的嘴巴，两个女
孩子抱成一团，在床上打打闹闹，嘻嘻哈哈。

　　婷婷，你明天上学之前过来一趟，我要罗士晨回一封信，
你给带去。

哟，我都成了你们的媒人了。

咳，看我不打死你。哈哈。

嘻嘻。

马上就要放寒假了，格婷的心里一喜一忧。喜的是可以不用读书不用每天起早，可以每天都和妈妈在一起，忧的是期末考试，要是考不好，爸爸定会批评她，哥哥也会嘲笑她，包括奶奶也会借机来挖苦她几句，想安安心心过个寒假和大年怕是难了。

这样的担忧使格婷不得不对书本重视起来，"临时抱佛脚"也是有必要的，至少装装样子，哄哄爸爸。一打开数学课本，面对那些 XY，格婷就发怵，一发怵，思想就打野。她有时会想罗士晨，琢磨他，为什么这家伙每次对她都如此仇恨，好像她前世欠了他钱似的。不过想到罗士晨每次将字条丢在地上，然后慌张逃走的滑稽样，格婷便会忍不住咯咯地笑出声来，每每这样，坐在不远处的罗克平便会大声说道，期末考试快要来咯。这句话听起来像是他自言自语，又好像是对全班同学说的，但只有格婷心里知道这话是对她说的。罗克平曾经说过要帮她补习数学的，但格婷觉得难为情，就拒绝了，但罗克平仍然在暗地帮助她，将每道有难度的代数题演算过程一步一步、清清楚楚写在字条上夹在书本里传给她。每当她看书不能静心时，罗克平便会不露声色地提醒她。

听到罗克平的提醒，格婷便会不好意思地掩住口，将视线重新移到书本上。同桌田丹忽然盯着她看了半天，一脸狐疑。

晚自习后，田丹提出要到格婷家里过夜，格婷又不好拒绝，于是便答应了。田丹快乐地挽着格婷的胳膊朝格婷家里走去，田丹对格婷的家一点都不陌生，每次到了格婷的家里一坐就是好半天，不打上课铃还不想走，看得出田丹很喜欢格婷的家。

已经是寒冬腊月了，门前那两棵梧桐树已经落尽了叶子，光秃秃的。格婷掏出钥匙开门，顺手将灯打开，见黑板上又新留了一排字：

爸爸回老家了，自己早点休息，厨房开水瓶有热水。

爸字

啊，太好了，格婷，你爸爸回老家了，我们可以尽情说话了。田丹欢呼雀跃。

哦。格婷也笑了笑，如果今晚田丹要是不在，她会更高兴。

格婷给田丹倒水洗澡后，两人便上床睡了，田丹一人卷去大半被子，格婷憋了一肚子的气，于是拼命拉，好不容易拉过来了一截，可一会儿又被卷了去。

喂，格婷，你觉得我们班哪个男生长得最帅？

不知道，你说呢？

我，我，咳，是我先问的，所以你应该先说。

罗克平。格婷将被子拉在了脸上。

田丹没有作声，却突然翻过身去，留给格婷一个背影。好久又问，那你喜欢他吗？

你喜欢他吗？格婷反问她，她已然觉得有点不对劲了。

我有点喜欢他。田丹将身子又翻了过来，望着格婷说，你说，他会喜欢我吗？

喜欢。格婷闭上眼睛，违心地说道，他很喜欢你。

很久两人都没再说话。格婷将被子拉过一截压在身下，便一动不动了，她想睡，可又睡不着。她终于明白原来田丹喜欢罗克平，可罗克平只愿和自己做朋友，格婷感到一些满足与骄傲。

格婷，你何以见得他喜欢我呢？田丹打破沉静，她在被窝里轻轻地摇着格婷，她有点不死心，难道你不喜欢他吗？

格婷闭上眼，没有理她。她虽然睡不着，但她不愿意跟她讲话了。

嗯，你睡着啦，这么快，真没劲。田丹嘀咕了一句便陷入了沉静。

是的，我睡着了。格婷在心里回答道。

罗克平，总分四百三十分，第一名！

……

田丹，总分四百二十分，第五名！

……

余格婷，总分三百二十四分，第四十名！

……

成绩单发下来后，全班同学都在议论着，有的喜形于色，有的黯然神伤，虽说是重点班，刚进来时差距不大，但经过一段时间的学习，差距也就拉开了，有好的转为差的，也有差的转为好的。

格婷没有高兴，也没有过多悲哀，因为分数确实证明了她的学习态度，分数没有委屈和冤枉她。语文一百二十分的总分，她得了一百一十八分，这一科上面标注的是全年级第一名，但同样总分的数学，她却只得了六十四分，没及格不说，还是全班倒数第一名。政治和英语的卷面分是一百分，各是七十二分和七十分，全班五十二个同学，她属于偏下。

她静静坐在座位上，想着等会儿回家该怎样对爸爸交代，想到爸爸那张严厉的脸，格婷不禁打了个寒战，今年的寒假注定是不好过了。

格婷，你单科成绩是多少？田丹拿着成绩单从议论的人群中跳出来奔到格婷面前。

田丹的大嗓门把罗克平的目光吸引过来，罗克平在讲台边上看着格婷，格婷接触到罗克平的目光，不觉一阵心慌，赶忙低下头，说，哦，很差，没你的好。

管它好不好，给我看一下吧。田丹把手伸到格婷的面前。

还是算了吧。格婷将成绩单塞进书包，低低地说，没及格呢。

哼，有什么了不起的。田丹动了怒气，不看就不看，小气鬼。

你！格婷气得脸发红，她无法忍受田丹的嚣张，但又无可奈何，只得狠狠地瞪了她一眼，然后背着书包头也不回地出了教室。反正都放假了，我可以不和你同桌了，何不给你一个潇洒的背影呢？哼。

爸爸已经在给她收拾行李了，格婷从门外瞄见了爸爸，便慌忙退回去，依靠在门前的梧桐树下，将书包挂在梧桐树枝上，那一刻，她想到改分数，把数学的六十四改成八十四，但马上又被自己的想法吓了一跳。

婷婷，站在外面干什么？进来！爸爸早就发现她了。

格婷低着头一步一顿进了屋，默默坐在正室的藤椅上。

爸爸停住手中的活儿，从房里走出来，坐在格婷对面的藤椅上，问，你的成绩单呢？

在书包里。格婷细若蚊吟。

爸爸皱了一下眉头，他最不喜欢女儿这种态度，一问到成绩，就一副做贼心虚的样子。

数学多少分？

格婷身子一抖，从喉咙里挤出几个字，数学，六十四分。

什么？大声点，没人会吃掉你。爸爸已经生气了，从藤椅上站了起来。

六,六十四分。格婷打了个哆嗦，声音已带着哭腔了。

爸爸还在盘问其他几门功课，他知道六十四分是个什么概念，离及格都还远着呢。格婷不敢看爸爸的脸，她低着头，将目光落在爸爸的皮鞋上，爸爸的皮鞋沾满了灰尘，许是收拾了屋子的结果，格婷等待爸爸问她的语文成绩，这样的话，她可以昂起头，响亮地回答爸爸，她还可以骄傲地告诉爸爸，语文可是全年级的第一名呢！丢的两分一定是大作文字迹比较潦草，老师象征性地扣了一点分以示警醒。这样，她可以挽回在数学上的自卑，然而爸爸一直没有问她的语文成绩，在问完了英语和政治后，就以一句"没用的东西"结束了问话。

格婷的心里顿时充满了委屈，不争气的眼泪流了下来，为什么她在爸爸的眼里是如此没有价值，是如此一无是处，如此不被重视？为什么爸爸不问她的语文成绩呢？爸爸好像从不关心她的语文成绩。爸爸也不喜欢她画画，不喜欢她唱歌跳舞，凡是与艺术相关的，爸爸都很不赞成，爸爸觉得这些都是空洞的，无用的，爸爸希望她数学好，以后进一步在物理和化学上打好基础，学好英语，将来能往科研道路上走，那才是真才实学，可她却偏偏对这些爸爸认为是空洞无用的东西感兴趣。

好了，别哭了。他最怕女儿哭了，哭在他眼里就是娇气。他将收拾好的旅行包放在藤椅上，说，把这提回家，另外带上书本，利用假期把数学书好好看一看，从哪里跌倒就要从哪里爬起来。好了好了，别哭了，又没责怪你。回家告诉奶奶妈妈，说我把学校的事情料理完才能回家，大概要到腊月二十五二十六。

嗯。格婷点了点头，哭得更厉害了，她默默提过那个旅行包凄哀地走出了门外，又从门外梧桐树上取下书包，肩膀一耸一耸地走出校门。

一直走到离学校很远的一个山坡上，格婷的心才开朗一些，她努力地笑了笑，这里没人，她可以自由自在地展露本来的自己了。

余格婷！

咦，谁在叫我？格婷感到奇怪。

余格婷！

谁啊？格婷四处张望。

我！罗克平从岔路口的一个田埂上跳上来，站在格婷的对面说，我等你很久了。

啊！格婷脸发烫，她可以肯定她此时一定是从耳根红到了脚跟，一个男孩在一个荒郊野地里等她，啊，多像电视里放的那种男女约会的场景啊，想到这格婷不由一阵慌乱。她问他，你怎么知道我会走这条路？

我在花名册上看见你的地址了，知道你回家必须经过这条路。罗克平坦然交代。远离了学校的那种管束，罗克平也大方多了，他甚至伸手接过格婷的旅行包，说，我来帮你提吧。我陪你走到前面的那个水沟边，就回去。

这，你回去迟了，你爸爸不责怪你吗？

当然不会，我爸爸肯定会以为我在学校搞学习呢！

哎，也是的。人家学习好，家长态度自然也宽松些。格婷好生羡慕。受到罗克平的感染，格婷也变得自然了，没有刚开始的那种拘束感，她跟在罗克平的后面，问：罗克平，你今年多大啊？

怎么啦？我今年十三岁啊，你问这个干什么？

哦，没什么。格婷又一阵脸红，心里想，如果你比我大，你就是我哥哥，你比我小，你就是我弟弟啊。

那我是比你大还是比你小啊？罗克平问。

你比我大，我要今年过了年，才满十三岁呢。

你看起来也比我小。罗克平语气中竟有几分得意，说，对了，刚才在班上，田丹问你成绩时，你遮遮掩掩的，是没考好吗？

是数学，数学又没及格。

唉！罗克平停住了脚步，回头望着格婷，很认真地说，你与数学无缘，你是一个艺术天才！

格婷猛然间心中一动，她用灼热的眼眸望着罗克平。她瞬间有点感动，原来在这个优秀的男孩眼里，她竟然是个天才！这让她的内心雀跃起来，她想到田丹曾对她说过的秘密，便想替她打探一下罗克平的心思，便问道，你喜欢田丹吗？

不喜欢。

为什么啊？她成绩那么好，人也生得那么漂亮。

她成绩好，可是品德不好，长得漂亮，可是她心灵不漂亮啊。她在班上总仗着成绩好，老师宠爱她就不可一世，就希望班上所有女同学都听她的话，卫生大扫除时，这也不干那也不干，可一看到老师来了，就把同学手里的抹布抢过来，猛干一番图表扬，老师一走，就把抹布一扔，我可不喜欢这样的女孩。

听罗克平这么一说，格婷迅速回想自己在卫生大扫除上的表现，好像他们这一组的女生分的活儿是拔除花坛杂草，她也偷过懒，幸亏是在室外，没被他看见，但听了他对田丹的评价，她以后劳动时再也不敢偷懒了。

好了，我该回去了。罗克平把包递给格婷，同时也扮了个鬼脸，说，祝你寒假愉快。

谢谢，你也一样。格婷对他笑了笑。

望着罗克平渐渐走远的背影，格婷的心里充满了欢乐。她随手摘下路边的一朵野花，闻了闻，又将它扔进水沟里。

让你们质本洁来还洁去吧。望着在水里漂流的花，她不自禁地吟出了《红楼梦》里的一句诗词。

寒假刚开始的日子还不错，爸爸没有回家，哥哥在大学里勤工俭学，奶奶与妈妈忙着办年货，收拾清洗工作，用她们的话说那就是忙得连喝水的空儿都没有，那就更没有时间来管束格婷了，格婷乐得自在，每天只是将书本放在桌上装装样子，等吃过饭就一溜烟往景洁苗家里去，或是约景洁苗到她这里来。两个人说话总是嘻嘻哈哈，说什么都是快乐的。

但是没几天，爸爸就忙完学校的事回家来了，哥哥也回来了。哥哥一回家就从包里摸出成绩单递给爸爸，爸爸喜得合不拢嘴，奶奶也在一旁称赞，全家人都为哥哥的回家而忙上忙下，爸爸生火，妈妈淘米，奶奶切菜，谈话的中心都放在哥哥身上，格婷不甘受冷落，也插了几句，不知是因为声音小还是什么，竟没人理睬她，连妈妈也没理睬她，格婷感到索然无味，同时也感到委屈，独自一人站在墙角边偷偷抹眼泪。在那一瞬间，她想到了死，她想如果此时她死了，爸爸妈妈一定会围着她转的，他们肯定会痛哭不止，当他们知道她是为了他们不重视她而去死的，他们一定会后悔得要疯掉……

妹妹，妹妹，快来吃饭。格明在厨房里用亲切的语调喊她。

格婷没有理睬，她怔怔地想着自己的心事，听到哥哥格明的声音，便狠狠朝厨房白了一眼。她讨厌哥哥，连他的声音都讨厌。

妹妹，你怎么了？怎么哭了？格明见妹妹没理睬，便从厨房里夹了一块鸡肉走向格婷，牵着格婷的手。格明一点都不知道格婷讨厌他，在他的心里可是挺喜欢这个淘气霸道学习不好却又倔强蛮横的妹妹呢。格明说，来，吃块鸡肉，才好吃呢，别哭了别哭了，去吃饭。

格婷拗不过哥哥的热情，将鸡肉含在嘴里，顺从地与哥哥走进了厨房，总算还是有人关心她的，这样一想，刚才的那种心事早就烟消云散了。

爸爸与哥哥回来了，她便没有自由了，整天生活在监视下，爸爸哥哥将她囚禁在书本里，是她最不喜欢的教科书里。不过格婷还是会想出好办法将自己从这种囚牢中解脱出来。在有太阳的日子，格婷一大早便将小方桌搬进自家柑橘园里，让一大片翠色将自己淹没，然后她光明正大坐在桌前发呆，有时会高声朗读几篇课文，为的是哄哄爸爸，让他们认为她是在学习的。

爸爸对她把学习桌搬进柑橘园里搞学习的做法很是不满，

可格婷的回答是柑橘园里空气好，满园都是绿色，看书看累了看看绿色的树，对视力有好处，还是老师说的呢。爸爸也不好反驳，但爸爸的眼神充满怀疑。每次格婷把学习桌搬到橘园里，爸爸便时不时要来橘园里逛逛，装作散步的样子。聪明的格婷哪里会不知道，爸爸的散步完全是为了她。她和爸爸就像动画片里的猫和老鼠一样。

唉！想到这儿，格婷不自觉地叹了一口气。

叹什么气，小小年纪。爸爸一手扒开一枝橘条，面带愠色地看着格婷，他隐隐觉得女儿的叹息中还透着一些心事，他不喜欢小小年纪的女儿家过早地有一些不单纯的心事。爸爸说，真不知道你一天到晚心里头都想些什么，刚才来，你的书是五十二页，现在来，你的书还是五十二页，可见你根本就没用功。

我想看得更明白一些。格婷低着头幽幽地狡辩。心里却很后悔，为什么没想到这一点，应该在爸爸巡视一遍后，将书换个页码。哦，我太笨了。她想。

哼，照你这看法，一辈子也不会明白的。爸爸狠狠地弹开面前的橘条，拂袖而去。

看着爸爸的背影，格婷委屈的泪水又一次涌入眼眶，但这一次她没有让它流下来。她已经习惯了，她在爸爸的眼里永远都是一个笨蛋，懒汉。

不管爸爸是满心欢喜走的，还是怒气冲冲走的，这对格婷都不重要了，重要的是爸爸走了。格婷从桌底的暗格中取出一本《红楼梦》，藏在教科书下面，这次她没忘记给教科书换个页码。现在她可以获得片刻安宁，好好看小说了。她已经看到了第三十一回了，"撕扇子作千金一笑，因麒麟伏白首双星"。

小说比书有趣有滋味多了，她觉得这种感觉就像贾宝玉在桃花树下读《西厢记》一样，满口生香。看到累了，便合上书本，在园子里走一走，园子有点大，一排一排种着橘树，一年四季都是青色，冬天也不会枝枯叶黄，不像学校家门口的梧桐树，一到冬天就光剩树杈子。

柑橘园里还有一棵老藤，长得奇形怪状的，枝蔓缠绕在一棵老梨树上，每年春天都开一簇簇紫色的花，垂下来像穗子，爸爸说这是紫藤。这个紫藤的根部硕壮，像一个天然的摇篮，格婷有时就坐在这里看书，太阳直射下来，暖融融的，真舒服。看累了就睡在上面，四平八稳的，不会担心掉下来，闭上眼睛将这儿想象成大观园，任思绪乱飞，格婷就喜欢这种调调儿。

婷婷，婷婷在园里吗？

谁？谁在叫我？

我，景洁苗。

啊，苗苗。格婷一骨碌从紫藤树上滑下来，跑到后园边，将一个活篱门打开，让景洁苗进来，爸爸为了让格婷静心看书，已暗示过景洁苗很多次，叫她不要来打扰格婷，洁苗不是傻瓜，这些人情世故她是懂的，于是到家来的次数就少了，但这并不能阻止这对好朋友见面。

怎么样？想我了吧，就知道你一定闷坏了。洁苗一边说一边向紫藤树走去，她也知道这棵摇篮形的紫藤树。

哎，管它呢，好歹也只有二十来天寒假就结束了。格婷说。

告诉你，过了年就好了。洁苗坐在树上，晃荡着双腿，说，初一啥都不用干，初二到十五，全得走亲戚，不用看课本了。

我才不愿走亲戚呢，那是一件很没面子的事。我爸爸喜欢在亲戚面前说到我和哥哥的学习成绩，总喜欢拿我和哥哥做比较，一比，我就像是一块抹布。格婷深深吐了一口气，重重躺在树上，一片震动，吓得洁苗大叫了一声，唬得格婷赶忙蒙住了洁苗的口，说，小声点，要是被发现就完了。

哈——吓死我了。洁苗捂住胸口，说，小姐，你也轻点，当心嫁不出去。

去死吧，谁要嫁人？难不成是你想要嫁给罗士晨？格婷斜斜地望着景洁苗发笑。

哎——你，我可没这样想过。洁苗的脸红扑扑的，且又有几分女儿家忸怩的姿态。过了会儿她说，对了，我很早就想问你，你递字条给他时，他一般会是什么表情，什么态度，是不是像我一样高兴？

表情？态度？格婷一想起罗士晨那副冷冰冰的模样就一肚子火，每次递给字条，好像她欠了他八辈子的债似的，但看着洁苗期望的神情，又不好将这告诉她，只好遮掩道，很好啊，当然了，不能像你这么兴奋，一个男孩子接个字条就高兴得像你那样子，也太没风度了。

景洁苗听了这句话，又恼又乐，对格婷轻轻打了一拳。

嗨，苗苗。格婷用胳膊拐了一下她，说，罗士晨多大了？

跟我差不多，有十五岁了吧，他也是因为家里穷，九岁才发蒙。

怪不得那么老成，像个古怪小老头。但一想到罗士晨那寒酸的穿衣打扮，不知道为什么心里又涌上一股忧愁的心绪。她这个年纪在人前都知道要面子了，他还长两岁呢，肯定也知道讲形象了，学校好多男孩子都开始上定型发胶。可他那一眼就能看到的穷，不知道他内心是有多么煎熬。她突然重重叹了一口气。

春节里元宵节这一天，格婷起床后，发现自己的床单红了一片，她顿时感到一阵恐慌，不知道是怎么了，她是不是要死掉了。她躺在床上不敢起来，一动也不敢动，带着哭腔拼命喊妈妈，妈妈闻声赶来，掀开被子一看，扑哧一笑，还连声给她道喜，她一头雾水，自己都要死了，还喜什么喜啊？她问妈妈，为什么会有血啊？我怎么了？妈妈说，这啊，这就表示你成大姑娘了。接着妈妈又告诉她一些女儿家卫生护理的基本常识，说得格婷的心突突乱跳，妈妈还嘱咐她，以后再也不能像过去那样与男孩子疯疯闹闹了。

啊，有这么严重吗？格婷有点不明白，但直觉告诉她，从此她与男孩子之间有了一条看不见的界线，而且她的生活又将多一桩苦恼又羞涩的麻烦事。

婷婷，起床啦，一会儿还要去上学呢。妈妈出去后，不一会儿端着一碗鸡丝面放到格婷的床头柜上。看女儿闭着眼睛装睡，便把一只冷手伸进被窝里去挠她的痒痒。

哈哈，妈妈妈妈啊，别挠了，痒死了。格婷一骨碌从床上翻身起来，一边躲一边狂笑不止。

赶紧去刷牙，把面吃了，爸爸都已经到学校去了。

格婷打着哈欠，长长地伸了个懒腰，终于过完了寒假，马上可以到学校了，可一想到去学校，格婷又有些顾忌，她如今已经是大姑娘了，不知田丹是不是也和她一样，要是她也是这样就好了，她就有伴了，不知景洁苗是不是也这样了。

妈妈，景洁苗是不是也是大姑娘了？

苗苗啊，她还不是大姑娘，景妈妈正为这事发愁呢。

格婷听在心里，不觉对景洁苗生出可怜之心来。原来成为大姑娘真的是一桩喜事啊，不如此家人还要担忧，遂心底里对自己能成为大姑娘感到一丝丝的自豪了。

下午，格婷便一人背着书包提着行李去学校了，这次不用妈妈送了，去学校的路，她是闭着眼睛也能走到的，所以妈妈很放心。一路上，想着到校后可以见到久未见面的同学们，他们一定会带着家里做的各种吃食来分享，格婷的心里充满勃勃的兴奋劲儿，但一想到上学后又要上课做作业要考试，心里又闷闷不乐了。远远地望见教学楼，恨不得它马上倒塌，这样她就可以光明正大地不上学不读书了。又想着，如果上学没有考试该多好，这样老师同学就分辨不出成绩的底细，打破了分数的界线，他们个个都是优秀生。

到了山坡上的岔路口了，田里的油菜苗已经很高了，格婷一边走一边用手搂着路旁的油菜苗，脚步变得迟缓起来，她清晰地记得放假前，罗克平是站在这条路上送她的，想到这，她的脚步又变得飞快，好像怕人发现这个秘密似的。

已经到了学校了，因为今天是最后一天报名，来来往往的人很多，到处都是吵吵闹闹的。有家长抱怨学费杂费太贵了，要找上面领导反映情况，有骂老师没有教学方法的，有家长叮嘱孩子注意这注意那的，也有小孩子哭着要买东西吃的，乱七八糟，什么声音都有。

不知怎么的，格婷一到学校就有一种沉重、憋闷之感。她习惯性地低下头，大步朝家里走去。

门前收拾得很干净，一把旧藤椅放在门前。梧桐树上有了一点懵懵懂懂的绿意，春天就要来了。格婷的心里窃窃地也有了一点欢喜。她掏出钥匙开门，一切都是老样子，什么都没变，不过爸爸的房里多了一台电视机，她的房里多了一瓶黄色的跳舞兰，虽然是塑料的，可却十分漂亮。格婷飞了过去，对着那花儿欢呼，抱着它转圈圈。看来，爸爸还是很在意她的一些小心思，这让她有点感动。

她想做点什么来回报爸爸，想了想，干脆晚饭就由她到食堂去端，以前爸爸要她去端，她总是不情愿，端那么大的碗在众目睽睽之下去打饭，又晃荡晃荡地端回来，多难为情啊。可现在她不这样看了，她应该去端饭，爸爸一天忙到晚，多累啊，自己理应要替爸爸分担一些。

格婷放下包，看到墙上的钟已经五点了，吃晚饭的时间到了，格婷到厨房拿了两个大瓷碗，将它们洗净，又拿了几张饭票去了食堂。由于三年级要补课，学校食堂是早早就开了火的。刚打铃不久，同学们已经排着长队开始打饭了，格婷穿过队伍向小食堂挤去。

哟，婷婷来学校了，今天怎么是你来打饭啊，爸爸呢？打饭的阿姨热情地与她打招呼。

爸爸他不在家。

外面站的是谁啊？里面传来一个男人的声音。

是余校长的千金。阿姨往里面回应道。

哦，是余校长的千金啊，小唐，分量给足点。男人吩咐着，并亲自端出一份菜来递给格婷，并温和嘱咐她，婷婷啊，下次打饭就别带票来了啊。

婷婷不知道该怎样回答，她觉得这位三十多岁的叔叔对她太多热情了，让她有点不知所措，她只得礼貌地向他笑了笑，然后道了声谢便走了。路上低眼一看，是一份肉末豆腐，顿时感到手心发烫，她今天拿的是一份素菜票，可端出来的却是一份荤菜，她觉得这是一份施舍，她想把它倒掉，可到底也没倒，快快地端回家放在桌上，心里很不是滋味。

等了一会儿，爸爸推门回来了，看着桌上的饭菜，笑了一下，看来很满意女儿的做法，至少以后出门不用担心女儿的吃饭问题了。爸爸说，今天怎么知道肚子饿到食堂打饭吃了？过了一年，还挺有长进的。

爸爸这是在表扬她，格婷有点高兴，看来刚刚的决定是对的。

还是肉末豆腐呢，别的不勤快，牙倒是挺勤快。爸爸拖了个凳子在桌边坐了下来。

虽然爸爸说这话时面带微笑，但格婷听着还是有点别扭，她拿的本是素菜票，可别人却给了她一份荤菜，她已经觉得耻辱了，爸爸还这么打趣她，她更是无地自容了。说实话，这份菜也是为爸爸端的呢，可格婷说不出口。

爸爸，你快吃啊，饭都冷了呢。

哦，我今天不在家吃晚饭，罗镇长晚上请客，我要到他那儿吃饭，你吃了后，把碗洗一下，你不愿意也可以不洗，等我回来洗，完了后，你就去上自习，嗯?

格婷的脸色顿时暗淡下来，一点一点露出失望的神情。她费尽心思端的饭菜，爸爸竟尝也没尝。格婷的喉咙感觉酸酸的。筷子在菜碗里画着圈，但她在竭力控制着自己的情绪，不能让爸爸看出什么来，她狠狠咽了一下口水，响亮地回道，好，您去吧。

爸爸走后，格婷再也控制不住自己的眼泪，任它顺着脸颊流进了饭碗里，这顿饭，她没有吃，吃不下，但她也没有倒掉，走到自己的卧室，裁下一张白纸，提笔写道：爸爸，其实这顿饭是为您准备的。写完后，压在饭碗下，然后她把书本清出来，等天黑了便到教室去上课，临走时看了一眼字条，想了想，又拉下撕成碎片丢进了垃圾桶。唉，何必让爸爸知道这些呢，知道了反而不美。

格婷，寒假过得怎么样？

一般。

你收到了多少压岁钱？

不知道。

你怎么啦？有气无力的，真没意思。田丹气呼呼地站起来，将作业本甩向了前排的罗克平。罗克平回头瞪了她一眼，田丹觉得受了辱，越发生气了，对着格婷咬牙切齿。

格婷有点悲叹自己的命运了，怎么这学期又和田丹坐到了一块儿，她越来越看不惯田丹的那种盛气凌人的姿态了。上学期和她同桌，指望考试能得到一星半点好处，谁知一到考试时，她就把个试卷捂得紧紧的，叫她她不应，踢她凳子她也不理，格婷真有点恼火，平时给她送那么多的墨水、铅笔盒本子都白送了。

喂，你作业做了吗？田丹还在继续以不友好的口气问她。

没有。

那笔记也一定没抄喽。你为什么总是拖班级后腿？

格婷有点烦躁了。她拖不拖班级后腿，轮得到她来指教吗？她索性不理她。

喂，哑巴了，别人跟你说话呢？你有什么资格不理我？每次格婷以沉默来对待田丹，就会让田丹抓狂，她不能忍受格婷当着众人面不给她脸，何况她喜欢的罗克平就坐在她前面。田丹气得用手指着格婷的鼻子。

格婷呼地撑着桌子站了起来，扒开田丹的手指。将手指掸到别人的脸上，照他们乡间的规矩，那是大不敬的行为。格婷憎恶这种轻狂的嚣张。

田丹，请你说话注意点。

你！田丹又一次将手指掸到格婷的脸前，格婷再一次扒开她。恰巧此时罗克平又转过身来，看到了这一幕，田丹脸上顿时失了颜色，连忙坐下来，伏在桌上，哭得天昏地暗。班上早有好事者去办公室叫来了班主任。

田丹同学怎么了？怎么刚来学校没几天就哭了？班主任关心的语调令格婷有些不满，在老师的眼里，差生与优秀生始终是有区别的。

是余格婷欺负她了。一个畏惧田丹想讨好田丹的女生站起来回答老师，格婷向后一看，原来是小容，小容看见格婷在瞧她，眼神有些躲闪。

余格婷怎么回事？老师的语调里含着严厉的责备。格婷知道班主任心里是怎么想的，他原以为格婷是不错的学生，加上又是校长的女儿，刚开始是格外关照，没想这学生一点都不上进，数学竟不及格，这一科是全班倒数第一名，十足拖了班级后腿，上学期班主任就警告过她。别的学生不听话他还可以管教管教，可偏这个学生碍着校长的面子，他还不好太耍手段，而且接纳了校长的女儿，校长似乎也没有对他格外另眼相看，成绩差了，校长似乎对他还有点不满意，他倒是里外不是人了。

肚子憋着气，早就想挫一挫她的心气儿了。

余格婷，你站起来。

格婷站了起来，哀哀低下头。班上静得出奇，一双双眼睛都盯向她。她感到一阵燥热，在这个集体中，她始终有种被孤立的感觉，在这些优等生高傲的脸孔中，她永远都是另类。

余格婷你倒真会逞威风，你仗着谁的势啊你，成绩没跟上来，歪门邪道倒学得快，我教了这么些年的书，学生见得也不少了，还没见过像你这样的，你太无法无天了。

格婷真想冲上去替自己辩解，她根本就没有欺负田丹，反而是田丹一直都在压制她。可是她不敢，她看见旁边一些优秀生眼里对她流露出鄙夷的神色，她更感到一阵寒冷，她动也不敢动了，这个古怪的班级，优秀生是自成一体的。他们都把她当作破坏班级荣誉的后腿。

我再次警告你，你再这样下去，我会告诉你父亲，让他知道他的女儿在班级里都学了些什么。班主任似乎有点失去理智了，说，我还告诉你，马上南边的中学要合过来，两校合一，你爸爸还能不能当校长都两说呢，你最好不要有倚仗权势的心态，给我老老实实做人。

不！格婷抬起头，眼里闪着仇视的光，她恨老师为什么不调查清楚，不分青红皂白就来批评她，完了还要靠家长来威胁她。而且爸爸当不当校长关她什么事，她从来也没有倚仗过爸爸的威风。老师为什么要当着全班的面说这些。她又不是三两岁的孩子，她模糊地知道这些话里面含着的恶毒的讽刺。她感到莫大的悲伤、恐慌、冤枉，泪水无声地流了下来，一滴一滴响亮地滴在书本上，难道成绩差就真的十恶不赦了吗？

田丹同学，别哭了，眼睛哭坏了，还怎么用功啊？

田丹倒是没哭了。可格婷哭得更凶了，可是她没有哭出声，她有自知之明，她的哭声只会遭来厌恶。

一个下午格婷都抬不起精神，郁郁寡欢，幸亏爸爸不在家，格婷暂时不用担心老师会告发她。好容易挨到了上晚自习，格婷的情绪还没有恢复过来，脸上的泪痕清晰可见，那是哭了干，干了又哭的结果，那个诬告她的小容，可能觉得自己做得有点过分了，看见格婷这样伤心有点过意不去。在下第一节晚自习后，小容主动走过来，向她道歉。

余格婷，对不起，我……

听到小容的道歉，坐在旁边的田丹"哼"了一声，这样一来，格婷更为厌恶，她冷冷地瞧着小容，一个面带彩色的黄毛丫头。

余格婷，对不起，对不起啊。

滚！

余格婷，我……

滚啊，滚！

格婷忍无可忍，狠狠拍了一下桌子，说，早知道对不起我，那当初你何必在老师面前诬告我呢？我不过是成绩差一些，竟成了你们的眼中钉了。

气哭了小容，格婷的泪水再一次流了下来，咸咸的，直流到嘴里。

下晚自习后，格婷等全班同学都走完后，才出教室。以前她总是一声铃响便第一个冲出教室，但今天她想体会一下一个人待在教室，一个人下楼梯，一个人走在那长长的林荫甬道上的滋味，那一定是孤寂的，但她要的就是这种孤寂。

在下楼梯时，她被一个背影拦住了，感觉告诉她这个黑影儿是罗克平，格婷冷冷地说，你干什么？

不干什么，余格婷，我只想告诉你，不管怎么样，我都是你的朋友。罗克平真诚地说，把你的手伸出来，我有一样东西给你。

格婷从罗克平的热情中感受到了一股暖流，整个班级中，只有罗克平是她的朋友，他总是默默关心她、理解她、帮助她。她觉得自己并不是那么黯淡无光，一个这么优秀的朋友陪在她身边，也是一桩骄傲的事儿。她像一只流浪的蝴蝶嗅到了春天紫丁香的味道，她伸出手，接到了一个四四方方的有点硬的东西。

晚安。罗克平把东西递到格婷手里后，便逃也似的跑掉了。

格婷看着飞奔的黑影，莫名感到一种羞涩。她握着那个东西迅速下楼，走到昏暗的路灯下，打开手掌一看，啊，是一个折叠得整整齐齐的小纸包。格婷的心顿时像失控的闹钟一样，摆荡不停。她一路小跑到了家门，还好，爸爸没有回来，她关上门，急急地奔向卧室，将门关紧，又拉了一下，锁上保险锁，但还是抑制不住狂乱的心跳，她拉开灯，有点紧张地、小心翼翼地一折一折打开字条。上面写着：

余格婷：

今天田丹和你吵架，老师当众批评你，我认为今天田丹、小容和老师都有点过分了，当时我真想站起来替你辩护，但我努力了几次，却一直没有勇气站起来，只得眼睁睁看着你伤心流泪，看着你受委屈，其实我的心里也挺难过的，我为你感到不平。

写这张字条，我是鼓起了很大的胆量的，我也不知道该不该给你写字条，因为怕被人发现，一旦发现会被人误会我们早恋，这样就玷污了我们的友情。你说对吗？

我还想跟你说件事，上次我们家请客，你爸爸也参加了，听我爸爸与客人交谈，我感觉我爸爸可能要调到县里去了，他不会再当镇长了，爸爸如果调走了，我也可能要转学，转到县里去读。其实我不想去，我喜欢在这儿读书，喜欢和你做朋友，哪怕是限于私底下的，我也喜欢，真的。格婷，我可以认你做妹妹吗？我比你大，再说我也没有什么兄弟姐妹，你能答应我吗？如果你愿意，请你明天将你桌上那本《新华字典》倒着放，不愿意就算了。但愿你会答应。

你的心情好点了吗？不要哭泣了，不管怎样，我都是你最好的朋友，也许还可能成为你的哥哥呢！

祝：开心快乐，学习进步。

罗克平

啊！格婷激动了，她将信紧紧捂在胸口，感动的泪水再次溢出了眼眶，她终于理解了也体会了景洁苗的那种心情。

格婷手里紧紧拽着一沓零用钱，独自一人走在街上，脚步有些匆忙、急促，路过每一家日用商品时，总要在门口踌躇一番，忽而又大步流星向前走去。

天色已经很晚了，街上的路灯都亮了，可格婷还是在急促地行走，手里的零用钱已被她捏得像一团皱纸了。

现在格婷的零用钱很阔绰了，她知道这是妈妈的功劳，前几个星期回家，她在房门外听见妈妈对爸爸说，婷婷现在是大姑娘了，你时不时该给她些零用钱，她买些什么东西也方便些，一个女孩子家家有些事情不好意思向爸爸开口的。

从那以后，格婷便有了零用钱，但格婷从不乱花钱，她也没有需要花钱的地方，吃饭喝水，她不像别的同学那样需要花钱，也不缺学习用品，作业本、草稿纸、笔和墨水，爸爸都是成捆成箱买好码放在家里的，加上格婷没有吃零嘴的习惯，爸爸也不赞同她吃零嘴，所以爸爸给格婷的零用钱都被格婷存在了木盒子里面，每次看着这个木盒子，格婷就有一种富足感。

今天，这钱派上了用场，格婷的月事来了，她得买卫生巾，第一次买这种东西，格婷感到很羞涩、很慌张，想着离学校近的商店买，怕老板认得她，知道了她的秘密，那岂不是要羞死人了，所以就走了很远很远，两条腿都走酸了，前面有一家商店，她决定到那家去买，这儿离学校差不多两里多路了，应该是不会有人认识她了。

阿姨！

小同学，你要买什么啊？阿姨态度倒是挺热情的。

我……格婷低下头，涨红了脸，一只手按在收银台上，来回擦动，这，这怎么好意思说出口呢？

呵呵，买什么？还这么害羞啊，小丫头。阿姨笑容可掬。

阿姨，我买……

哦，小丫头，我明白了。阿姨望着格婷会心地笑了一下，又用手指向柜台一角问，喏，是这个吗？哎，还不好意思呢，这可是小姑娘一桩秘密的大喜事呢。来，我给你包起来，拿好。

格婷接过东西，付过钱说了声谢谢，便夺门而逃。走到友兰书屋门前，格婷抬起手腕看了一下表，时间还很充裕，离上自习还有一些时间，便走进了书屋，奔向青少年读物专柜，挑了一本《十万个为什么之宇宙奥秘》，这是她早就看好的一本书。自从那次罗克平给她写了字条，第二天她把《新华字典》倒放之后，他们之间的关系就更近了一步，可以在教室里当众说话了，有时还可以打打笑笑，这当然引起了田丹更大的怒气。罗克平告诉她，他爸爸调走的事已经落实了，就在这几天便要动身了。格婷听后，心里便觉得十分伤感，班级里一个最好的朋友要离她而去了。她虽然面上表现得很自然，但心里却很难过，但难过归难过，哥哥要走，格婷觉得应该送个什么礼物做个念想。这一分别，谁晓得还有没有再会之时呢？

可送什么好呢？这令格婷很伤了一回脑筋，她利用代数课的时间来思考这事，赠钢笔？闹钟？音乐盒？玻璃珠？嗯——都不好。咦，他以前不是对同学说过他喜欢科学自然，喜欢宇宙奥秘吗？而且他提到过《十万个为什么》，嘿，何不给他买一本《十万个为什么》呢？格婷为这个想法兴奋不已。

一下课，格婷就直奔友兰书屋，一瞧果然有那本书，但当时钱不够，只得放下，但这事格婷却一直牵挂着。

格婷靠在书柜旁，随手翻了几页，字迹印得很清晰，纸张质感也不错，而且钱刚好够。格婷很满意，她大步走向收银台，将书递给老板，结了账，盖了章，格婷走出书店，此时，夜已黑定了，路灯更显得明亮，时间不早了，格婷一路小跑到了学校。

一进家门，格婷首先将那包卫生巾藏在衣箱最下层，然后再书桌前摊开那本有浓浓墨香的《十万个为什么》，格婷的心跳个不停，这是第一次给男孩子送礼物，她想学爸爸的朋友赠书在书本上留字，可又不知道写什么好，晚自习的预备铃已经响了，格婷从竹枝筒里抽了支毛笔蘸了墨写道，小荷才露尖尖角，早有蜻蜓立上头。落款是妹妹余格婷赠。

格婷将墨吹干，然后揣在怀中，急急忙忙赶往教室，刚出门，却撞在爸爸怀里，爸爸刚在县里开了一个有关教育改革的会议，旅程令他有些疲惫，黑色的公文包夹在腋下，在模糊的夜中，更显得威严与高大。

哦，爸爸。格婷心里有鬼，有点胆怯。

嗯？都几点了？爸爸将戴有手表的手腕伸在格婷的面前，不争气的东西，还不到教室去上课，笨鸟还知道先飞呢！

格婷默默走开了，她不想与爸爸争辩什么，她知道争辩是没有用的，爸爸永远都是对的。妈妈说这叫恨铁不成钢。格婷不明白，为什么要这样呢，铁有铁的用处，钢有钢的用处，为什么一定要让铁成为钢呢。

一路想着，便不知不觉走到了教室，罗克平来了，格婷的心静了一下，接着又跳了起来。她决定下了晚自习再给。正好是语文晚自习，老师念了一篇格婷的作文，并且大肆表扬了格婷，这使格婷很高兴，觉得在班上也有了些脸面，为等会儿给罗克平送东西垫了几分自信。晚自习下了，同学们都走了，教室里只剩下格婷与罗克平。格婷坐在罗克平的后面，用脚蹬了他的椅子，喂，回过头来，我有话对你说。

我也有话要对你说。罗克平扭过头来。

哦，那你先说吧。

你先说。

你先说，你先说嘛。格婷有点撒娇了。

好好，我先说。罗克平叹了一口气，顿了顿，说，告诉你，我明天就要转学了。说完怔怔望着格婷。

啊，这么快。格婷虽然做好了要与他分别的准备，可没想到就是在明天。

这是我送给你的小小礼物，留个纪念，哥哥希望你将来能有大出息。罗克平从桌肚里拿出一个包装精美的礼物放在格婷的桌上。

哥，这是《十万个为什么之宇宙奥秘》送给你，希望你将来能实现你当科学家的梦想。

那一晚，他们说了许多话，回忆起了开学的第一天，她提着红塑料桶进校门的情景，他甚至还提起了上学期的墨水事件，所有的回忆都在那一晚上变得晶莹剔透起来，他们谈得忘记了时间，直到后勤处的肖爷爷来关灯，他们才依依不舍地道别。

格婷回到家，已是十点半了，爸爸在他的卧室里看电视，听见门响，大声问了一句，格婷应了一声，便默默回到自己的房间。锁好门，她撕掉礼物上那层漂亮的包装纸，啊，原来是她渴望已久的《席慕蓉诗选》，打开扉页，上面写着："愿诗情与画意永远相伴于你。哥哥罗克平赠。"末角印着"友兰书屋"的图章。躺在床上，不知为何，格婷竟流下了眼泪。

童年的梦幻褪色了

不再是　只愿做一只

长了翅膀的小精灵

有月亮的晚上

倚在窗前的

是渐呈修长的双手

将火热的颊贴在石栏上

在古长春藤的荫里

有萤火在游

不再写流水账似的日记了

换成了密密的

模糊的字迹

在一页页深蓝浅蓝的泪痕里

有着谁都不知道的语句

　　格婷合上席慕蓉的诗集，心中一片茫然，一片苦涩，一片缠绵，她反复地吟着这首《成熟》，觉得诗里的意境与自己的思绪很合拍。

　　这几天，格婷一直在读席慕蓉的诗，没有与班上的同学说一句话，班上的同学也没有一个人搭理她，仿佛她根本就不存在，这令格婷有些不解，她只得罪了一个田丹，怎么引起了全班同学的孤立。格婷坐在座位上，呆呆地想着心事。她将目光停在罗克平以前的座位上，这个座位已经换人了，他走后的当天，班主任就把小容调到这里坐了。这令格婷更加仇视小容，小容知道格婷讨厌自己，便也不去招惹她。可田丹却总在一旁煽阴风点鬼火，故意与小容一唱一和刺她。

　　格婷自从那次与田丹吵架后，她们的课桌便无意之中形成了一道缝隙，这缝隙越来越大，到现在都可以侧身走过一个人了，每次看到这道缝，格婷便觉得好笑。与田丹同桌了近一年，她对田丹还是有些了解的，每次吵架，虽然田丹胜了一头，可到冷战期间，每次都是田丹先低头与格婷取和，取和之后，第一件事就是向格婷索要草稿、纸或是笔记本什么的，仿佛格婷家这些学习用品都是不要钱买的。不过每次格婷都会慷慨赠予。

这次矛盾闹得很深，田丹有些抹不下面来先与格婷说话，但从田丹的一些细小表情中，格婷感觉出田丹有取和之意，于是便将脸绷得更紧。她可再不想与田丹和好了。

小容，你吃早餐了吧。田丹到了教室，抽出一本书一面拍桌子上的灰尘，一面与前面的小容打招呼，声音很大，似乎是有意让格婷听见。

吃过了，你呢？小容满面堆笑地看着田丹，她的目光极力回避着格婷，说，其实我今天是准备到你家开的面馆里去吃的，可一回去，我妈已经都准备好了，所以没有去外面吃。下次一定去你家吃。

嘿，你别总说这些好不好。田丹淡淡地回应了一声，她不喜欢别人触及她的家庭，也不喜欢别人说她家是个开早点铺的，这一切令她会立刻想到那四面黑壁和粗糙杂乱的案板，油腻腻的锅碗瓢盆。她调转话题，问小容，你知道罗克平喜欢谁啊？

不知道。小容说，他不是转学了吗？那么优秀的男生应该也会喜欢优秀的女生吧。小容想讨好田丹，又说，哦，对了，他一定很喜欢你吧。

讨厌。田丹说，你把耳朵靠过来，我告诉你。田丹躬起身，将大半个身体压在格婷的桌上，装着是无意的，胳膊肘还压在那本席慕蓉的诗集上。这令格婷顿生反感。田丹压低声音对小容说，我跟你讲了，你可别说出去，这是靠我个人观察看出来的。罗克平喜欢余格婷。

小容听到这句话，不由得将目光移向了格婷的身上，格婷迅速朝她一瞪，吓得小容一哆嗦。虽然她们说话很小，但格婷还是听得一清二楚，她的脸一下变得阴沉，眼里闪着恨意，她恨不得伸出手扇田丹两巴掌才好。

田丹，你说话注意点。

哟，我怎么招惹你了？田丹有些理亏，说话虽然霸道，那眼神有畏惧之情。

哼。格婷推开田丹，把诗集抽了出来，放进屉子里，说，你最好别惹我。

你！你有什么了不起，不就仗着你爸爸是校长吗，狐假虎威！田丹说着，又气冲冲地将课桌拖开了一些，这下子缝隙更大了，可以横着过一个人了。

全班同学的目光全聚集在她们这里，一个个都似在等着看热闹，而且他们看格婷的眼光都是嘲讽的，大抵都觉得她经常在班上闹事，真是丑人多作怪吧。她仿佛是这个重点班级的罪人，不受他们的欢迎。这些目光令格婷有点胆怯，不想将矛盾扩大了，如果继续吵下去，吃亏的又是自己。这样想，格婷便坐下来，默不作声，打开诗集，重新回到席慕蓉的世界里。

一个差等生，还想在重点班里上课，麻雀掉在凤凰窝里，再怎么也只是麻雀。田丹噘一噘嘴，小声但又很清晰地说道。

没有比这一句更恶毒的话了，格婷觉得这是对她人格的侮辱，她用愤怒的眼光死命瞪着田丹，田丹自知话说过分了，开始不自在起来，回避格婷的直视。格婷知道田丹，她的本意是没有想把这次"战争"推到这步境地的，她与小容讲话，只不过是想引起自己的注意，然后再伺机与自己讲一句和解的话，好恢复以前的关系，她自己也没料到会发展成恶劣态势。但无论怎么，格婷感觉受到了深深的伤害。

眼泪不争气地从格婷的眼角溢出，她感到无助，一种不被理解不被尊重的无助、被孤立的无助，在这个集体中，她始终都有一种异类的感觉。

为什么？这是为什么？格婷在心里一遍遍地追问。她低下头，眼泪一颗颗落在了摊开的诗集上。

五月十五，又一个月圆之夜，格婷在教学楼后面的一块废墟上坐着，废墟旁有一棵樟树，格婷便将头倚在树上，眼睛却机警地瞄着四方，一有动静，便四处观望。

这是一块闲置地，又乱又脏，一般是学校处理垃圾的地儿，很少有人来，正因为这里无人问津，格婷与罗士晨商量，以这个地方作为他们传递字条的场所。

他们商定，以每星期一和星期四下晚自习后，在这里接头，星期一，格婷把景洁苗的字条给罗士晨，星期四罗士晨把跟景洁苗的回信给格婷。这种往来他们已维持了近一个学期，今天是星期四，格婷在这里等罗士晨的字条。

咳，咳！

咳，咳！

这是两人接应的暗号。

接着一团黑影闪在格婷的面前，由于树木茂盛，形成一大片阴影，唬得格婷倒退一步，脚踩在一块凸凹不平的水泥砖上，差点跌倒在地，格婷不觉有些气，说，你哑巴了吗？每次都是这样，也不打声招呼，我欠你什么债了？

校长千金，这是给景洁苗的字条，谢谢你了。

还是那种冰冷的语气，格婷忍不住打了一个哆嗦，她每次站在罗士晨的面前，都有一种莫名的胆怯，他脸上惯有的那种自尊和早熟，总给格婷一种折服感，让她心甘情愿充当她的捎信人。不过时间久了，她也习惯了，以为这人天生就是这样的冷漠。但好几次，格婷在下楼梯时，或是打饭时，都看到他与别人开心地交谈过，并且与女同学也讲过话，那个时候，他并不是这样的面孔。

这种棺材板似的面孔是专门摆给她格婷看的，格婷便不能忍受了。班上孤立她，爸爸奚落她，现在连外班的人也侮辱她，她恼怒了，悲伤与愤怒一起涌上心头，罗士晨，你什么意思，你凭什么这样对我？

罗士晨没有理她，身子一扭便往回走。

站住。格婷一把抓住他的衣服，由于用力过度，做工很差的衬衣被扯破了，这令格婷有些手足无措，急得眼泪在眼眶打转，但她没有收手，她还在追问，你今天跟我说清楚，我到底哪里得罪你了，你凭什么要这样对我，为什么？为什么？为什么？

激动使她的语调提高了很多，她忘了这是学校。

你小声点，疯了吗？罗士晨用手捂着撕破的衬衣，急得直跺脚。望着格婷泪水涟涟的脸庞，他轻叹了一口气，说，你想知道原因是吧？好，我今天就告诉你，你知道你是怎样进的重点班吗？

我……格婷摇了摇头。

我告诉你吧，我本来是重点班的学生，我小升初考试考了三百八十四分。但重点班人数只有五十个人，只因你是校长的女儿，指标只有五十个，我就被你挤掉了，我被调到了普通班。他们给我的说法是我的班主任喜欢我，硬把我要去的，可是我心里知道这里面到底是怎么回事。

格婷愣住了，惊呆了，她瞬间明白了，明白了罗士晨为什么从一开始就对她怀有敌意。

她不敢面对罗士晨了，她仓促逃走，一路狂奔，她感到心在滴血，最后一点可怜的尊严淹没在了罗士晨的面前。她恨爸爸，为什么擅自做主，将她安排在重点班里，这种手段一点都不光彩。爸爸啊爸爸，我恨你。格婷在心里一遍遍呐喊。

在家门前，格婷从窗前窥见爸爸的卧室里有电视机屏幕反射的荧光。她使劲拍门，她要保持这种愤怒，只有这样，她才有勇气去跟爸爸对抗。

干什么，干什么？头发着了火了？没点女儿家的样子。爸爸将门打开，一脸的看不惯。

爸爸，您为什么要把我安插在重点班？格婷有点哽咽，说，您凭着您是校长，就把罗士晨删掉了，把您自己的女儿排进去了是不是？您为什么要这样做？您这样子做，一点都不光彩。

爸爸被格婷责问得一头雾水，说，你说什么？

我根本就不是重点班的学生，这个我一直都知道，我知道我进去是因为您，可是我一直不知道的是，您为了把我安排进去，却把一个优秀的学生，一个本该在重点班的学生挤到了普通班，你这样做是不公平的。

你进重点班不好吗？爸爸还不是为你好，重点班的老师都是大学生，教学质量过硬，有利于你的学习啊。

我说的不是这个，我说的是您不该把罗士晨删掉，我不该占用人家的指标进这个班。

你在胡说八道什么？罗士晨是他的班主任硬要过去的，他班主任跟他是一个村，在小学就教过他，很喜欢他，那孩子的家人也觉得在这个班主任班里很放心，怎么说是学校把他分派在普通班的呢？说起来，这不是你占了他的指标，是他刚好腾了个位置，我们捡了一个便宜。

我不信，我不管，您不把我调回普通班，我就不读书了。

不读书，不读书你去干什么？给你捉两头猪回来，你回家去喂猪好不好？没志气的东西尽讲些没志气的话。在班上学习不搞，一点到晚搞些歪门邪道，听些胡说八道的话，你若把心用在学习上，这些胡言乱语自然就传不进你的耳朵里。爸爸走进卧室，关紧房门，他决定不再搭理女儿了，但从房里又传来一句话，开水在你卧室里，快点洗，洗了睡觉，明早又起不来。

起不来算了，反正我不上学了。格婷嘀咕着回到卧室，用力推房门，将门窗震得一响。

这夜，格婷很晚才入睡，她躺在床上辗转反侧，她想到以前景洁苗跟她说过，说他应该是在重点班的。当时她没在意，现在串起来想，全明白了。她感到一种罪恶、耻辱，这种感觉令她有种被麦芒扎的疼痛。

她起床，借着月光走到书桌前，拉燃台灯，提笔给罗士晨写了一封信。

罗士晨：

　　你好！

　　面对这陌生的笔迹，你一定会感到惊讶吧，惊讶我会给你写信。

　　当我知道这件事后，我的心里非常难过，非常痛苦，我回家，与我父亲吵了一架，我恨他这样做，虽然父亲与我解释了，说法跟你知道的是一样的，说是你的班主任跟你是同村人，他把你硬要过去的，可我跟你一样，不信这样的说法。其实我并不渴求在重点班里读书，在这个班级中，我是被孤立的，我没有朋友，主课老师们除了语文老师，都不喜欢我，虽然老师们上课点我回答问题的次数很多，排座位给我排在黄金座上，但我知道这一切都是看在我父亲的面子上，其实这仍然是一种不平等待遇，我每天都生活在沉默中，唯有在沉默中，我才能享受一下自我。

我害怕上课，除了语文课，所有一切的课程都令我头疼，你一定会觉得我很笨吧，在你们这些优秀生眼里，我们差等生就是一只丑陋的乌鸦吧，对吗？

景洁苗是你的好朋友，也是我的好朋友，看着你们用字条传递彼此的心意，我也很替你们欢喜，我是心甘情愿为你们传递这份心意的。我希望你们的友谊能天长地久。另外我会向我父亲抗争，我不想再读重点班了，如果父亲不同意我转班，那我就不读书了。

我希望你能原谅我，其实我很希望与你能成为朋友，不过假使你不能原谅我，就继续恨我吧，我不会怪你的。

余格婷

写完信后，格婷才感到一阵轻松，她下定了与父亲抗争的决心，死不让步。她也决定不管罗士晨原谅不原谅，明天上课前，她都会把信交给罗士晨。带着这样的想法，格婷蒙蒙眬眬入睡了，第二天一大早，被一阵闹铃声吵醒，格婷睁大眼，恨恨地瞪着床头的闹钟。

婷婷！婷婷！余文勇在闹铃响过之后，就习惯性地叫女儿起床了，他的声音很大，住左右隔壁的老师们都能听见，说这是余校长在喊他家那只"渡船"呢。

哼！格婷侧了一个身，用手蒙住了耳朵。

婷婷，婷婷，都六点钟了，要上早自习了，怎么还不起床？爸爸见她房里还没有动静，便拧开了格婷的房门，见格婷一双眼睛睁得贼大，又好笑又好气，说，快起来，马上要考期末考试了，还这么懒。

您把我转到普通班去。格婷爬起来大声地说，我不想在重点班里了。

你又说胡话，班级又不是菜园子，你说进就进，你说出就出。

我不管，反正我是死也不会再读重点班了。格婷想到那种被同学孤立、鄙视和老师看在爸爸的面子上偶尔施舍的重视，她就感觉心酸。爸爸怎么就不能理解她呢？难道这就是代沟吗？她渴望回到从前，回到那个能在爸爸怀里撒泼打滚的童年，回到那个爸爸动不动就捉住她将她举高高然后用胡子扎她脸的童年，那遥远的父爱……

好好好。爸爸妥协了，既然女儿这么强烈的要求换班，可能里面还是有些深层次的缘故。爸爸说，我答应给你换班，不过也要等到下学期才能换，这学期不可能换了。

看爸爸的语气软下来了，格婷也不好意思再争辩下去了。这学期已经快结束了，自然是不能换班了，但只要下学期能换，也是可以的，这就意味着，她快熬出头了。

格婷迅速穿好衣服，飞快洗漱，在爸爸的监视下，奔向教学楼，到了教室才发现，头发上还插着一把木梳，格婷听到周围有窃笑声，笑声里并没有多少善意，她从眼里的余光瞄见田丹正掩着嘴，脸上露出一种鄙夷的神色，这令格婷忍无可忍，一种维护自己尊严的冲动迫使她站了起来，冲田丹吼了一句，笑什么笑，有什么好笑吧，有病吧。

　　你骂谁呢？田丹接过话，说，你自己才有病呢，神经病。

　　你敢再说一遍？格婷豁出去了，反正她在这个班也待不长了，她还怕什么呢，她要讨回她失去的尊严，差等生也是有人格的。

　　说了又怎么样。我就要说。田丹拍了一下桌子，说，神经病，神经病。

　　啪的一响，格婷一巴掌扇了过去，结结实实地落在了田丹的脸上。

　　格婷愣住了。

　　田丹也愣住了。

　　全班同学的目光再一次集中在格婷身上，理智恢复过来，格婷感到一阵惶恐。

　　余格婷，我要到办公室找老师去，你等着。田丹蒙着脸跑出了教室。

　　格婷脑子一片混乱，闹哄哄的，她隐隐听到周围同学的议论，似乎都是在指责她，觉得她是多事的，成天在班上兴风作浪，有几个同学居然用幸灾乐祸的眼光看她，格婷的心怦怦乱跳，身上像是压了五百座大山，不能动弹，她能预感到接下来会是怎样的暴风骤雨。

走廊上响起了沉稳的皮鞋声，班上顿时安静下来，格婷的心也蓦地缩紧——班主任来了！

田丹与班主任一起走进了教室，田丹在前，虽然眼睛里还汪着一坨泪水，显得多可怜似的，但脸上更多的却是一种胜利的神情。她跑回座位上时还带了一阵风，令格婷打了个冷战。

余格婷，你真不得了啦，在重点班里骂人不说，还动起手来了，你这是仗谁的势啊？班主任总是喜欢听一面之词，大凡是成绩好的，在他面前说什么就是什么。成绩稍差一点的学生在他面前说啥都像是在放屁。班主任猛地提高音量，说，告诉你，像你这种行为和大街上的流氓地痞是一个样，正儿八经的事儿一样不会，歪门邪道一学就精，你快点向田丹同学道歉。

格婷感到屈辱，那一刻她恨透了这个老师，恨他因偏爱而产生的不公平。

听到没有，向田丹同学道歉。

不知是什么力量，格婷居然高傲地昂起了头，一脸的不屈服不妥协。

班主任被这种态度激怒了，他将教科书重重地摔在讲桌上，大声吼道，余格婷，你要么道歉，要么回去把你父亲请来。

格婷被这句话震呆了，她身子颤了颤，有点犹豫，要不要支撑这份虚空的自尊。毕竟道歉和请家长之间，她是死也不会去请家长的。请家长是对学生最严重最深狠的责罚。她想道歉算了，就跟妈妈说的一样，不就是舌头打个滚吗，一句对不起就可以一了百了的事，何必因为一份尊严搞得到时难收场呢？

可这句对不起好难说出口，她试了几次，没有成功。她本没有错，何来对不起。她僵持着，班主任也僵持着，整个班级都僵持着，教室里一片安静。忽然一阵电铃声响过，伴随着铃声的还有外面如潮的脚步声，敲饭碗的声音，整个教学楼开始沸腾，这个教室也开始在这沸腾中翻滚起来，班主任有点不能把控局面了，如果耽搁下去，等食堂的饭点一过，这个班级的学生就会饿肚子，他只得在仓促中朝格婷狠狠瞪了一眼，然后下了课。

唉。格婷的心不仅没有得到轻松，反而愈加沉重。这个班级不热爱她，排斥她，她也不热爱这个班级，她没有能力去证明自己的优秀，不如破罐子破摔好了……

格婷第一次觉得暑假太长了，在家里待得烦躁，她巴望着快点开学才好。也不知怎么的，最近心情总是不好，动不动就觉得有股火气在胸中蹿，几次想找景洁苗去谈心，可都没碰着人，景妈妈说她已到了学裁缝最关键的一年了，手上的活儿多，每天天不亮就要去，天大黑了才能回来。少了景洁苗说话，格婷觉得太没劲了。

自从那次在班上与班主任闹矛盾后，爸爸对她更严苛了，态度也更加粗暴。他为那事狠狠地教训了格婷，精神羞辱，肉体惩罚，还用上了鸡毛掸子，一顿劈头盖脸的好打，打得她第二天身上青一块紫一块。而且那晚爸爸罚她跪了大半夜，接连几天走路都一瘸一瘸的。因此她也与田丹彻底绝交了，在班上更是桀骜不驯，只要班主任说一句不中听的话，她就拿大眼珠子去瞪他，口不服心也不服，她反正是豁出去了。

如今格婷身体上的疼痛已经消失了，但她的心里却充满了仇恨，她大概有两三个星期都没与爸爸说过话，更没叫过他一声爸爸。实在是有话非说不可了，她就用粉笔在黑板上留言，没称呼没落款。好几次爸爸叫她，她也不理，只当是没听见。重新开口叫爸爸还是放了暑假回到家后，妈妈教导她，轻言细语地告诉格婷，爸爸永远是爸爸，爸爸教育你，方法虽然不对，但初衷是为了你好，要原谅爸爸的错误，天下无不是的父母，父子无隔夜之仇，等等一大堆的道理，反反复复像唐僧念经一样，格婷实在拗不过妈妈，她爱妈妈，便不想让妈妈为难，那天爸爸从学校回家，她找了个机会叫了一声爸爸，总算是父女重归于好了。

这样一来，倒坚定了爸爸给她转班的心念。能转班，是格婷最期待的事情，最好能转到一（三）班，哦，应该是二（三）班了，这样就可以和罗士晨在一个班，以后给景洁苗传字条也方便些了。想到这，格婷还是有点小兴奋的，她与罗士晨的关系已经改善了。格婷把那封信偷偷给他后，他很快就给格婷回了一封，语句非常诚恳，说以前错怪了她，他要向她道歉，并且答应与格婷做好朋友。果然，格婷此后碰到他，他都是笑脸盈盈，主动与她打招呼，这令格婷快乐极了，觉得长期受压抑的心情得到了一些缓解。有一次食堂人太多，她落在后面，罗士晨还帮她插队打过一次饭呢。这也让格婷心生感激。在罗克平转学不久的日子里，她又有了一个异性朋友，他与罗克平一样关心和帮助她。

她曾为这件小事写过一首诗。

我在高楼眺望远方

远方有秋天和冬天

可我却看见了春天

你看你看

那田野是不是有了朦胧的绿意

门前的梧桐是不是也发了新芽

哦，它们一定是知道了我的心思

我要把这个秘密

藏在白色的云朵里

如果是风，那就是远方的你捎来的问候

如果是雨，那就是你的深情

这首诗写了之后，就被格婷撕毁了，她怕留着不小心被爸爸发现了，爸爸会从诗里窥探她的心思，她怕被爸爸理解成早恋。早恋——多么难堪多么羞耻的事情啊。

我这叫早恋吗？我会早恋吗？

格婷曾这样深深地问自己。

一上午格婷的脑袋都被吵麻木了，耳朵边像是有一万只蜜蜂在嗡嗡飞。她不断用自己弱小的身躯抵挡后面如潮涌的人群，这些给学生报名的家长此时全没有了怜惜之心，都只顾着看自己孩子班级的名录，压根儿都不注意到把一个小姑娘挤得脸都贴着墙壁了。格婷一面反抗四处的压力，一面大声说，不要挤，不要挤。但没用，人群已将小小的格婷淹没了。

这个镇里有两所中学，格婷所在的中学是北中，还有一所南中，以前两所中学各管各的片区生源，但后来北中发展得比南中好，教学质量过硬，每年考上重点高中的学生在全市的排名都很靠前，不少外乡镇的学生都舍近求远地转到北中来读书，北中也不断扩建。这几年，听说南中那边的生源大量流失，而且也听说南中那边学风不好，管理也很松散，学生们打架斗殴、抽烟酗酒的都不少。今年市教委下了文件，要求两所中学合并，把南中彻底砍掉。那边的学生过来后，除重点班的学生不动外，其他班的同学与南中的学生进行混合编排，重新分班。校长依然是格婷的爸爸。

格婷终于看见自己的名字了，排在罗士晨的后面，他们同在一个班级，二（三）班。

一切如格婷所愿，她很是满足。挤出人群后，不禁哼起了歌儿。她很喜欢两所中学合并，因为这又是一个新环境，她喜欢新环境，她有信心在一个新的环境里重塑一个全新的自己，一个讨人喜欢，开朗热情的新形象。

喂，前面的女孩，你掉东西了。

喂，那个穿红衣服的女孩，你的头发掉了。

格婷停止脚步，看了一下自己的衣服，又疑心地摸了一下头，哦，刚才看名单榜时，把辫子上的头花给挤掉了，她回过头看见一个穿白衬衣的大辫子女孩向她追来。

是你的头花吗？从你头上落下的。

哦！是的。格婷接过头花，感激地笑了笑，谢谢你。

你真漂亮。哦，不用谢，你是这所中学的吧？

嗯，你是南中的吧，现在是几几班的？叫什么名字？格婷很感激她的赞美，于是对她也热情起来。

我是南中的。白衬衣女孩变得有点扭捏了，我是二（三）班的，我叫白子莲。

啊，太好了！格婷乐得蹦了起来，她拉着白子莲的手甩了圆形，说道，我也是二（三）班的，你的名字真好听，我的名字比你的难听多了。我叫余格婷，我爸是这个学校的校长，你有什么为难的事，比方对宿舍对教室的分配不满意的找我好了。行李备齐了吗？领教材了吗？

哦，余格婷，多好听的名字啊，像琼瑶小说里面的主人公一样，多么有诗情画意。白子莲受到格婷的感染，也变得大方多了，你倒热情，我什么都好啦，只等上晚自习了，咦，今天排座位，我俩坐一起吧，我先去教室，给我们占座。

好啊，好啊。格婷高兴地伸开双臂拥住了白子莲。

子莲，子莲！远处一个慈祥的老人在叫。

哦，我爸爸在叫我呢，我先走了。白子莲向格婷道别后跑到那位老者身边，爸爸，爸爸，您叫我干什么？

子莲啊，爸爸把钱给你交齐了，收据你拿着。说着从里面衣服口袋里摸出一个纸袋，小心翼翼将一张收据递给子莲，别弄丢了，你是个细心的孩子，你收着我放心，万一学校有遗漏的地方，这便是个凭证，伙食费我给你班主任打好了招呼，缓几天交，不碍事的，家里现在钱吃紧，等老板给我结了工钱，就给你送来。

知道了，爸爸。子莲一阵心酸，头垂得低低的，她感到一阵愧疚，她的喉咙有点哽咽，说，爸爸，您回去吧，路上一定小心点哦。

哎！你把心放在学习上，别惦记家里，噢。

嗯。子莲使劲地点了点头。

看着这一幕，格婷忽然间有点感动，一种异样的感觉从心里升起。她以前的同桌田丹是截然不同的两个人，前者高傲、霸道、冷酷，后者质朴、热情、和善。她觉得白子莲是一个能体谅人很懂事的孩子，她对子莲有一种自然而然的亲切感。

啊哈，星期五，真是一个好日子！

站在教室的课表前，格婷猛然间发出了忘情的感慨，惹得全班同学都望着她，格婷有点紧张，但她立即看出这些目光都是善意的，白子莲和罗士晨都冲着她微笑，一股暖流瞬间在格婷胸中涌动。望着那些真诚单纯的目光，她觉得这才是可爱的同学们，可爱的二（三）班。

格婷，星期五是什么好日子，把你高兴成这样？子莲坐在第一组第二排的座位上问她。

告诉你，星期五的课排得太妙了。格婷回到座位上，对着子莲说，上午是两节语文课、两节政治课，下午是两节美术课、两节劳动课，然后放学回家，哈哈，你说好不好啊？

呀，这真是太好了。星期五确实是个好日子。呵呵。子莲从抽屉里拿出一本书，看样子是小说，翻了翻，又问格婷，你喜欢上美术课吗？

喜欢啊，要知道我的绘画还是不错的，只不过我爸爸不喜欢我画画。

我也喜欢画画，你猜，我们的美术老师会是什么样子？子莲用手支撑着下巴询问格婷。

不知道，希望不是一个糟老头。不然就跟"美术"这个词不搭了。

呵，我希望是一个糟老头。坐在后面的罗士晨对格婷说，笑嘻嘻地向格婷扮了个鬼脸，说，并且越老越好，最好白胡子拖到地上，那才是真美术呢。

老你个头，你个乌鸦嘴。子莲笑骂他，将手中的书轻轻打在罗士晨的头上。

星期五，美术课。

上课！

起立，老师好！

同学们好，坐下。

这学期，由我给大家上美术课，首先，我自我介绍一下，我姓石，名天晓。说着，这位石老师转身在黑板上写了"石天晓"，字写得刚劲有力，运笔流畅，这一手好粉笔字，博得了同学们的掌声，石老师笑了一下，脸也不禁红了起来，他用手示意不要鼓掌，这是我即兴书写，让你们见笑了，我呢——我是师范学院美术系刚毕业的学生，来到这里担任你们的美术老师，第一次当老师，希望同学们能多给我提一些宝贵的意见，让我们共同进步！说着还向着学生们深深鞠了一躬。

教室里又是一片热烈的掌声，白子莲鼓得最为卖力起劲，没有哪位老师像这位老师一样放下身段平等地对待学生，他以一种和蔼的、平易近人的态度和阳光帅气的形象一下把学生的心拉近了。

格婷，你觉得这位老师怎么样？白子莲一边鼓掌，一边将脸凑到格婷的肩膀上。

嗯，不错啊。格婷停止了鼓掌，对白子莲由衷地点了一下头，人也挺年轻，长得也蛮潇洒。

哟。白子莲不禁红了脸，有点不好意思，仿佛格婷这句话说出她的心里秘密似的，说，你也觉得石老师长得潇洒吗？

当然啊。我又不是瞎子。呵呵。

呵呵。

好，现在我们开始上课，请同学们安静。石天晓用黑板擦敲了一下讲桌，目光也盯在了格婷这排座位上，这令格婷与白子莲有点羞愤，双双自觉低下了头。

哈哈，挨批评了吧。罗士晨在后面小声地用卡通式的怪调奚落格婷与白子莲。

格婷正要瞪他，却看见罗士晨冲她扮了一个滑稽鬼脸，格婷忍不住"扑哧"一笑。

好了，同学们，我们今天上第一堂美术课，我也没什么准备，这样，我们来欣赏一幅画。石老师说着，从随身带来的文件夹里取出了一张铜版纸，将它一一打开，然后用几枚压角贴固定在黑板上。石老师说，这是现存于法国卢浮宫的、震惊世界的一座女性雕像——断臂的维纳斯。

格婷抬头一看，赫然映入眼帘的竟是露出两团浑圆乳房的半裸体断臂女像。天啦！格婷紧张得不敢再抬头观看，脸上红通通的。她不知道为什么会这样，也许是因为她也发育了，她觉得这是女孩子最羞涩也最珍贵的秘密，是不能这样敞开在天光下的，可今天却毫无保留地被人看光了，特别是班上还有一群男孩子呢！

果然，班上的男生有几个已经在捂着嘴嘻嘻地笑了，教室里有些躁动，连罗士晨也嘻嘻笑了几声，这便令格婷更发虚了。她坐在板凳上犹如坐在针毡上，她希望这堂课快点过去，太难熬了。

晚上，格婷进教室，看见白子莲一人坐在座位上，脸望窗外，那副凝重的样子，不知在思考什么。

吃饭没有？一个人坐在这里发哪门子的呆啊，像林妹妹似的，难道你也有一肚子不能说的心事？格婷一连串的话像打机关枪似的发射出来，令白子莲笑了一下，格婷，你真像琼瑶小说里的人物。

哈！格婷一屁股坐在桌子上，转到这个班级后，格婷很多地方都变了，变得开朗活泼了许多，自己也觉得在这个班集体中有了许多闪光点，她的数学英语等功课从前在重点班不算什么，可在普通班，名次就靠前了许多，而且她还担任了语文课代表，以前在重点班就算她的语文考全年级第一，班主任也不选她当语文课代表，如此学习的兴趣和自信也就一点一点增加了。她在这个班里每天都乐呵呵的，她对子莲说，嗨，如果我没记错，你这好像是第二次和我提琼瑶这个名字了，第一次是开学，你说我名字像琼瑶小说里的，如今，你又说我这个人像琼瑶小说里的，这琼瑶是个什么人物啊，让你像着了迷似的。

白子莲经格婷这么一说，倒有点不好意思了，她知道琼瑶小说就是言情小说，像她这个年龄段，又是初中生看琼瑶小说那在老师家长眼里都是要不得的事，可是她又不能否认琼瑶小说的精彩。她对格婷说，其实琼瑶的小说还是挺好看的，挺有文采，你要是喜欢，我可以借你一本看看。

好，快给我一本看看，我倒要看看有多美，书名是什么？

《窗外》。

早晨天灰蒙蒙的，还没全白，但整座学校已是书声琅琅了，这所学校从办学开始，就有朝读的习惯，每天格婷都是被这种读书声吵醒了，然后急忙洗漱，披头散发奔到教室的。

今年，两校合并后，学校一切都步入正轨后，爸爸就很少在学校过夜了，白天忙完学校的事，然后等格婷就寝后，便回家，学校离家并不远，总共不到五里路，抄小路走，十五分钟就可到家。格婷曾向爸爸提过要求，何不把妈妈弄到学校里上班，学校食堂啊后勤也都是老师家属在做，如果妈妈来，不会比那些家属做得差，可爸爸说学校里很多老师家庭都有难处，只能尽量先解决别人的问题，如果自己因是校长便总是都考虑自己家人，别人就会觉得不公平，会伤了困难老师的心。格婷觉得爸爸说的也有道理。妈妈也总是教育她，做人不能光讲私心，还是要讲讲公心。

不过爸爸回家便给了格婷许多自由的空间，她每天下习后，便快速洗澡上床，等爸爸来检查，爸爸进来后，她就赶忙把眼睛闭上，假装睡着了。爸爸替她压紧被子把门带上后，她的眼睛就睁开了，等爸爸带上客厅的门，她已从床上坐了起来，等爸爸的脚步声渐渐远去后，她就把灯拉燃，从床底下拿出琼瑶的小说津津有味地看起来，这个时候是格婷最惬意的时候。

琼瑶的书对格婷很有诱惑力，她第一次体会到了男女之间朦胧的感情，《窗外》已被她看完了，但是意犹未尽，便又找白子莲要了一本《烟雨蒙蒙》，格婷感觉她的情感一下子变得丰富、敏感起来，她也因小说中涉及的感情，想到了她与罗克平，景洁苗与罗士晨之间的关系，这算是恋爱吗？

格婷在现实中，时常被"恋爱"这两个字诱惑着，又恐吓着，她一方面觉得"恋爱"是神秘的甜蜜的，一方面又觉得"恋爱"是罪恶的，格婷时常在课余时间与白子莲偷偷讨论这些话题，因为都读了琼瑶的书，谈话便有了共同语言，她们常常分析文中主人公的优点和缺点，讨论他们爱情失败或成功的原因，在这种交谈中，格婷与白子莲的友谊也日渐深厚起来。经常是姐妹相称。

格婷刚上楼梯，朝读铃便响了，同学们一下子像洪水放了闸一样涌向楼梯，格婷只得转身向回走，如果这时迎面上，逆行，会被挤成肉酱的。

余格婷，余格婷。罗士晨在人群中喊着格婷。

格婷远远在一旁，瞧着罗士晨想挤又挤不动的焦急样子，便觉好笑。肯定又是给景洁苗递字条，听说景洁苗马上要到南方去打工了，不知道罗士晨到时会怎样。不过这个傻瓜也是傻，他们在一个班级里，递个字条要那么费劲吗？

好容易，罗士晨才挤下来，走到格婷面前，从口袋里掏出一封信件给她，这是罗克平托我转给你的。

罗克平的信？格婷有点不能相信，但看了信封，确实是的，不禁有点儿紧张，加上罗士晨这么明目张胆地送信给格婷，引起不少议论的眼光，让格婷更加慌乱。

一路上，格婷都被一种兴奋幸福的感觉胀满着。回到家里，格婷锁紧门，用剪刀齐齐整整剪开信封，小心翼翼展开信笺。

格婷妹妹：

见信愉快！

首先希望你能原谅我没能及早与你写信，你一定很生气吧！在学校的生活还是不是像以前那样压抑？班上有人和你谈心说话吗？我们现在都已经是二年级的学生了，功课也比以前繁重些了。不知道你现在学习方面如何，是不是对代数还是那么恐惧，建议你多多掌握一些学习的方法，试着自己独立地去解一道代数题，沉下心，有耐心一点，不要害怕错误，只要解通了，兴趣就会增长起来的。

我现在已经是城区内重点中学奥赛班的学生了，整天除了做题就没别的事，老师们一个个像阎王一样监视你，让人没有半点自由，不过我也已经习惯了。估计全中国的中学管理都是一个样吧。不是说考考考，老师的法宝，分分分，学生的命根吗？市区的同学一个个都心高气傲的，看不起这个，瞧不起那个，我对他们也有一些罅隙，害怕与他们接触，也不敢与他们做深刻的交谈。现在我才真正理解你那个时候内心的苦闷。

别说这些伤感的了。谢谢你送给我的那本书，真好，我一直都把它带在身边，没事的时候，就拿出来翻阅一下，这使我获益不小，有了比同龄人更开阔更丰富的视野与知识。我觉得你也可以阅读一下。对了，我送给你的那本诗集不知你看了没有，还喜欢吧？我想你一定会喜欢的，只有诗才能渗透你多愁善感的心。

好了，就这样了，你不必与我回信，因为我们班主任对我们的信件管理得很严格，以免出现麻烦，不过，我会经常给你写信的，来信让罗士晨转给你。

祝：前程似锦，天天开心。

哥：罗克平

读完信后，格婷心里平静了下来，没有了先前那种心潮起伏的感觉，她之前以为信里会有一些别的什么内容，具体什么内容她也说不上来，但看到信里的话语这么平淡，心里有些失落，但同时也有些庆幸。如果真有那些个内容，她还不知道怎么办呢!

格婷将信默默收好，放在樟木箱子底层。走到屋外，在梧桐树的光影里发了会儿呆，刚抬头，便看见爸爸一手拿着收录机，一手提着一大袋小笼包子走来了。收录机播着国际新闻，不知又是哪个国家发生了内乱，爸爸一脸沉重。

爸。格婷心虚地招呼了一声。

爸爸没有理睬格婷的话，径直走向屋里，将包子放在桌上，又洗净了两个碗，两双筷子，对着窗子喊了一声，快来吃早餐。

格婷应了一声，坐到桌前，用筷子先夹了五个小汤包给爸爸碗里，又夹了两个到自己碗里。

你今天上自习迟到没有？爸爸问她。

没有。格婷回答得底气不足。

我今天在街上碰到你们英语老师，她说你今天早上没有上自习，是怎么回事。

这一下格婷心乱如麻了。后悔昨晚不该一口气把那本《几度夕阳红》一口气看完，睡迟了，早上起不来，耽误了上课。

下次注意些，把闹钟的时间适当往前调一点，读书的人怎么能贪睡呢!

爸爸对这件事的态度倒让格婷有些吃惊，她已经做好了迎接暴风雨的心理准备，没想到爸爸竟这么轻描淡写放过了她，好像还很理解似的，格婷一阵窃喜，早知道如此，就该向爸爸如实坦白，便态度诚恳地回答了一声"好"。这声"好"令爸爸很满意，便和格婷谈了一些日常琐事，这餐饭倒吃得有滋有味的。

格婷没想到景洁苗这么快就去了广州，她竟不知道，昨天放假回去，听景妈妈说已经走了两三天了，格婷有些不解，景洁苗曾对她说过，等过了年出了师才出去的。景妈妈没讲几句眼圈便红了，说景爸爸在工地上做事摔断了腿，老板没有赔一分钱，家里顶梁柱倒了不说，还得花钱去治病，穷人的孩子便只有早当家了。眼看景妈妈都快要流泪了，格婷不便多问，孩子气地安慰了几句，便郁闷地回了家。第二天下午赶到了学校，坐在教室前的阳台上朝着远方发呆，不知为何，心情颇有些沉重。

喂，这位同学，问你一个人。

冷不防一个陌生的声音响在耳边，吓了格婷一跳，睁开眼一看，原来是二（二）班的田浩波，一只手上缠着一圈白纱布。他是从南中合过来的，格婷与他没有什么接触，只是田浩波平日里一副吊儿郎当的做派，常挨老师的批评，每逢升旗仪式后的校领导训话环节，他都要作为反面典型站在台上去亮个相，所以很出名，格婷认得他。格婷问，你找谁啊？

哦，我找白子莲，她来了没有？

白子莲？格婷疑惑地瞟了他一眼，问，你找她干什么？

我跟她是同一个村的，我找她有一点事。田浩波顿了一下，对着阳台扬了扬头，偏过来说，嘿，你真过瘾啊，我问白子莲来了没有，你回答一声就行了，怎么倒质问起我来了，我也是傻得可爱，竟也乖乖向你说明了。

格婷不禁笑了笑，她觉得南中那边的男孩子比这边的男孩子要风趣一些。格婷便也放开了，两人在一起扯起闲篇来，共同谈论了他们认识的老师，给那些他们不喜欢的老师起绰号，以此发泄他们不满的情绪，田浩波最讨厌那些偏心的老师，他们不问青红皂白，只一味把优等生捧到天上，把差等生打入地狱，常常在班上对差等生冷嘲热讽，只要是成绩好的，打人骂人了都不打紧，成绩差的，只要在卫生大扫除上偷一点点懒，便是十恶不赦。对于田浩波的这种体验，格婷很能理解，她也有过那样一段痛苦而自卑的经历，不自觉便为田浩波声情并茂的演说喝彩。田浩波越说越有劲，惹得格婷哈哈大笑。

干什么呢，这么吵。

哦，是白子莲。格婷笑道，你怎么来这么早。

怎么，打断了你们的好兴致了。白子莲随手从怀里抽出一本代数在格婷的眼前晃了晃，瞧你那高兴样，不知道余大小姐的代数作业做完没有，现在已经四点了，你要是没做，还有时间赶，今天可是数学老师的晚自习，那个蓝袍客可是不好惹的。

天啦，幸亏你提醒我，我一回到家，惦着别的事，早把作业给忘了。快给我抄了算了。格婷从子莲的手里夺过代数书，朝田浩波挤了挤眼，便进了教室。

田浩波笑着对坐在教室的格婷招了招手，便转身跟白子莲谈了几句话，走时还叮嘱白子莲，子莲姐，拜托了。

白子莲向他摆了摆手，便回到了教室，坐到了格婷的身边。格婷说，他有啥事要拜托你。

哈哈。白子莲干笑了两声，说，他拜托了我两件事：他手受伤了，骑摩托车不小心摔了，叫我帮他洗衣服；另外，拜托我说他想和你交朋友，让我在你面前替他美言。

格婷埋头抄作业，装着没听见，可脸上却布满了红晕，她不知道怎么去接白子莲的话，情急之下指着一道题说，子莲，你这写的什么呀？我怎么觉得不对劲。

白子莲凑过来一看，躁了，说，哎呀，是5，天啦，你把5全写成了3，快改过来！白子莲忙打开文具盒拿出修正液帮着格婷擦作业，口里嘀咕着，都怪我，不把字写好，幸亏发现得早，要是你不问，给蓝袍客知道了，你可有一顿板子挨。这一看就知道是抄的。

老师真不值得，就因为穿着蓝衣服，就被你叫成蓝袍客，要是穿黑色的衣服，那你是不是得叫他黑皮熊？说着两人都哈哈大笑起来。

快上自习了，教室的人都到得差不多了，搬桌子，拖凳子，用书本拍桌上的灰尘，教室一下子乱哄哄的。格婷便到阳台上透气，白子莲回寝室去给田浩波洗衣服去了。格婷想等一等罗士晨，问他可知道景洁苗去南方打工的事情，还想问问他可又收到了罗克平的信。

预备铃已经响了，白子莲才从寝室赶到教室。冬天的黑夜来得比较早，刚上晚自习，天上便可看得见星星了。可教室里罗士晨的座位还是空的，余格婷又向外张望了一下，还是没有罗士晨的影子，倒是听见了数学老师的咳嗽声，余格婷赶紧将头缩了回来，一分一秒挨过了自习课。

直到星期三的早晨，罗士晨才赶到学校，坐在教室里木木呆呆的，一个上午了，没有举手回答一个问题，也没有与同学说一句话。格婷几次扭过头想与他搭讪，罗士晨都把头抵着，极力回避格婷，那副样子一如从前那样的冰冷，这让格婷有些疑惑，不知是什么地方又得罪了他。

中午吃饭时间到了，同学们都涌出教室，格婷本想利用这个时间与罗士晨谈一谈，正准备开口，白子莲却在一旁拉住了她，与她讨论美术老师，格婷正在左右为难之际，罗士晨却箭一般冲出了教室，根本没有理会格婷的心情。

哟，有什么了不起，别人诚心与他说话，他还拿架子。白子莲看着格婷受了委屈，为她打起不平来，对着罗士晨的背影大声说，人家哪点得罪你了，就是有不愉快的事情，说出来不就明白了。

听到白子莲的话，罗士晨在教室的尽头处站住了，他狠狠瞪了白子莲一眼，转身又跑了，格婷看着罗士晨，有种说不出的压抑。

算了，格婷，罗士晨太不知好歹了。

其实罗士晨挺有度量的，是个值得交往的朋友。格婷靠着教室外的栏杆回答白子莲。她没有向白子莲说从前她与他之间的事情，她重点班的名额是顶了罗士晨的名上的，在格婷的情感里，她觉得她亏欠罗士晨的太多了。

好啦，我们别谈罗士晨了，还是谈谈石老师吧。

石老师？石天晓？有什么好谈的。格婷眼珠子一转，悟道，哦，你喜欢石老师对不对？哈哈，你不是看《窗外》看着迷了吧，把老师想成康南，把你自己想成江雁容了吧？

你能不能小点声啊！白子莲红了脸，说，这是我的小秘密，本也不是什么光荣的事，我们是姐妹才告诉你，你大声嚷嚷，想让全世界的人都知道啊。

被白子莲一说，格婷意识到刚才确实不妥，有点歉疚。连连对白子莲点头，表示错了也表示了对不起。对于情感的话题，格婷是感兴趣的，像稻场上偷吃稻谷的小鸡，经不起粮食的诱惑，又害怕赶鸡人手里的白纸旗。

说说说，你是什么时候对石老师感兴趣的？

从他上第一节课开始。

哈，真没劲，我还记得他第一节课就让我们看裸体，好坏。

你呀，懂什么，那叫艺术，是高级审美。

艺术？格婷有些不解，在她的脑瓜里，可没有将这种赤身裸体的雕塑列为艺术。

怎么跟你说呢，其实我也不知道，我是听我表姐告诉我的，我表姐在一所高等美院读本科，她是干这个的，她说他们班上经常有女子脱光了衣服大大方方让他们画呢。

哦。格婷被权威震慑住了，顿时觉得自己认知肤浅，便不再言语。

对了，你快回去吃饭吧，咱们晚上再说。

我不想吃，咱们接着谈艺术吧。我喜欢跟你聊天。格婷拉住白子莲向教室走去。

那你等着，我去商店买两包方便面，咱们干嚼着吃，边吃边聊。

好吧，你快去，回头我把钱给你。

教室只剩下格婷一人了，她便大声唱起了歌，刚只唱了一句"池塘边的榕树上"，罗士晨便端着一个饭碗走进来了，仍然是一脸寒霜，仿佛是冻结的河流。

罗士晨，你怎么了？余格婷靠在罗士晨的桌边，有什么事你说出来吧，我们是朋友不是，就算我和你不是，但我们有两个共同的朋友，景洁苗和罗克平对不对。

罗士晨听了格婷的话，脸上表情有点缓和，但是仍然淡漠，说，不关你的事，你忙你自己的吧。

不！格婷倔强的脾气又上来了，说，你今天不说清楚，我们以后也不要做朋友了。

罗士晨看到格婷眼中那明亮的眼珠透出来的关心时，有些悲戚，他无奈地摇了摇头，说，好吧，跟你说吧，我读书的日子不多了。

为什么？因为景洁苗的缘故吗？

我不想读书了，真的！

罗士晨，你说这样的话，你太没出息了，你成绩这么好，为了景洁苗放弃学业，景洁苗也不会允许的。

不，余格婷，你不知道，我爸他现在已经下身瘫痪，不能下地了，你说，我还有资格读书吗？

啊！格婷惊呆了，她想到了景洁苗，也是因为景爸爸摔断了腿，才导致景洁苗连师都没出就匆匆出去打工挣钱了，没想到他们俱是一样的命运。家庭境遇令他们不得不如此，她为刚才的胡乱猜测感到懊悔。

来，格婷吃东西吧，在商店买东西刚好碰见了田浩波，他硬要替你出钱。白子莲笑着把一袋康师傅方便面递到格婷手里。格婷没有接，眼睛里溢满了泪水，再看罗士晨，他的眼睛也是红红的。白子莲以为他们吵架了，便指着罗士晨说，你这人怎么这样啊，格婷对你已经很够意思了，你别这样欺负人好吧。

子莲，别说了。格婷接过方便面，拉了子莲一把，我和罗士晨没有吵架，是在谈心呢。

哦，是我不对，打扰你们了。白子莲瞪了格婷一眼，她本来是为了格婷在抢白罗士晨的，没想到格婷不但不领情，还反帮着罗士晨说话，这令白子莲觉得自己是里外不是人。便气呼呼催着格婷，说，快吃吧。

格婷把方便面分成两半，将大的一块递给罗士晨，罗士晨连连摆手，但推脱不过，只好拿在手里。

我可说清楚了，这面可是田浩波买给你的。子莲在一旁大声地说道。

话一出口，罗士晨的脸上顿时一阵红，一阵白，将正准备放进嘴巴的方便面还给了格婷，格婷看着罗士晨受了委屈，心里非常气愤，当着白子莲的面，把手里的方便面捏碎了丢进了垃圾桶里。

白子莲看着格婷怒不可遏的样子，怯怯质问，格婷，你什么意思？

格婷将书重重摔在桌上，说，没什么意思。

格婷恼透了，为了上次那件事，她与白子莲将近一个星期没说话，心里很是后悔，不该那么冲动向子莲发脾气，事情的原本子莲也不知道，要是她知道，格婷相信她也会同情罗士晨的。

罗士晨这几天也是闷闷不乐，不说一句话，三人各怀心事坐在一块儿，安安静静的，倒引起了同学们的关注，班里传说，格婷喜欢罗士晨，给罗士晨写情书，被罗士晨拒绝了，所以两人的关系闹僵了，这件事传得有眉有眼的，连外班都知道了，上次田浩波碰到了格婷还问了她，被格婷一顿好骂。

天气越来越冷了，天空也是惨白的，有点要下雪的兆头，格婷穿上爸爸给她新买的翠绿色棉袄，往教室里走，路上碰到了美术老师石天晓，挽着一个姑娘的手臂亲亲热热地朝校外走去。想到白子莲曾对她说过，她喜欢石天晓，不觉在心里有点可怜起白子莲。

到了教室，看见白子莲正坐在座位上帮她整理桌上书籍，看见格婷来了，有些歉意，说，格婷你来了，你这身衣服真漂亮。

格婷有些惊讶子莲的态度，前一刻钟她还是冷冰冰的，怎么一下子又热情了起来。她疑惑，子莲，你……

我知道你会奇怪的。子莲一边拍书一边笑着说，上次是我太过分了，今天我才知道真相，真是对不起。

你知道什么真相？

我知道罗士晨不读书了，刚才来了个中年人帮他收书，我们问他，他说罗士晨他爸爸病了，家里没钱，罗士晨不能读书了，我这才明白，你那天为什么那么生气。

格婷猛然一惊，这才发现罗士晨以前摆满书籍的桌上已经没有一片纸屑了，她急忙扯住子莲的肩膀问，那个中年人走了多久？

没多久，大概五六分钟吧。

格婷没等子莲把话说完，便飞奔出了教室，子莲也扔下书本陪格婷一路跑到校门口，刚好碰见罗士晨手提着一床被子往前走。

罗士晨！

罗士晨听见格婷的声音，便停住了脚步，把手中的行李交与旁边的一位中年人，中年人推着一辆自行车，车上绑着一个麻袋，麻袋里装着罗士晨的一些生活用具。

罗士晨，真要走吗？格婷问。

嗯。罗士晨脚下玩弄着一颗石子，使劲地点了一下头。

罗士晨，上星期的事是我不好，希望你能原谅我。白子莲说着伸出了左手，罗士晨笑了一下，握住了白子莲的手。彼此都宽厚地笑了笑。

罗士晨，有什么打算吗？格婷问。

不知道。

能有什么打算？在一旁的中年人插过话来，说，农村伢不读书，就只有学手艺，不管怎么着，得把日子过去，士晨回去，就跟我学炒菜，就是厨子，这玩意儿学好了，也是个挣钱的正道。

这是我二叔，他在城里一家大酒店掌勺。罗士晨向她们介绍，我二叔炒的菜很棒，学厨师也是一条路。

那你好好学，到时候我和格婷到你家去，你可得把绝活露出来，弄一桌子好吃的饭菜款待我们。白子莲挽着格婷的胳膊笑呵呵地说。

没问题。中年人笑了笑，推了罗士晨一把，士晨快答应人家姑娘啊。

二叔，你别疯了。罗士晨瞪了中年人一眼，中年人怔了怔，连忙干笑两声，退到一旁去了。

罗士晨，以你的情况为何不向学校申请一个特困生补助，难道你真不想读书？格婷问道。

唉，能读书又怎样？我爸爸那个样，谁照顾他，我不能为了自己能读书，把我爸饿死呀，对于我们这些农村的孩子来说，读书不是唯一的道路。罗士晨说着低下了头，将脚下的一枚石子踢出老远。

士晨，我们走吧，天色不早了，别误了人家两位姑娘上课的时间。中年人蹬开车架对罗士晨说道。

你们回去上课吧，我会写信给你们的。罗士晨随着中年人走出了校门，忽而，罗士晨像是想起了什么，赶回来把格婷拉到一边说，要是景洁苗有信过来，替我转告她我的状况，我要是到了城里，碰见了罗克平，我也会写信告诉你的。

我不会忘记你这个朋友的。罗士晨说完便跑出了校门，赶他二叔去了。

格婷擦了擦眼睛，挽着子莲的胳膊，两人一同叹了一口气。这样的送别徒添人的伤感，格婷想起了与罗克平分别的那一夜，都是同样的沉重与难过。为什么人生里总有这种心里不愿意却又不得不如此的事情呢？难道当初相聚在一起就是为了一朝的分离吗？为什么我们活着，哪怕是小小的年纪也都免不了忧伤，每一天都活得这么不自在呢。

格婷问子莲，子莲姐，你心里在想什么呢？

子莲说，我在想，我多么幸福，父母身体健康，虽说家境不富裕，可我还能在学校里读书。要知道我们村里有几个跟我家庭情况一样的女孩子都下学去学手艺了。

格婷觉得子莲真是懂事。再想想自己，倒真是身在福中不知福了。她一下子觉得自己从前面目可憎，也觉得人生中能遇上像子莲这样的朋友真好，可以教会她一些人生的道理。不像从前的田丹除了学习成绩好，就再无可取之处。

天晓，你什么时候才能转正？只要你转正，我父亲就能把你的工作调到城里。

快了吧，我也不明白。

咦，那不是石老师吗？白子莲扭头看见石天晓与一个衣着素雅的姑娘正手挽手地走过来。格婷感觉到白子莲的身子颤了一下，眼里有幽怨与失落的表情。狭路相逢，她们不想与老师打招呼，便隐在了一丛大叶黄杨后面。

格婷，那是石老师的女朋友吗？

格婷想了想，还是诚实地回答了她，说，我想是的，他们很是亲密。

哦。白子莲轻轻叹了一口气。不知道为什么，格婷从这个"哦"里听出了某种破碎的声音，像夏日里一个七彩的肥皂泡在阳光下炸裂一样。格婷忽然为子莲感到一阵心疼。她轻轻抱了抱子莲，说，子莲姐，你想哭吗？白子莲说，拿破仑曾说过一句话，勇气如爱情，都需要希望来滋养。你觉得我破裂的是爱情，其实是希望。

子莲姐，我觉得你不该这么想，我们有很多希望，爱情不是唯一的希望，我们就跟我妈说的一样，黄瓜茄茄才起地，未来的路还长着呢，该有多少希望等着我们。

暮色中，白子莲笑了笑，捏了捏格婷的胳膊，说，格婷，感觉你一下子比我长了好几岁了。

又是一个漫长的假期，这个寒假格婷过得无聊透了，几次去景洁苗家，都没碰见人，景妈妈说景洁苗不回来过春节了。一是难得弄到票，再一个刚出去做事也没挣到什么钱，来来回回只多搭些车费。这个回答令格婷为景洁苗感到心酸。她在想，大人的世界里是不是只有钱最重要。又想到罗士晨，不知道罗士晨这个春节是怎么过的。

好在假期结束了。格婷早早来到了学校，第二天早上，格婷刚起床，便听见学校的广播通知，要大家快点出操，吃过早餐之后，要举办开学典礼。

格婷迅速洗漱后，便到了教室，她不喜欢出操，大冬天的，天都还没亮明白，站在寒风底下伸胳膊伸腿，这不是锻炼身体，而是在受刑。还不如到教室里看会儿书。她打开教室的灯，默默背诵周敦颐的《爱莲说》，她最喜欢"出淤泥而不染，濯清涟而不妖"这两句。她觉得这两句像是在写他们，青春年少、纯真烂漫的他们。

格婷，看，你的信。白子莲将信在格婷面前扬了扬。她刚出完操，手冻得通红。

真的！快！给我！格婷笑着从白子莲手中抢过信，拆开信封一看，哇，是罗士晨的。

格婷：

你好！

不会惊讶我给你来信吧。我想你收到我的信一定会很高兴，你这个人的脾气，我可是摸透了。

谈谈我的情况吧，我现在跟我二叔在城里酒店学厨师，这项工作挺细碎的，要有耐心，也要一步一步来做，先要学会帮厨，给人打下手，择菜洗碗啥的，都得干，二叔有空闲的时候才教我一点。其实我对干这行还挺有天赋的，我一上手基本就能把一盘菜炒得有颜有色。我还学会了雕花，比如把一个萝卜雕成一朵玫瑰，不过手艺不精，等我学精了，给你雕一朵漂亮的花做生日礼物送给你，你可别小瞧这玩意儿，这也是一门艺术。以前石天晓老师常给我们讲艺术，断臂的维纳斯是艺术，赤裸着身体的大卫是艺术，而我觉得做一道精致可口的菜也是艺术。

我现在和景洁苗联系上了，她上次来信说，她很想你，想写信给你，又怕耽误你的学习，所以只好托我来传达了，她说她今年春节一定要回来，她攒了一肚子的话要跟你说呢。到时你们可要好好聚聚了。

前几天，有一个人在我们饭点订了一桌酒席，我给他们端菜时，看见了一个人，你猜是谁——哈，是罗克平啊。罗克平看见我端菜，好不惊讶，连忙丢下饭碗，把我拉出来说话，原来是他爸爸又要调走了，好像是调到地级市，所以订了一桌酒席。

罗克平拉我出来，问的全是你的情况，他问你现在好不好，学习怎么样？我一一回答他，说你现在转班了，从重点班转到了普通班，学习比以前好多了，他听了很高兴，他说他很想你，常把你送的书带在身边，还说他可能随他爸爸转到地级市的中学就读，离你就越来越远了，他希望你能努力读书，将来报考同一所大学，看来你的这个哥哥对你可是很真诚的，那些话听来真让我感动。

好了，暂时就谈这些吧，祝你顺心如意。

友：罗士晨

读完信，格婷竟有一种想哭的冲动，罗克平对她的真挚令她感动，罗士晨景洁苗对她的真心也令她动容，她的眼圈红了，连忙手用擦了擦。

格婷不会吧，看信都看出眼泪来啦。白子莲打趣她。

谁流泪了。格婷拿起一本书将脸遮了遮，别瞎说啊。

等会儿是什么课？白子莲问。

美术课啊，你最喜欢的美术课。

怎么不是石老师？白子莲看着一个陌生的男人拿着教科书走进了教室，走上了讲台。

同学们好，从今天开始，我来教你们美术课。

为什么？白子莲唰地从座位上站了起来，石老师呢？

石老师？新老师诧异了一下，正准备朝黑板上写字的身子转了过来，看了看白子莲，有些奇怪这个学生的反应，但又很镇定，见怪不怪，说，哦，看来你对石老师很有感情。哦，我来解释一下，石老师转到了市里一所中学，这是好事，人往高处走嘛。我对美术的理解虽然没有石老师那么精深专业，但我也有信心与同学们一起来学好美术。

教室里一片掌声，同学们都被新来的美术老师的真诚机智与和蔼征服了，白子莲的脸红通通的，她一声不吭坐下，望着美术书，脸色僵硬，眼神空洞。格婷拉了拉她的胳膊，她也没什么反应。下课后，格婷又拍了拍白子莲的肩膀，白子莲木木地转了过来，竟扑到格婷的怀里哭了起来。格婷便抱着她，什么也不说，让她发泄。

好在时间一长，白子莲慢慢也就淡忘了，她又恢复了以前的活泼与豪爽，她自己也说，她对石天晓老师也许是一段时间的精神寄托，她对他的依恋只是朦胧情感的一种暂时驻足。

格婷为白子莲松了一口气。她觉得她不该过早地接触琼瑶的书籍，包括她自己在内，她们还未到那个年纪，有时连她自己也说不清，她常常望着天空的白云想很多很多事情，那些久远的事情，仿佛是昨天发生的。她第一次读初中，对妈妈还是那么依赖，每回妈妈来看望她，她都哭着不让妈妈走，可现在她对妈妈好像没有以前那么依恋了。难道这就是长大吗？那又是什么时候长大的呢？格婷也不知道。

格婷，对着天空发什么呆啊？

我在看白云。

子莲也抬头看着格婷手指的那片白云，沉吟了好久，说，我是天空里的一片云，偶尔投影在你的波心，你不必讶异，更无须欢喜，在转瞬间消灭了踪影。你我相逢在黑夜的海上，你有你的，我有我的，方向；你记得也好，最好你忘掉在这交会时互放的光亮！

这是谁的诗？

徐志摩的《偶然》。白子莲望着格婷，你喜欢吗？

喜欢，喜欢，太喜欢了。格婷拍着手，两眼陶醉般地眯着，为何我们课本里是选他的《再别康桥》啊，而不是这首《偶然》。我是天空里的一片云，偶尔投射在你的波心……

对了，我昨天碰到了方浩波。子莲说，他们班主任发了脾气，说他们考得太差了，语文是全年级最差的一个班，他们老师说这么大了，作业居然还出现大量错别字，要罚他们把初中一年级所学的生字，每字用白纸抄四排，一排十个字，三天内完成，完不成就叠宝塔，或是挂灯笼。

叠宝塔？挂灯笼？什么意思？

叠宝塔就是把成绩最差的学生放在下面，然后依次叠上来，那滋味难受死了。白子莲说得一脸痛苦，仿佛这样的滋味她尝过。这个挂灯笼呢，就是让学生的膝盖跪在讲台边上，脚尖不能点地，并且不能动，动一下就是一巴掌。

天呀！格婷简直不敢想象，什么年代了，居然还用这样的招式来体罚学生。她是最反感这种事的。格婷说，我哥也在这个学校读过，我们村也有好些人是在这里上的初中，我怎么没听说过有这种事？

他们老师是我们北中的，我表姐在他手上读过书，我听她说，他的体罚是全校最有名的，还有一套顺口溜呢。

说来听听。

是这么说的。白子莲边说边做动作，第一个是，先动手，后动口，掀伤疤出你的丑，你若出声就赶你走，你不出声就冲你吼。第二个是，整学生，好方法，挂灯笼，叠宝塔，好生变成差，差生就更傻。

哈哈。格婷撑着栏杆笑得前俯后仰，说，太有意思了，你们北中的学生很有才华啊，又押韵又形象，真是顺口溜啊。我等会回家可要跟我爸爸说，《未成年人保护法》上可写了，不准老师体罚学生呢。

你真是呆头，只要他能把成绩搞上去，保证升学率，你爸爸只会睁一只眼闭一只眼的。

这……格婷一时也无话可说，学校确实很注重升学率，升学率是学校生存下去的命根子，每一年中考前，铺天盖地的标语横幅，什么冲刺啊，决战啊，拼搏啊，军令状啥的，像是要去冲锋陷阵似的，考场可不就是学生的战场。格婷想到方浩波那吊儿郎当的样子加上他叛逆的性格，知道他一定不会理会。说，那方浩波怎么办啊，瞧他那懒劲和牛脾气，怕是完成不了。

那就等着挂灯笼或是叠宝塔喽，反正他爸妈在外做生意，管不着他。

他爸妈在外做生意，他跟谁过生活？

爷爷奶奶啊，他从小就跟着爷爷奶奶，他爷爷奶奶身体也不好，也照顾不到他什么，如今倒是他照顾着爷爷奶奶呢。

格婷点了点头，对方浩波可算又是摸了一层底，下晚自习后，在楼梯道碰见了方浩波，彼此问候了一声，看方浩波那样子，似乎真如她所料，压根就没把那几百个生字当回事。她没想到二流子似的方浩波竟是一个乡村留守孩子，有娘生无娘疼。他们村也有几个留守孩子，成天在泥地里打滚，爷爷奶奶虽然也管，但管不了那么多，有口吃的有地方睡保证能活着就不错了。她上次回去，在村子里在她妈妈怀里蹭啊蹭，都弄得几个孩子眼热巴巴地看着她，她这么大的人都还离不开母亲的怀抱，何况他们那么小的孩子呢。格婷一向都觉得那些没有爸爸妈妈在身边的孩子是天底下最可怜的孩子，所以她再看方浩波，便对他充满了同情。自然也就替他着起急来，不管怎么说，方浩波是她的朋友，她不能看着朋友去受罚，于是便打算帮他完成作业。

纸是现成的，初中一年级和二年级上学期的课本也都有，说干就干，格婷便一字一字、一行一行地抄了起来。爸爸回来，见格婷房里还亮着灯，便推门进来，看格婷正在用功，心里很是高兴。又怕弄得太晚，耽误明天起早，又催促她快点睡觉。

格婷看见爸爸来了，有些慌张，用手捂住白纸说，知道了，您要回家就回家去吧，我马上睡觉。

爸爸看格婷说话不自然，还用手遮遮掩掩的，便上前从格婷手里夺过白纸，一看，全是密密麻麻的汉字，问道，这是干什么？

噢，这是。格婷的脑子飞快转动着，要撒一个不露破绽的谎，说，我这次考试，语文虽然考得不错，但因为错别字太多，扣了一些分，我想把这些字再巩固一下。

爸爸面无表情，把白纸还给了格婷，说，不要光顾着语文，关键要把数学物理英语提高起来，多做一些数学题、物理题，多抄英语单词才是正道。

知道了，爸爸。格婷闷闷回答。

我回家去了，你一个人在这里注意安全，上次学校又出现了偷盗现象。你睡前门窗一定要锁好。

知道了。

爸爸走后，格婷又开始抄写，抄了近四张纸，觉得这种速度太慢了，这么抄，别说三天，就是三十天也够呛，便觉得方浩波的班主任简直是变态，这不是惩罚学生，这简直就是折磨学生。她想了一个办法，从笔筒里抽出三支圆珠笔，把它们用透明胶布缠成一排，这样写一行就成了四行，节省了大量时间。格婷为自己的发明高兴不已。以前物理老师说，一切发明都是从生活中来，她当时不理解，现在她终于理解了。

手抄累了，就甩一下，人抄困了，就伏在桌子上打个盹，醒了之后继续抄，总算把作业抄齐了。翻一翻有五十张白纸呢，手疼得不得了，由于握笔的时间太长了，手也不能伸开，看看钟，已经凌晨四点了，睡也睡不长了，索性从衣箱里翻出前几天找同学死缠烂打借的一本金庸小说《笑傲江湖》，不一会儿天就大亮了。

格婷将一沓白纸揣在怀里，在楼梯口走来走过去，预备铃都打了，方浩波怎么还没进来。正着急间，一阵跑步声传来，她循声一看，方浩波一手扣扣子一手抹着头，正向教学楼跑来。看格婷站在楼梯口，他不自然地笑了笑，为自己方才没顾上形象感到不自在。格婷被他那傻样逗笑了。看见远处有老师来了，格婷慌忙从怀里将那厚厚一沓白纸取出来，放在方浩波手里，便飞快跑了。

下了课，白子莲阴阳怪气地冲格婷笑，说，老实交代，上课前在楼梯口那里等谁呢？说着就要上前揪格婷的耳朵，不许撒谎，快点说。

哎哟，好姐姐你饶了我吧。格婷向子莲作揖，说，好，好，好，我说，我在等方浩波，我昨晚帮他把生字全抄齐了，所以今天便给他，但我又怕别人知道，你是明白的，我们这学校里，男女生过于亲密的交往会被老师生疑的。

你对朋友太义气了。看看你对朋友的好，我都觉得我白子莲真是好眼光，能交上你这样有情有义的朋友。白子莲说着向格婷伸出双臂，格婷便顺势倒在白子莲的怀里，享受着温暖的友情。

一个星期以后，学校举行了一次初二年级的公开摸底考试，格婷的综合成绩又是排在中下等，学习的严重滑坡彻底激怒了爸爸。他看格婷的每门功课，又只是一门语文在抢高分，其他全是一败涂地，气得将各科考卷甩在格婷的面前，狠狠批评了一顿。格婷开始强忍住泪水，随着爸爸言语的加重，格婷开始抽泣起来。

爸爸看着格婷这好不懂事的样子既无可奈何又气愤不已。他把格婷书桌的抽屉一一打开，翻检里面的东西，将一个带锁的日记本，用锤子砸了，看一页撕一页，那里面全是格婷对罗克平、罗士晨、景洁苗、田丹、白子莲等的一些交往情节和一些感情恩怨，却被爸爸看成了小孩子的歪心思。又将一屉子的歌曲碟片和一本《红楼梦》甩在了外面，接着又把格婷的床铺进行了扫除，从垫被下搜出了两本琼瑶小说，这一下，爸爸的脸色更不好了，对着格婷"啪啪"甩了两耳光，末了把搜出来的所有东西拢成一堆，一把火给烧了。

格婷一直胆战心惊地看着爸爸，哭也不敢大声哭，眼睁睁看着日记、信函和书本葬身火海，在她眼前化为灰烬。直到爸爸甩门而去，格婷才敢扑倒在床上放声痛哭。

都不知道哭了多久，直到白子莲来家里找她，她才知道已经上了两节课了。子莲说，我坐在教室里就觉得心里不安，想着你说过，说摸底考试的成绩下来后，你会没好果子吃，看你今天一直没来上课，我就知道你肯定有事了。

格婷不理她，横竖只是哭。

格婷，别哭了，上课去吧。

格婷，我知道你心里难过，这种滋味我也尝过，可是你要知道你爸爸说你也是为你好啊。

别哭了，你以前不是对我说过，流泪会加快眼睛近视的速度吗？

格婷，说句话好吗？你这是跟谁怄气啊，跟你爸爸吗？这可没必要，余校长这样做是爱自己的女儿啊。子莲轻轻拍着她的肩膀。顿了顿，说，喂，格婷，我跟你说个事，你知道吗？方浩波也受罚了，他们班主任罚他挂灯笼，他跪了整整两节课，跪得两条腿走路一瘸一瘸的。他老师说他一个生字都没抄。

格婷听到这话，慢慢从床上坐起来，擦了擦眼睛，哽咽问道，我不是给他了吗？

是啊，我也很纳闷啊。于是我问他怎么回事。他说他没把你抄的那些生字给老师。

为什么啊？格婷不解。

子莲笑了笑，说，他说，你给他的那沓作业里，有你的情感有你的义气，是你对他的友情，他不能为免掉一顿体罚就把你的深情厚谊交给老师，那沓作业他要永远珍藏，他宁愿受罚。

格婷心里莫名一阵荡漾，没想到方浩波也是一个重情重义的男生。

后面两节是语文课，格婷不想去上，白子莲便陪着她。两个人坐在屋里看着门前的梧桐树。已是秋天，梧桐树的叶子已经变黄了。子莲也喜欢这种青皮梧桐，子莲说，你家门前这棵梧桐树真漂亮，就像周敦颐《爱莲说》里说的一样，不蔓不枝，亭亭净植。我有时候上学，一上那个坡，就能看到这棵梧桐树，一看到这棵树，我就会想起你。我爸说一般屋门口的树都随主人的性子呢，这棵树就像你，潇洒正直，心无杂念。

子莲姐。格婷叫住白子莲，这个大她一岁的姐姐，宽和敦厚，像是什么都比她明白，她的阴郁，只要她一开解，便会拨开乌云见太阳。她由衷地说，你真好。

自从上次那件事以后，格婷与爸爸之间的关系就僵化了，父女俩整天不讲话。这样一来，家里那块黑板又起了作用，有什么话，父女俩就在上面留言。

十月初七，格婷下了早自习回来，见黑板上写着一排字。

格婷：

饭锅里有妈妈给你送来的鸡蛋，你趁热吃。

爸字

格婷感到奇怪，今天怎么无缘无故吃起了鸡蛋，格婷从厨房里拿了一个鸡蛋剥着皮走进了自己的卧室，见青石砚台下压着两张纸片，以为是爸爸留的字条，走近一看，是两张包裹单，上面写着余格婷收。看地址，一张是市里的金鸿大酒店，一张是地级市一中的。格婷顿时激动了，她将手里的鸡蛋一口塞进嘴里，飞一般冲进女生宿舍里喊白子莲，白子莲正在洗衣服，听她叫唤，赶紧从三楼跑了下来，喊我干什么，怎么了？

你看，我收到了两张包裹单。格婷把包裹单递到子莲手里，说，今天可奇怪了，又吃鸡蛋又有包裹单。

嘿，笨蛋！我也要送你一样东西。说着，把手从背后拿了出来，递给格婷一个包装精美的四方形礼物，说，拿着，姐祝你生日快乐。

啊，今天是我生日吗？格婷惊喜不已，说，今天难道是十月初七，啊，我过生日啊，怪不得。哈哈。

格婷拍着自己的头，拉着白子莲说，别忙了，陪我到邮局去取包裹吧，看他们给我寄什么东西来了。

你带证件了吗？

什么证件？

身份证啊，不过你可以带学生证。

哦，我们一起去拿嘛。

到了邮局，填好包裹单，取出了两个纸盒子。她兴奋得不行了，先拆了地级市一中的盒子，那是罗克平的，格婷打开一看，是一个洋娃娃，格婷抱着它，亲了一口，然后交给白子莲，又打开罗士晨的，罗士晨的比较有意思，大盒子里套小盒子，套了四层，这样一来，格婷的好奇心更强了，总算是最后一层了，却是一堆厚厚的保鲜纸，拨开保鲜纸，格婷惊呆了，一个玻璃盘里盛着一朵晶莹剔透的月季花，她将它拿出来对着太阳一照，是一棵萝卜。白子莲也愣住了，不住咂嘴赞道，太好看了。

两个人捧着一朵萝卜花像捧着一颗水晶似的，一路小心翼翼走到了学校。把礼物放在床上后，便去教室上课去了。下课后，方浩波来找她，一个外班的没有任何关系的男生莫名其妙找她，她怕别人看见了笑话她，便叫白子莲出去问是怎么回事，反正她与他是同一个村的，两人说话很正常。

白子莲瞪了格婷一眼，笑了笑便出去了，与方浩波讲了一会儿话，又笑着进来了，凑在格婷耳边说，他说祝你生日快乐，还说今晚下自习后，绕到你家屋后给你送生日礼物。

这怎么行呢? 格婷顿时着起急来，不行不行，要是被人发现了，我就死定了，他也没好果子吃。

我也是这么对他说的，可他说没关系。

唉。格婷烦躁起来。

下了晚自习了，格婷拉着子莲去了她家，央求子莲陪她一起。好在爸爸回老家了，格婷心里宽松了一些，但仍有些害怕。熄灯哨吹过后，两人把窗子打开，等着方浩波。

忽然有轻轻的叫唤声，喂，格婷。

方浩波来了。白子莲从床上把格婷拉了过来。

格婷，祝你生日快乐。方浩波从窗柱缝里递了一份礼物。

格婷连连催促他，叫他快点走。可方浩波左右望了一下，笑着说，没人，放心吧。

可格婷还是觉得不踏实，便叫子莲把灯熄了。在黑暗中，格婷稍稍镇定了些。三人说了些从前他们在南中的一些有趣事儿。还没说上三五分钟，就听得外面有人大喊，谁，谁站在人家窗户后面。随着吼声，一束强烈的灯光射了过来，格婷被吓住了。白子莲却机灵地关上窗户，抱着格婷。

手电筒的光越来越近了，格婷听到窗外一阵响动，但很快又平息下来，一个声音在窗外吼道，嘿，他妈的，还想逃跑？说，干什么的？

不说，不说我也知道，你是不是来偷东西的？

格婷在屋里快要吓哭了，却被子莲捂住嘴巴，子莲小声地叮嘱，不要出声。

不作声，不作声就是心中有鬼，这几天学校不断有东西丢失，早就怀疑到你们学生的头上来了，你胆子倒不小，偷到校长家来了。说，你是几班的，班主任叫什么名字？

……

第二天，各班就收到了关于方浩波的处分通知，通知上说，据方浩波一贯的表现，不尊敬师长，不团结同学，学习态度不端正，多次违反学校纪律，并屡教不改，多次偷盗学校财物，情节恶劣，经校委会研究，勒令退学处分。

看完通知，格婷忽然感到一阵头晕。她走出学校，她托白子莲转告方浩波，她有话对他说，这样的处分对他是不公平的，他并没有偷盗，他只不过是与她在说话，她想劝他去向校方解释，并把那晚的情况进行一个说明。可是等了半天，方浩波没有来，白子莲来了，她说，方浩波拒绝见面，他也说了，说你的好意他心领了，此时见面对你不利，而且如果他去向校方解释，也会影响你的名声，一个男孩子深更半夜在一个女孩子的寝室外面蹲着，即便没说上什么，也会引起别人的无端猜忌，还不如说是偷盗来得干净。子莲说，他反正也念不进去书，他也不爱读书，退学处分很好，可以堂而皇之地不读书了。

格婷满心愧疚，她觉得方浩波虽然只是一个初二学生，可他说话做事倒颇有男子气概，就像小说里许多男主人公一样，勇敢坚强，勇于担当又情深义重，她和子莲一起走回学校，刚进校门就看见方浩波提着行李低着头一步一步走了过来。

方浩波，我……格婷一时不知道说什么好。

格婷，子莲，你们多保重。方浩波真诚地说道。

看着方浩波的背影，格婷的心里忽然翻滚起来，五脏六腑里像是扯了一张帆，胸口间吐出来的气息越来越重。方浩波那个孤单的背影像是一束光射进了她的心里，她看见了自己的自私与懦弱，为了自己的名声、清白与名誉，让一个心胸坦荡的男生背负偷盗的罪名。她觉得自己太混账了，她有点瞧不起自己。她冲着那个背影喊了声，方浩波，你等等。然后扭头向教学大楼跑去，她要去教务处，去校长办公室，找学校领导，找爸爸去把事情的真相说出来，方浩波没有偷盗，他来她的卧室外面是为了祝福她的生日，他是为了她的面子才选择沉默的，他是为了她女孩儿的名誉才背负的偷盗罪名，他们是纯洁的友情，只是大人的世界太多杂念，他们才不得不如此遮遮掩掩，他们是干净的，不是罪恶的。

......